LE MARQUIS CHARMEUR

LES INSAISISSABLES
LIVRE QUATORZE

DARCY BURKE

Traduit par
SOPHIE SALAÜN

Zealous Quill Press

LE MARQUIS CHARMEUR

Le séducteur notoire Marcus Raleigh, marquis de Ripley, figure dans les pages des commérages pour une cause inédite : la rumeur selon laquelle il aurait assassiné son cousin escroc. Sa quête de réponses concernant la mort de son parent le conduit à une femme sans pareille qui s'est proclamée vieille fille, et il est, pour la première fois, captivé au-delà de toute raison. Ils ne correspondent pas aux attentes de l'autre, et pourtant, leur intense engouement mutuel est irrésistible.

Après avoir abandonné devant l'autel son fiancé coureur de jupons, Phoebe Lennox a fui Londres, et n'en est revenue qu'après avoir hérité, en refusant de se plier aux règles de la bonne société. Elle ne veut pas prendre le risque de nouer une quelconque relation, jusqu'à ce qu'elle rencontre le scandaleux marquis de Ripley. Emportée dans son étreinte séductrice, sa détermination vacille face à un plaisir qu'elle n'avait jamais envisagé. Mais lorsque la vérité sur Marcus et le meurtre éclate au grand jour, Phoebe pourrait bien perdre tout ce qui lui est cher, y compris un amour éternel.

CHAPITRE 1

Londres, mars 1819

*M*arcus Raleigh, marquis de Ripley, éprouvait une irritation diffuse alors qu'il chevauchait sur Rotten Row. La brise rafraîchissait et apaisait un peu de son ire. En tout cas, jusqu'à ce qu'il arrive au bout du chemin, où des gentlemen s'étaient rassemblés sur le côté. À la périphérie de ce groupe, un visage familier le poussa à s'arrêter net.

Marcus sortit du chemin et descendit de sa monture. Après avoir attaché son cheval à un piquet, il s'avança à grands pas vers le groupe. Son agacement se mua en fureur, une émotion à laquelle il succombait rarement.

Quand il atteignit le groupe, l'objet de sa colère croisa son regard avec des yeux sinistrement brillants.

— Bonjour, Ripley, dit-il.

— Puis-je te parler, Drobbit ? demanda Marcus d'un ton égal, en dépit de son mécontentement.

Non, ce n'était pas du mécontentement. Il était *enragé*, pour la première fois depuis… des années. Son cousin Archibald Drobbit avait apparemment détourné l'argent de certains gentlemen en élaborant des plans de placement. Il avait ruiné le nouvel ami de Marcus, Graham, le duc de Halstead. Ou plutôt, Drobbit avait ruiné l'ancien duc et Graham avait hérité du désastre.

— Certainement.

Drobbit, qui était petit et trapu avec un cou épais, quitta le groupe et se dirigea vers Marcus, qui l'entraîna ensuite hors du chemin, à l'écart des autres.

— Cela fait un certain temps, cousin.

Estimant qu'ils étaient suffisamment éloignés pour avoir une discussion privée, Marcus s'arrêta et se tourna vers l'autre homme.

— Épargne-moi tes conversations futiles. C'est ennuyeux et inutile. C'est également offensant.

Drobbit dut basculer la tête en arrière pour regarder Marcus. Mal à l'aise, il plissa les yeux tandis que son sourire habituellement narquois disparaissait. Il joignit les mains dans le dos, peut-être pour paraître nonchalant, comme s'ils conversaient ainsi tous les jours. Comme s'ils avaient déjà discuté ensemble.

— En quoi t'ai-je offensé ?

— En t'attaquant aux autres.

Le malaise dans les yeux de Drobbit céda le pas à la peur, et ses pupilles se dilatèrent légèrement.

— Ne fais pas ça, l'avertit Marcus qui s'avança, scrutant cet homme qui était plus âgé de quelques années. Je sais exactement ce que tu as fait. Enfin, pas exactement, mais je sais ce que tu as fait à Halstead, et tu vas me dire qui d'autre tu as volé. Ensuite, tu devras dédommager chacun d'entre eux.

Le visage de Drobbit pâlit. Il porta la main à son cou et

tira doucement sur sa cravate.

— Je, euh… rien de tout cela n'est vrai.

— Ne mens pas ! cracha Marcus. Je sais que c'est vrai, et je sais qu'il y en a d'autres. Peut-être préférerais-tu que je veille à ce que tu sois poursuivi pour fraude.

— Tu ne peux pas faire ça.

Marcus faillit éclater de rire.

— Aurais-tu oublié que je suis marquis ? Et que tu n'es… personne.

La panique envahit les traits de Drobbit, lui donnant l'air fébrile.

— Je suis ton cousin !

Bien que cela soit vrai, ils n'étaient pas proches. Leurs mères étaient sœurs et s'étaient brouillées après le mariage de la mère de Marcus avec un marquis. La mère de Drobbit avait fini par mépriser sa sœur.

— Je suis convaincu que tu t'es servi de ce lien de parenté pour t'avantager de toutes les manières possibles, répondit Marcus avec un regard noir. Tu vas rendre l'argent que tu as volé. Et ne te donne pas la peine de protester encore. Tu rabaisses ce qu'il reste de ton image. Tu vas aussi me raconter toute l'histoire. Je veux tout savoir : comment tu as trouvé tes cibles, comment tu les as persuadées de te faire confiance, ce que tu as fait de l'argent.

Drobbit secoua la tête.

— Je n'ai rien à te dire.

Marcus s'approcha de Drobbit jusqu'à ce qu'il soit assez proche pour le dominer.

— Tu as des choses à dire, et tu vas me les raconter.

La lèvre de Drobbit se retroussa et, pour la première fois, il n'eut pas l'air d'un lâche geignard.

— Va au diable.

Marcus l'empoigna par les revers de sa veste et le secoua.

— Je refuse de te laisser souiller le nom de ma famille, ou continuer à ruiner la vie des gens.

Il songea à la fiancée de Graham et au fait que sa famille s'était retrouvée au bord de la faillite, son père craignant la prison pour dettes.

— Ripley ! s'écria Drobbit, rappelant à Marcus qu'ils se trouvaient dans un lieu public.

Il le lâcha, mais le fit avec assez de force pour qu'il trébuche en arrière. La colère qui couvait en Marcus bouillonnait tandis qu'il s'avançait vers son cousin.

— Nous nous reverrons pour régler cette affaire.

— La régler comment ? Tu n'as pas l'intention de me défier ? demanda Drobbit d'une voix plus aiguë. Tu me tuerais !

Marcus ricana.

— Tu as de la chance de ne pas être déjà mort. Si cela ne tenait qu'à moi, tu pourrais bien l'être.

Drobbit le regarda d'un air ahuri, la gorge nouée. Il avait l'air de s'étrangler. Puis son regard se porta sur la gauche de Marcus.

Celui-ci jeta un œil dans cette direction et jura à mi-voix. Une foule de spectateurs les observait avec un vif intérêt. Comme si Marcus ne jouissait pas déjà d'une réputation douteuse de libertin.

Il se renfrogna et parla à voix basse.

— Je ne vais pas te défier.

Drobbit secoua la tête.

— Nous n'avons plus rien à nous dire.

— N'as-tu pas entendu ce que j'ai dit tout à l'heure ? s'enquit Marcus, frustré. Tu iras en prison. Tu seras peut-être même déporté.

— Peut-être. Peut-être pas, répliqua Drobbit d'un ton si arrogant et joyeux que Marcus s'emporta.

Il l'empoigna à nouveau par le revers, mais à une seule

main. Drobbit tourna rapidement et leva son poing gauche, frappant Marcus à la joue.

Réagissant sans réfléchir, celui-ci lui rendit la monnaie de sa pièce, frappant l'œil de son cousin. Il enchaîna avec un second coup de poing à la mâchoire. La tête de Drobbit bascula en arrière et Marcus le lâcha. Le petit homme vacilla, puis tomba sur les fesses.

Quelques spectateurs se précipitèrent vers eux, mais ils se contentèrent de regarder Drobbit et Marcus. *Bon sang !* Ce n'était pas ce que ce dernier avait prévu. Et pourtant, à quoi s'attendait-il ? C'était ce qui arrivait quand on cédait à l'émotion. La voix de son père résonna dans sa tête : *Les émotions fortes n'ont jamais fait de bien à personne.*

C'était l'une des nombreuses choses sur lesquelles il avait eu raison. Marcus chassa les pensées de son père, de peur qu'une de ces émotions fortes ne remonte à la surface.

Drobbit leva un regard noir vers lui, le narguant presque. Voulait-il du spectacle ? Marcus ne lui donnerait pas cette satisfaction. Il découvrirait son adresse et lui rendrait visite.

— Ce n'est pas fini, déclara Marcus.

Il voulait être certain que Drobbit avait vraiment cessé son escroquerie, et il allait découvrir où était passé l'argent. Il ne pouvait pas *ne plus rien y avoir.*

Sur un dernier rictus, Marcus commença à se retourner. Quelque chose le frappa sur le côté de la tête. Le projectile le heurta avec force, lui déclenchant une douleur à la tempe, mais sans faire tomber son chapeau. Il comprit que Drobbit avait jeté quelque chose, une pierre peut-être.

Marcus voulut repartir vers lui, mais son cousin se releva et déguerpit en courant. Réprimant une invective, il s'éloigna de la foule qui s'était rassemblée et se dirigea vers son cheval. Un deuxième groupe, composé de femmes, se tenait sur le sentier et le regardait.

Après avoir détaché son cheval, Marcus se hissa sur la

selle et poussa le hongre au trot sur Rotten Row. Cependant, lorsqu'il arriva au bout, il cilla, en proie à une sensation de picotement : du sang s'était infiltré dans son œil.

— Oh, bon sang ! grommela-t-il, avant de s'écarter du chemin et de descendre de sa monture.

Comme il n'avait rien pour essuyer le sang, il détacha sa cravate et passa aussitôt la soie sur son œil pour tenter de le nettoyer. Horace lui poussa l'épaule, comme pour lui demander s'il allait bien.

— Ça va aller pour moi, dit Marcus en lui caressant le museau.

Un bruit de sabots l'incita à se tourner vers le chemin qu'il venait de quitter. Une femme faisait avancer son cheval au pas vers lui, puis descendit de sa monture sans son aide.

— Impressionnant, remarqua Marcus.

— Tenez, laissez-moi faire.

Elle s'approcha de lui avec un mouchoir et repoussa sa main. Levant la sienne, elle tapota le contour de son œil.

— Vous êtes plutôt grand.

Il aperçut un banc à proximité.

— Serait-il préférable que je m'asseye ?

— Oui, mais qu'en est-il des chevaux ?

Marcus mena Horace jusqu'à un arbre voisin et jeta les rênes par-dessus une branche. Il retourna chercher le cheval de la femme et fit glisser les rênes sur une autre branche.

— Ceci devrait faire l'affaire.

Avec un léger hochement de tête, la jeune femme se tourna et marcha d'un pas vif vers le banc.

Suivant son ange de miséricorde, il alla s'asseoir et retira son chapeau. Il bascula la tête en arrière, à la fois pour lui donner un meilleur accès et pour pouvoir l'étudier.

Elle portait un chapeau d'équitation bleu paon posé sur ses boucles sombres selon un angle prononcé. De délicats sourcils noirs couronnaient une magnifique paire d'yeux vert jade. Ils brillaient d'intelligence et d'inquiétude. Ses lèvres roses étaient légèrement pincées pendant qu'elle s'occupait de lui.

— Il a plutôt bien visé, murmura-t-elle en lui nettoyant la tempe.

Il grimaça lorsqu'elle appuya sur la plaie elle-même.

— Vous avez vu ce qui s'est passé ?

— Tout le monde à Hyde Park a vu ce qui s'est passé, répondit-elle d'un ton ironique et plein d'esprit, ce qui attisa la curiosité de Marcus à son égard.

— Je ne peux pas croire que ce soit vrai.

Cependant, il n'avait pas prêté attention à la taille de la foule.

— Enfin, peut-être pas tout le monde. Le parc est plutôt vaste, corrigea-t-elle.

Elle leva brièvement la main avant d'exercer une nouvelle pression.

— Cela ne semble pas vouloir s'arrêter de saigner.

— Cela prendra une minute... ou dix, lui dit Marcus, l'étudiant plus attentivement.

Le bout de son nez était légèrement retroussé et il soupçonnait qu'elle avait des fossettes lorsqu'elle souriait.

— Les blessures à la tête sont comme ça

— Vous avez déjà eu des blessures à la tête ?

— Une ou deux fois, répondit-il distraitement en admirant la douce courbe de sa mâchoire et la ligne gracieuse de son cou, presque cachée à son regard par son élégant costume d'équitation. Vous êtes très belle. Pourquoi ne nous sommes-nous jamais rencontrés ?

Son rire jaillit autour de lui comme un feu d'artifice à Vauxhall[1]. Et *oui*, elle avait des fossettes. Celle de droite était légèrement plus profonde que celle de gauche.

— Je dirais que nous n'avons pas les mêmes fréquentations.

— C'est dommage, mais je crains que vous n'ayez raison. Manifestement, vous êtes une... matrone de la bonne société ?

Avec sa peau lisse et ses lèvres pulpeuses, elle paraissait jeune, mais cela ne signifiait pas qu'elle n'était pas mariée. Comme elle n'avait pas de compagne ni de chaperon, elle devait être mariée. Quoi qu'il en soit, il était étrange qu'elle soit seule ici.

Son rire fut plus discret, cette fois.

— Je ne suis pas une matrone. Je suis une vieille fille.

Ce fut au tour de Marcus de rire.

— Vous semblez très fière de vous.

— C'est mieux que d'être une épouse, répliqua-t-elle avec un frisson.

Marcus avait rarement l'occasion de rencontrer une femme qui partage son opinion sur le mariage.

— Est-ce pour cette raison que vous êtes vieille fille ? Vous semblez terriblement jeune pour porter ce titre.

— Je peux vous assurer que je me le suis attribué moi-même. Cela ne me gêne pas que l'on m'appelle ainsi. De plus, je ne suis pas jeune du tout.

— Vous ne devez pas avoir plus de vingt et un ans.

— Bien sûr que si. En fait, j'ai vingt-cinq ans.

Marcus laissa échapper un faux halètement d'horreur.

— Vous êtes franchement vieille ! Alors qu'à trente et un ans, je suis au sommet de ma virilité. Quel dommage que vous ne soyez pas née homme !

— C'est là une réflexion que je me suis faite à maintes reprises.

Son ton ironique et son regard plein d'humour procu-rèrent une sensation de chaleur à Marcus. Le mot *rare* lui vint à nouveau à l'esprit.

— Alors, pourquoi ne pas vous comporter comme tel ? Est-ce pour cela que vous êtes seule ici ?

— Je ne suis pas seule. Mon palefrenier m'attend non loin.

— Eh bien, c'est dommage, parce que j'allais vous proposer de vous raccompagner, lui dit-il avec un sourire tranquille. Je pourrais encore le faire.

Il posa son regard sur celui de la jeune femme. Marcus était facilement attiré, peut-être trop facilement, mais de temps en temps, il y avait quelque chose… de plus.

Elle détourna rapidement les yeux, le poussant à s'interroger sur ce qu'il avait cru voir.

— Ce ne sera pas nécessaire.

Lorsqu'elle commença à retirer sa main, il la rattrapa et lui serra doucement le poignet.

— Pourquoi vous êtes-vous arrêtée pour m'aider ?

Elle croisa à nouveau le regard de Marcus, et le rose lui monta aux joues. Elle était plus que belle. Elle avait du charme et de la grâce, et quelque chose d'autre se cachait sous la surface de son statut de vieille fille : de la passion.

— Parce que vous aviez besoin que quelqu'un le fasse, non ?

Il aurait voulu répondre qu'il n'avait *besoin* de personne ; cependant, dans ce cas précis, son aide avait été la bienvenue.

— Apparemment, et je vous en suis reconnaissant. Je souhaiterais vous remercier pour votre gentillesse.

Elle retira le mouchoir de sa tête, et scruta sa blessure un instant.

— Je crois que l'hémorragie s'est arrêtée. Vous devrez nettoyer cela quand vous rentrerez.

— Si je vous raccompagnais chez vous, vous pourriez m'inviter à entrer, et nettoyer la plaie pour moi.

Elle plia le mouchoir de sorte que la partie imbibée de sang se retrouve à l'intérieur.

— Voilà le lord Ripley que j'attendais.

Il soupira et se leva du banc.

— Hélas, ma réputation me précède toujours.

— Peut-être que si vous cessiez de vous comporter comme une canaille, votre réputation changerait.

— Oh, je ne souhaite pas la changer, répondit-il en souriant. Comme vous, je suis plutôt satisfait de mon titre. En tant que libertin, s'entend.

Il prit le mouchoir qu'elle tenait.

— Laissez-moi prendre cela.

Il effleura les doigts de la jeune femme, et, malgré leurs gants, une vague de désir le traversa.

Elle relâcha le linge plus rapidement qu'il l'aurait souhaité.

— Pourquoi ?

— Je le ferai nettoyer et vous le rendrai ensuite. Cependant, je ne connais pas votre adresse ni même votre nom. Priez pour que je sois libéré des ténèbres de l'ignorance.

Après l'avoir regardé un moment, elle leva les yeux au ciel.

— Vous avez vraiment perfectionné votre méthode, n'est-ce pas ? Cela n'appelle pas de réponse. Pas plus que votre requête. Gardez le mouchoir. Vous n'aurez pas besoin de me le rendre.

Marcus cligna des yeux, légèrement surpris. Il avait déjà été repoussé, mais rarement, et pas depuis un moment.

— Vous n'allez pas me dire votre nom ? C'est plutôt cruel et cela pose à nouveau la question de savoir pourquoi vous vous êtes arrêtée pour m'aider.

— Comme je l'ai dit, vous sembliez en avoir besoin et je suis, à tout le moins, une personne prévenante.

— Prenez donc soin de moi, chère madame, et délivrez-moi de ma détresse. Me donnerez-vous votre nom si je promets de ne pas vous rendre visite ?

Elle haussa un sourcil noir, l'air dubitatif.

— Tiendrez-vous réellement cette promesse ?

Non, il n'en avait pas l'intention, et le fait qu'elle ait déjà compris cela chez lui était… intrigant.

— Je découvrirai qui vous êtes, que vous me le disiez ou non. Je vous garantis que je serai à votre porte dès demain.

Ses lèvres s'écarquillèrent en un large sourire éclatant, et le souffle de Marcus se figea dans ses poumons.

— Vous pouvez essayer. Je vous souhaite une bonne journée, my lord.

Elle inclina la tête, puis se retourna pour partir.

— À demain, mystérieuse lady.

Marcus ne se souvenait pas de la dernière fois où il avait été aussi… excité. Pas seulement physiquement, bien qu'il le soit totalement, mais aussi intellectuellement. Il avait hâte de connaître son identité.

— Vous savez, je pourrais simplement vous suivre, lui cria-t-il.

Elle s'arrêta, puis le regarda par-dessus son épaule.

— Vous pourriez, mais où serait le plaisir ?

Voilà qui allait être bien trop divertissant. Un sentiment d'impatience l'envahit tandis qu'il la regardait se diriger vers son cheval. Le palefrenier dont elle avait parlé sortit de derrière des arbustes et l'aida à monter. Marcus aurait dû l'accompagner pour pouvoir l'aider. Quelle belle occasion manquée !

Une fois qu'elle eut disparu de son champ de vision, il rejoignit son cheval et le monta. Il tapota l'encolure du hongre :

— L'as-tu vue, Horace ?

Il fut tenté de la suivre, mais il apprendrait son identité sans en arriver là. Combien de vieilles filles époustouflantes se déclarant comme telles pouvait-il y avoir ?

Il ne connaissait *aucune* vieille fille. Son ami Anthony Colton pourrait peut-être l'aider. Il était vicomte, et, jusqu'à récemment, il jouissait d'une excellente réputation. Peut-être saurait-il qui elle était. Mais Marcus n'avait pas beaucoup d'informations à lui fournir. Il regrettait à présent de ne *pas* l'avoir suivie.

Alors qu'il retournait à Hanover Square, il se sentit beaucoup mieux que lorsqu'il en était parti. Se remémorant l'état d'agitation dans lequel il se trouvait auparavant, il grimaça intérieurement. La situation avec Drobbit était frustrante, et il détestait s'être laissé entraîner à se battre avec cet homme. En public, de surcroît.

Mais son cousin devait répondre de ses crimes. Marcus le devait à son ami Graham, et aux innombrables personnes que l'escroquerie de Drobbit avait lésées. Il irait au fond des choses avec lui.

Juste après avoir retrouvé sa mystérieuse beauté.

~

*E*nfin, l'heure de la pause avait sonné. Phoebe Lennox rassembla les cartes sur la table et en fit une pile avant de se lever de sa chaise. Promenant son regard sur le salon de Mme Matheson, elle trouva sa plus proche amie, Jane Pemberton, qui se tenait dans l'angle.

Avant que Phoebe ait pu la rejoindre, lady Pemberton arriva au côté de sa fille. Jane faisait face à son amie, tandis que sa mère se présentait de profil. La bouche de la plus âgée des deux femmes remuait rapidement tandis qu'elle parlait près de l'oreille de Jane, puis lady Pemberton jeta un coup d'œil furtif par-dessus son épaule, croisant le regard de Phoebe. Les joues de la femme se teintèrent de rose. Elle comprit sans mal de quoi, ou plutôt de qui, elle parlait à sa fille.

Jane jeta à son amie un regard suppliant qui signifiait clairement, *sauve-moi*.

Comme elle n'était pas du genre à abandonner une âme en détresse, Phoebe poursuivit son chemin pour la rejoindre.

— Bonsoir, Lady Pemberton, Jane.

Lady Pemberton afficha un large sourire ; la teinte rose de ses joues persistait.

— Bonsoir, mademoiselle Lennox. Quel plaisir de vous voir !

Menteuse. Aux yeux de cette femme, Phoebe était une indésirable, tout comme pour beaucoup d'autres femmes de la bonne société de son âge. Le fait que Phoebe se soit elle-même déclarée vieille fille et qu'elle ait abandonné Laurence Sainsbury le jour de leur mariage, la saison précédente, entachait sa réputation. Cela n'empêchait cependant pas Jane d'être son amie, même si sa mère espérait qu'elles cessent de se fréquenter.

— Si vous voulez bien m'excuser, je dois parler à lady Chadwick. Lady Pemberton s'éloigna en direction de la comtesse douairière, qui tenait sa cour de l'autre côté de la pièce.

Lady Chadwick était la grand-tante de l'hôtesse et la seule raison pour laquelle Phoebe était invitée à ces parties de cartes. La douairière avait félicité Phoebe d'avoir rompu avec Sainsbury, qu'elle trouvait ennuyeux et flagorneur. L'approbation de lady Chadwick était la seule chose qui avait évité à Phoebe la déchéance totale. Cela, et son nouveau rôle d'héritière. Il était étonnant de voir ce que les gens étaient capables d'ignorer lorsque l'on était fortuné.

— Ta mère a pris la fuite à toute allure, murmura Phoebe en se rapprochant de Jane, puis en se tournant pour qu'elles soient toutes les deux face à la pièce.

— Dieu merci ! répondit Jane, ajustant une boucle blonde près de son oreille. Tu m'as évité une nouvelle discussion au sujet de M. Brinkley.

Elle plissa légèrement le nez.

M. Brinkley était le voisin des Pemberton dans le Shrop-shire. Banquier, il était veuf et il avait besoin d'une épouse pour ses deux jeunes filles. Comme Jane n'avait pas encore attiré d'homme titré à Londres, sa mère avait commencé à insister pour qu'elle s'unisse à Brinkley.

En réalité, ce n'était pas seulement parce que Jane n'avait pas rencontré d'homme titré. Elle était aussi devenue trop proche de Phoebe. Lady Pemberton redoutait à présent que sa fille ne soit plus digne d'intérêt sur le marché du mariage, une vérité potentielle qui plaisait à Jane, qui avait horreur de devoir essayer de trouver un mari.

— Je suis heureuse de pouvoir aider, dit Phoebe. Je m'attends sans cesse à ce que ta mère te dise que tu n'as plus le droit de me parler.

— Ce sera le jour où je m'en irai en annonçant ma propre condition de vieille fille, déclara Jane, car elle le voulait par-dessus tout. S'il n'y avait pas Anne, je le ferais dès demain. Même ce soir.

Anne était sa sœur cadette, qui vivait sa première saison.

— Anne pourrait bien se marier d'ici la fin du mois de mai, dit Phoebe d'un ton ironique, car la jeune femme était très populaire.

— En effet, c'est possible. Et j'espère pour elle que ce sera le cas.

— Pourquoi ?

— Parce qu'elle est désespérément amoureuse... du moins, c'est ce qu'elle m'a dit hier soir.

— De qui ? demanda Phoebe.

— Elle n'a pas voulu le dire. Elle a tellement de préten-dants que je ne me risquerais pas à deviner de qui il s'agit, expliqua Jane en redressant les épaules. Mieux vaut elle que moi. Si elle fait un bon mariage, peut-être même un mariage exceptionnel, je pourrai peut-être persuader mes parents de me laisser vivre.

Phoebe lui jeta un regard dubitatif.

— Crois-tu vraiment que ta mère te laissera devenir une vieille fille comme moi ?

Jane souffla.

— Non.

— Oh, mademoiselle Lennox, ne vous ai-je pas vue faire du cheval dans le parc aujourd'hui ? lui demanda Mme Matheson.

Accompagnée de deux autres femmes, elle s'approchait de Phoebe et Jane.

— Sans doute, répondit Phoebe, bien qu'elle ne se souvienne pas d'avoir vu Mme Matheson.

— Avez-vous vu l'altercation du marquis de Ripley dans Rotten Row ?

Le nom de Ripley provoqua une vague de conscience chez Phoebe.

— Oui.

— Je pense qu'il aurait pu démolir ce pauvre homme, affirma lady Faversham, la femme d'âge moyen qui se trouvait à la droite de Mme Matheson.

— C'est peu probable, intervint lady Lindsell, à la gauche de Mme Matheson. Ce que je veux dire, c'est qu'il aurait *pu* le faire, mais qu'il ne le ferait jamais. Cet homme est son cousin.

Lady Faversham écarquilla les yeux et pinça les lèvres.

— Je ne m'en étais pas rendu compte. En temps normal, je suis bien plus au fait de ce genre de choses.

C'était effectivement le cas : lady Faversham était une horrible commère.

— Il est aisé d'être aveuglée par les… charmes de lord Ripley, dit Mme Matheson en agitant les sourcils.

Lady Lindsell eut l'air scandalisée pendant un bref instant, mais son sourire et la lueur dans ses yeux trahissaient que sa réaction était factice.

— Oh, mais nous ne devrions pas l'être. C'est un horrible dépravé.

— Un véritable bon à rien, approuva Mme Matheson.

Lady Faversham inclina la tête.

— Peut-être pas cela. Je crains que nous ne devions réserver cette description à des personnes comme lord Colton.

Les autres femmes échangèrent des regards de pitié et hochèrent la tête d'un air sombre. Puis le trio poursuivit son chemin en faisant le tour de la salle.

Jane leva les yeux au ciel.

— Pourquoi se sont-elles arrêtées ici ?

— Pour pouvoir nous regarder pendant que nous les écoutions déblatérer. Nous n'avons pas dû leur offrir la réaction qu'elles attendaient, donc elles ont continué à avancer.

— C'est sans doute vrai, dit Jane en riant doucement, puis elle baissa la voix. Tu as vu lord Ripley se battre ?

— J'ai fait plus que cela. J'ai soigné la coupure qu'il a subie à la tête à cause d'une pierre lancée par son cousin.

— Tu n'as pas fait cela ? Comment cela a-t-il pu se produire ?

— J'ai vu qu'il saignait, et lorsqu'il s'est éloigné du sentier pour aller dans une zone plus isolée…

Jane l'interrompit.

— Isolée ? répéta-t-elle, et elle haussa un sourcil blond interrogateur.

— Pas tellement, répondit Phoebe, comme si cela avait de l'importance.

Elle n'avait pas vraiment de réputation à protéger.

— Personne ne m'a vue… ne nous a vus. Ensemble, je veux dire. Pourquoi avait-elle soudain si chaud ? Et pourquoi se sentait-elle légèrement agitée ?

— Raconte-moi tout, lui demanda Jane, les yeux brillants de curiosité.

— Il n'y a pas grand-chose à dire.

Si ? Il avait pris son mouchoir et lui avait promis de le lui rendre en personne. Pire que cela, ils avaient *fleureté*. Phoebe ne se préoccupait peut-être pas de sa réputation, mais cela ne signifiait pas pour autant qu'elle voulait se lier à l'un des plus célèbres séducteurs d'Angleterre.

— Il est possible que nous ayons fleureté un peu, murmura-t-elle, détournant son regard de celui de Jane.

— *Il est possible ?*

Phoebe se retourna vers son amie.

— Oui, nous avons fleureté ? Que pourrions-nous attendre d'autre d'un homme tel que Ripley ? Quoi qu'il en soit, du sang s'écoulait de sa blessure. Je devais l'aider.

— Je n'en attendais pas moins de *toi*, dit Jane avec chaleur.

— Il a gardé mon mouchoir en promettant de le laver avant de me le rendre. En personne.

— Comme c'est galant ! Ce n'est pas un mot que l'on entend souvent à propos de Ripley. Quand te rendra-t-il visite ?

Phoebe n'aurait pas non plus employé le mot de *galant* pour le décrire. Pénible. Masculin. Tentant... Phoebe chassa ces mots de son esprit.

— Il a dit qu'il le ferait demain, mais c'est seulement s'il peut me retrouver.

Un rire s'échappa des lèvres de Jane.

— Pourquoi n'en serait-il pas capable ?

— Parce que je ne lui ai pas donné mon nom. Ni mon adresse.

Jane la regarda avec... admiration ?

— Oh, mais vous avez *vraiment* fleureté ! Qu'as-tu ressenti ?

— C'était étrange.

Non pas que Phoebe n'avait jamais fleureté. Mais, depuis Sainsbury, elle n'en avait plus eu envie. Elle n'était toujours pas sûre de le vouloir, et pourtant Ripley l'avait provoquée, d'une certaine manière. Elle n'aimait pas cela. Non, elle n'aimait pas *les hommes*, surtout ceux de l'espèce de Ripley. Les libertins et les coureurs de jupons. Des hommes comme son ancien fiancé, Sainsbury.

— Je n'ai pas l'intention de continuer.

— Pourquoi pas ? En tant que vieille fille, tu peux faire tout ce que tu veux.

— Pas si je tiens à ce qui reste de ma réputation.

— Est-ce le cas ? s'enquit Jane.

— Nous ne pourrons plus être amies si je tombe encore plus bas.

Jane ricana pour exprimer son dégoût.

— La bonne société est trop prude.

— Et hautaine, ajouta Phoebe, jetant un regard vers Mᵐᵉ Matheson et les autres. Pour certains, il est amusant de s'imaginer au-dessus des autres.

— C'est détestable.

Phoebe rit doucement.

— Et c'est la raison pour laquelle nous sommes si bonnes amies.

Jane inclina la tête sur le côté, l'air songeur.

— Je me demande comment lord Ripley va essayer de trouver ton identité. Ce n'est pas comme s'il pouvait te rencontrer lors d'un événement social, car il participe rarement à ce genre de chose, n'est-ce pas ? demanda-t-elle avec un petit ricanement. Il est tout à fait hypocrite que ces mêmes personnes qui ne te convient pas lui envoient des invitations, dans le seul but de créer une effervescence et de renforcer leur propre popularité.

— Je ne suis pas sûre que *détestable* soit un adjectif assez fort pour décrire ces personnes.

— Odieux ? proposa Jane.

Phoebe acquiesça.

— Offensant.

— Scandaleux.

— *Obscène.*

Elles se remirent à rire un moment. Une fois qu'elles se furent calmées, Jane dit :

— Je cherche encore à imaginer comment lord Ripley va te retrouver. J'aurais presque envie de lui fournir un indice.

— Tu ne dois *surtout pas* faire cela !

L'espace d'un instant, Phoebe pensa que Jane était sérieuse, puis elle comprit qu'elle ne l'était pas, évidemment.

— Ce ne serait pas juste.

— C'est donc un défi. Je parierai avec lui qu'il ne peut pas te retrouver.

— Sauf que le fait que tu le contactes serait un indice.

Phoebe secoua la tête, sachant pertinemment que son amie plaisantait. La lueur d'humour disparut du regard de Jane.

— J'ai entendu dire que lord Colton est devenu assez proche de lui. Est-il possible que le marquis puisse remonter jusqu'à toi par son intermédiaire ?

La sœur de lord Colton, Sarah, aujourd'hui comtesse de Ware, était l'une de leurs amies.

— Je ne vois pas comment, dit Phoebe.

— Je suppose qu'il est peu probable que Ripley puisse te décrire à la perfection. Peut-être va-t-il parcourir Londres à ta recherche ?

— Il est plus probable qu'il m'oublie complètement.

Comment pourrait-elle se comparer à ses innombrables maîtresses ? Et pourquoi voudrait-elle le faire ?

— Oui, j'espère qu'il m'oubliera.

Sauf que, en son for intérieur, une voix lui disait : *non, ce n'est pas vrai.*

— Vraiment ? Je trouve curieux que tu te sois arrêtée pour

l'aider, malgré ton incroyable bonté d'âme, remarqua Jane, observant Phoebe avec attention.

— Je n'y ai pas vraiment réfléchi. J'ai juste voulu aider.

Cependant, elle y avait beaucoup repensé depuis. Elle ne cessait de revivre ce moment où les doigts de Ripley avaient effleuré les siens. Ce contact avait diffusé en elle une sensation de chaleur et de puissance. Elle la ressentait encore.

— Je vois que tu y penses *maintenant*, dit Jane.

— Parlons d'autre chose, dit Phoebe, qui ne voulait pas parler de Ripley ou de sa réaction face à lui.

Car dans ce cas, elle penserait à lui plus qu'elle ne le faisait déjà, et toute pensée était déjà de trop.

— Je te prie de m'excuser si je t'ai mise mal à l'aise. Je ne le ferais jamais intentionnellement.

— Je le sais.

— Je suppose que je trouve excitant de pouvoir fleureter et échanger avec un homme tel que Ripley, ne serait-ce que pour afficher son indépendance. C'est l'un des avantages d'être une vieille fille assumée. C'est peut-être le nom que nous aurions dû donner à notre club, la Société des vieilles filles assumées, s'amusa Jane.

Phoebe sourit. Elles avaient formé une alliance de deux personnes au début de la saison. Elles étaient officiellement trois avec l'ajout de leur amie Arabella, mais elle deviendrait bientôt la duchesse de Halstead.

— C'est loin d'être aussi fringant que la Société des Femmes de tête.

— C'est vrai. Cependant, je pense que les femmes de tête fleuretteraient.

Jane avait sans doute raison, mais Phoebe n'avait pas l'intention de poursuivre Ripley ni aucun autre homme. Que ce soit pour fleureter, ou autre chose.

— Je te laisse cela, dit Phoebe.

Jane rit.

— Lorsque je rencontrerai quelqu'un avec qui j'aimerais fleureter, tu seras la première à le savoir, répondit-elle en adressant un clin d'œil à Phoebe.

Le son d'une cloche se fit entendre dans le salon, indiquant qu'il était l'heure de la prochaine partie de cartes.

— J'espère que tu me préviendras si Ripley te retrouve, dit Jane alors qu'elles retournaient vers les tables.

Phoebe ne répondit pas, car elles avaient rejoint les autres et devaient se séparer pour prendre leur place. Évidemment, elle le dirait à Jane, même si elle ne s'attendait pas à ce que ce soit nécessaire. Ripley ne la retrouverait pas : comment le pourrait-il ?

De plus, elle ne voulait pas qu'il le fasse. Leurs chemins ne se croiseraient sans doute jamais plus, et, pour cette raison, elle aurait dû se sentir soulagée.

Au lieu de cela, elle se sentait légèrement déçue.

CHAPITRE 2

Les images, les sons et les odeurs familières de chez Brooks accueillirent Marcus lorsqu'il pénétra dans la salle des abonnés, cherchant du regard son ami Anthony Colton. Une odeur de tabac flottait dans l'air. Marcus salua d'un signe de tête des *dandys* vêtus de gilets aux couleurs vives.

— Ripley ! l'interpella quelqu'un.

Soudain, plusieurs personnes lui bloquèrent le chemin, toutes impatientes de lui parler. Un homme aux larges épaules se fraya un chemin jusqu'au centre du groupe.

— Quelqu'un a parié que vous défieriez votre cousin en duel avant l'aube, si ce n'est déjà fait.

— Suis-je réputé pour être un duelliste ? demanda-t-il avec ironie.

Le grand homme, Galbraith, cligna des yeux, puis se mit à rire. Un autre homme, plus petit, prit la parole.

— Non, mais peut-être cherchez-vous à élargir votre... réputation.

Marcus leur adressa un sourire qui masquait son manque de patience.

— Je suis tout à fait satisfait d'être reconnu comme un libertin séducteur, merci.

— Alors, pourquoi vous battre ainsi à l'heure mondaine ? s'enquit le second homme.

Marcus ne se rappelait pas tout à fait son nom, mais il le reconnut comme quelqu'un qui aimait faire des commérages.

— C'était l'heure mondaine ? Je crains de ne pas prêter attention à ce genre de choses. Veuillez m'excuser.

Il leur adressa un nouveau sourire, plus crispé que le premier, et se faufila entre les gentlemen à la recherche d'Anthony.

Marcus finit par apercevoir le vicomte en pleine conversation avec un autre homme. Alors qu'il s'avançait vers eux, il évita de regarder qui que ce soit dans les yeux. Cela ne l'avait jamais dérangé d'être la source de commérages parce qu'il s'agissait toujours de sa dernière conquête, et beaucoup de ces rumeurs n'étaient même pas fondées ; mais Marcus n'avait jamais été du genre à s'épancher sur ses aventures.

Non, c'était différent. Son cousin avait fait honte à la famille, et il l'avait poussé à se comporter d'une manière qui ne lui convenait pas. Et il n'avait même pas obtenu l'information qu'il souhaitait ni la solution dont il avait besoin.

Drobbit avait volé des gens, et, dans certains cas, il les avait complètement ruinés. À cause de lui, Graham Kinsley, l'ami de Marcus, avait hérité d'un duché au bord de la faillite et avait été contraint de vendre une propriété de grande valeur, qui faisait partie intégrante de son patrimoine familial. Pour sauver la situation, Marcus l'avait achetée, et il la lui aurait rendue si le sens de l'honneur et la fierté de Graham ne l'en avaient pas empêché.

Il chassa ces pensées dans un coin de son esprit en arrivant auprès d'Anthony et de sir Robert. Les deux hommes l'accueillirent avec le sourire et levèrent leur verre.

— Joins-toi à nous, lui proposa Anthony. Sir Robert était

justement en train de me raconter l'histoire très amusante d'un canard qui a attaqué lord Beasley dans le parc cet après-midi. Je suppose que tu n'as rien vu ?

— Effectivement.

Marcus était soulagé qu'ils ne discutent pas de l'autre spectacle de la journée dans le parc. Sir Robert s'esclaffa.

— Il était sans doute trop occupé à échanger des coups avec M. Drobbit.

Anthony haussa brièvement les sourcils.

— Oui, j'en ai entendu parler. Je suis désolé d'avoir manqué ça. As-tu besoin d'un second ?

Marcus serra les dents.

— Non.

— Quelle était la cause de votre désaccord ? s'enquit sir Robert.

Sa question semblait désinvolte, mais la lueur d'impatience dans ses yeux trahissait la vérité : il voulait connaître le fond de l'affaire. Sans doute pour pouvoir le raconter à tout le monde.

— C'est un sujet complexe, répondit Marcus.

Le comportement de Drobbit allait s'ébruiter. Il avait escroqué trop de gens, et la menace que ceux-ci soient démasqués, car aucun gentleman ne voulait être considéré comme un idiot en matière de finances ou que l'état pitoyable de sa fortune soit rendu public, n'était plus une incitation suffisante pour les faire taire. Du moins, c'était ce que pensait Marcus. Jusqu'à présent, il ne connaissait que deux des victimes de Drobbit : son ami Graham, ou plutôt le duc dont Graham avait hérité son titre, et M. Yardley Stoke, père de la future épouse de Graham.

Il était primordial pour Marcus d'identifier d'autres victimes et de veiller à ce que Drobbit les rembourse. Il n'allait pas rester les bras croisés pendant qu'un membre de sa famille ruinait des gens.

— Complexe à quel point ? insista sir Robert.

Anthony ricana.

— Complexe signifie qu'il n'y a pas lieu d'en discuter. Bon sang ! Trouvez-vous un sujet de conversation intéressant ! J'ai appris que la goutte de lord Fenwick se manifestait à nouveau, et j'ai cru comprendre qu'il organisait un pèlerinage à Bath. Cependant, tous les participants doivent accepter de se baigner nus. La rumeur dit qu'il a déjà recruté Mme Dorris.

Les yeux de sir Robert s'illuminèrent lorsqu'il entendit cette information.

— Eh bien ! Vous m'en direz tant, dit-il à Anthony avec un petit rire. Comme c'est charmant. Je dois voir qui d'autre y va. Cela vaudrait peut-être la peine de faire le voyage rien que pour voir Mme Dorris...

Le chevalier se retira, et Marcus se mit à sa place pour pouvoir tourner le dos au mur et faire face à la salle.

— Merci pour la diversion.

— Tu semblais agacé par son interrogatoire, répondit Anthony, avant de boire une gorgée de son cognac. En fait, j'ai aperçu dans tes yeux une lueur sombre que je ne suis pas sûr d'avoir déjà vue.

— Cette situation avec mon cousin est exaspérante.

Marcus jeta un coup d'œil autour de lui pour trouver un valet de pied. Anthony était au courant de l'escroquerie de Drobbit.

— Il t'a suffisamment provoqué pour que tu te battes avec lui, murmura-t-il. En public. C'est choquant. Les gens te voient comme un amoureux, pas comme un bagarreur.

— Les gens devraient se mêler de leurs affaires.

Enfin, un valet de pied arriva avec un verre du porto préféré de Marcus.

— Merci, lui dit-il, avant de boire une gorgée réconfortante et de se tourner vers Anthony. Trouvons un endroit privé pour discuter.

Surpris, Anthony haussa les sourcils. Il se tourna et conduisit Marcus de la salle des abonnés à une alcôve du hall principal.

— Cela suffira-t-il ?

Marcus sortit le parchemin plié de son manteau et, en jonglant avec le verre de porto, parvint à l'ouvrir pour qu'Anthony puisse le voir.

— Je cherche cette femme.

Anthony regarda à peine le dessin.

— C'est Mlle Phoebe Lennox.

Un sentiment de victoire vibra dans la poitrine de Marcus.

— J'espérais que tu la connaîtrais, et tu n'as même pas hésité ! Est-ce que tu la connais bien ?

— Pas vraiment. Elle est l'une des fondatrices de la Société des Femmes de tête avec Mlle Jane Pemberton. Ma sœur ainsi que sa bonne amie lady Northam sont amies avec les deux. Tu te souviens peut-être d'avoir entendu parler de Mlle Lennox la saison dernière. Elle a quitté Laurence Sainsbury devant l'autel.

Elle lui parut soudain familière.

— As-tu déjà parlé d'elle ? demanda-t-il, mais il s'en souvenait maintenant. Tu as parlé d'elle comme d'une épouse potentielle pour Halstead il y a quelques semaines.

— Oui. Et tu as dit en plaisantant qu'elle était plus ton genre, en raison de sa réputation ternie, ce à quoi j'ai répondu que ce n'était absolument *pas le cas*.

Flûte !

— Sais-tu où elle habite ? s'enquit Marcus, qui devait encore lui rendre son mouchoir.

— Cavendish Square, je crois. Pourquoi ?

— Tu crois, seulement, ou tu sais ?

— Pourquoi est-ce important ?

Anthony sortit la tête de l'alcôve et fit signe à un valet de pied. Lorsque celui-ci arriva, il déposa son verre vide sur le plateau et commanda un autre cognac.

— Ça l'est, c'est tout, répondit Marcus quand son ami revint dans l'alcôve.

— Alors, tu as jeté ton dévolu sur elle ? Une jeune femme célibataire n'est pas une proie typique pour toi, constata Anthony.

Non, effectivement. Marcus réservait ses activités aux professionnelles rémunérées et à quelques veuves à l'occasion. Une fois ou deux, dans sa jeunesse, il avait fleureté avec une femme mariée. Il préférait les liaisons courtes et bien définies.

— Elle n'est pas ma proie.

Qu'était-elle alors ? Elle était intrigante. Et, à cet instant, c'était tout ce qui comptait.

Anthony poursuivit comme si Marcus n'avait rien dit.

— Elle revendique son statut de vieille fille, c'est pour cela qu'elle a fondé la Société des Femmes de tête, alors je suppose qu'elle n'est pas comme les autres célibataires. Mais, s'il te plaît, n'oublie pas que ma sœur l'apprécie.

— Je n'ai pas l'habitude de déshonorer les jeunes femmes.

Marcus replia le parchemin et le remit dans la poche de son manteau avant de boire un peu plus de ce délicieux porto.

— Non, c'est vrai, acquiesça Anthony. Ce portrait est très ressemblant. Tu l'as dessiné ?

— Oui.

Marcus ne montrait ses croquis qu'à une poignée de personnes : son majordome, son valet de chambre et, plus récemment, Anthony, qui l'avait un jour surpris à dessiner. Beaucoup des esquisses de Marcus n'étaient pas propres à être vues par un grand nombre. Elles étaient détaillées, provocantes... et de nature érotique. Il avait été tenté de dessiner Mlle Lennox nue, mais, même s'il pouvait deviner à quoi elle ressemblerait, il s'était rendu compte qu'il n'en avait pas envie. Il préférait découvrir la réalité plutôt que de se fier à son imagination.

Le valet de pied revint avec le cognac d'Anthony, qui but rapidement la moitié de son verre.

— Je vais chez Mme Alban. Tu viens ?

Marcus secoua la tête. Il n'était pas d'humeur à se rendre dans son bordel préféré. Anthony écarquilla brièvement les yeux.

— Pourquoi pas ? demanda-t-il, avant d'afficher un sourire taquin. Mlle Lennox.

— Non, protesta Marcus, dont la voix semblait faible, même à ses propres oreilles. Je n'ai pas l'intention de débaucher Mlle Lennox.

C'était vrai. Les pensées, et il en avait eu quelques-unes depuis qu'il l'avait rencontrée cet après-midi-là, n'étaient pas des intentions. Pour le moment.

Marcus termina son porto et sortit de l'alcôve.

— Après cette journée, j'ai besoin d'une soirée tranquille à la maison.

— Sauf que tu as choisi de venir ici pour chercher l'identité de la femme que tu as dessinée avec une grande précision. En vérité, je l'ai tout de suite reconnue : la ressemblance était extraordinaire, comme si elle avait posé pour toi.

Marcus aurait aimé qu'elle le fasse. Peut-être le lui demanderait-il...

— J'ai quelque chose qui lui appartient.

Marcus lui avait fait la promesse de la retrouver avant le lendemain et de lui remettre son mouchoir lavé, et il avait bien l'intention de la tenir.

Anthony termina son cognac.

— Comment diable as-tu fait pour obtenir quelque chose

d'elle sans savoir qui elle était ? Il y a une histoire là-dessous, et je te trouve sacrément énigmatique.

Il l'était effectivement, et il continuerait de l'être.

— Passe une bonne soirée chez Mme Alban.

Marcus inclina la tête, puis se tourna et déposa son verre vide sur le plateau d'un valet de pied qui passait.

Alors qu'il s'approchait de l'entrée principale, un autre homme lui barra la route.

— J'ai appris que vous vous battiez en duel. Devrions-nous nous présenter à Hyde Park à l'aube ? s'enquit-il en jetant un coup d'œil à deux gentlemen qui se tenaient à proximité.

Marcus résista à l'envie de frapper le visage de l'homme avec son poing.

— Mais, je vous en prie, faites donc cela. Cependant, je serai au lit bien au chaud à cette heure-là.

— Le lit de qui ? demanda l'un des autres messieurs, ce qui provoqua les rires de tous ceux qui étaient à portée de voix.

Maîtrisant son irritation, Marcus croisa le regard d'Anthony. À sa décharge, il ne riait pas, mais il y avait une lueur d'humour dans ses yeux. Et de curiosité, aussi. Parce qu'il savait que Marcus avait d'autres préoccupations que simplement son idiot de cousin.

Si ce dernier supportait la curiosité de son ami, il était agacé par tous les autres. Il parvint à sourire.

— Vous savez que je ne raconte jamais rien quand je couche.

Son sourire forcé disparut aussitôt qu'il tourna le dos au groupe et quitta le club. Il se remit à penser à Drobbit et à ce qui devrait se passer ensuite. Marcus lui rendrait bientôt visite.

Son cocher ouvrit la portière de sa calèche. Avant d'y entrer, Marcus lui demanda de se rendre à Cavendish

Square.

La destination avait jailli de sa bouche de manière impromptue. Mais c'était fait, et il se rendit compte qu'il ne voulait pas la changer. Le trajet à travers Mayfair fut court et il arriva bientôt à Cavendish Square.

Son cocher se rangea sur le côté et s'arrêta. La portière s'ouvrit, et il demanda à Marcus s'il souhaitait sortir.

— Oui.

Il descendit et inspecta la place. Quelle maison était la sienne ? Si, effectivement, l'une d'entre elles l'était, car Anthony n'en était pas tout à fait certain.

C'était de la folie. Il connaissait son identité. Il trouverait certainement son adresse dans la matinée, et il pourrait alors lui remettre son mouchoir. Il entreprit quand même de faire le tour de la place, balayant du regard chaque bâtiment, se demandant si elle s'y trouvait.

L'image de ses yeux verts pétillants et de ses sourcils élégants lui vint à l'esprit, suivie par le reste de son visage séduisant : le petit bout charmant de son nez, les fossettes animées qui dansaient sur ses joues, la courbe attirante de ses lèvres...

Oui, il avait pu la dessiner avec précision parce qu'il avait mémorisé tous les détails.

Bon sang ! Mais qu'était-il en train de faire ? Il pourrait trouver son adresse et se contenter de lui envoyer le mouchoir. Il n'avait absolument pas besoin de se déplacer en personne. À moins que, comme l'avait suggéré Anthony, il n'ait jeté son dévolu sur elle. Pour la séduire.

Son sexe tressaillit. Et il n'aurait pas dû. Elle était célibataire, sans doute vierge, le genre de femme qui ne lui avait jamais fait tourner la tête. Même dans sa jeunesse, il avait toujours été attiré par des femmes plus âgées et expérimentées. Elles lui avaient appris tout ce qu'il savait, et il s'était révélé être un élève enthousiaste.

Il n'avait ni la patience ni l'envie de faire pour quelqu'un ce qu'elles avaient fait pour lui. À moins que… ?

Soudain, l'idée de donner des leçons à Mlle Lennox l'amena à une érection complète. Le bruit d'un carrosse qui arrivait l'incita à accélérer le pas. Il fallait qu'il rejoigne sa calèche et qu'il rentre chez lui. Là où il apaiserait son désir à l'aide de sa main droite. Ou bien il pourrait suivre Anthony chez Mme Alban…

Le carrosse s'arrêta quelques maisons devant lui, et il en sortit la silhouette bien reconnaissable de Mlle Lennox. Elle gravit les marches de l'une des plus grandes maisons de la place ; la porte s'ouvrit et se referma derrière elle bien trop tôt alors qu'elle disparaissait à l'intérieur.

Le cœur de Marcus se mit à battre la chamade tandis que l'impatience le gagnait. Il jeta un coup d'œil à son carrosse, et à sa santé mentale, avant de poser son regard sur sa maison. Il savait où elle vivait et pouvait maintenant lui remettre le mouchoir.

Mais, bien sûr, il ne l'avait pas sur lui. Car s'il avait eu envie de la trouver ce soir-là, il ne s'était pas attendu à réussir. Pas si facilement.

Il attendit que l'excitation de la chasse se dissipe. Au lieu de cela, elle s'intensifia, l'obligeant à se demander une fois encore ce qu'il était en train de faire.

Rentre chez toi. Envoie le mouchoir. Mets un terme à tout cela. Tu as d'autres choses à penser.

Dommage qu'aucune d'elles ne soit aussi fascinante.

~

— *J*'espère que vous avez passé une bonne soirée, s'enquit le majordome de Phoebe en l'accueillant à la maison.

— Oui, merci, Culpepper.

Elle retira ses gants et les tendit à l'homme, un solide gaillard d'une trentaine d'années.

— Voulez-vous prendre votre habituel dernier verre dans la salle jardin ?

— En effet.

Phoebe appréciait un verre d'un certain porto la plupart des soirs. Lorsqu'elle réfléchissait à sa vie maintenant qu'elle était une femme indépendante et riche, elle se sentait incroyablement reconnaissante.

Culpepper se tourna pour quitter le vestibule, mais un coup frappé à la porte l'arrêta. Il se tourna à nouveau pour la fixer, haussant un sourcil brun.

— Vous attendez quelqu'un, mademoiselle Lennox ?

— Non.

Qui pourrait venir à cette heure-là ? Jane était la seule personne qui lui venait à l'esprit, et comme Phoebe venait de la quitter, ce n'était probablement pas elle. Elle se dit qu'il pourrait aussi s'agir de ses parents, mais ils ne venaient pas souvent et ne le feraient sûrement pas à une heure aussi tardive.

Culpepper ouvrit la porte, et aussitôt, une voix grave et masculine se glissa dans le vestibule.

— Bonsoir. M{\ }^{lle} Lennox reçoit-elle ?

Phoebe reconnut la voix, et son cœur s'emballa. Non, ce ne pouvait pas être *lui*.

— Il est un peu tard, répondit froidement Culpepper. Voulez-vous laisser une carte ?

— Oui.

Le majordome répondit avec un ton surpris.

— My lord.

C'était *lui*.

Culpepper se tourna vers elle, et elle inclina la tête. Il ouvrit davantage la porte pour qu'elle puisse voir entièrement le marquis. Il occupait l'embrasure de la porte, vêtu d'une tenue de soirée parfaite, d'un noir pur et d'un blanc immaculé.

— Puis-je entrer ? s'enquit-il.

Elle aurait dû dire non.

— Brièvement, répondit-elle avec un coup d'œil vers Culpepper. Apportez-nous deux verres, s'il vous plaît.

Ensuite, elle jeta un nouveau regard à lord Ripley avant de se tourner et de le mener dans la salle jardin.

Un petit feu brûlait dans l'âtre et Phoebe alla se placer près de la cheminée. Elle pivota pour lui faire face lorsqu'il entra dans la pièce. Ce lieu avait toujours été particulièrement féminin, avec son papier peint fleuri et son mobilier rose. Cependant, à cet instant, l'air était résolument masculin. C'était étonnamment… agréable.

Agréable ? Non, stimulant.

— Vous m'avez trouvée.

Il retira son chapeau et le posa sur une table à côté du canapé.

— Effectivement, et c'est un immense plaisir pour moi de faire officiellement votre connaissance, mademoiselle Lennox.

Il s'approcha d'elle et prit sa main nue. Malheureusement, il portait encore ses gants.

Malheureusement ?

Il appuya les lèvres sur ses jointures, laissant sa chair toucher celle de Phoebe. Un frisson remonta le long de son bras et la traversa pour aller s'installer quelque part au niveau de son ventre. Ou peut-être un peu plus bas.

À contrecœur, elle retira sa main.

— Comment m'avez-vous trouvée ?

— La chance.

Phoebe leva les yeux au ciel.

— Certainement pas.

Une idée terrible lui vint à l'esprit, et elle fut plutôt furieuse contre elle-même de ne pas y avoir pensé plus tôt.

— Quelqu'un vous a-t-il vu ?

Il posa son avant-bras sur le manteau de la cheminée.

— Non. Cela n'en a peut-être pas l'air, mais je suis assez discret lorsque la situation l'exige.

Culpepper arriva avec un plateau contenant deux verres de porto. Phoebe en prit un et fit signe à Ripley de prendre l'autre. Le marquis s'exécuta et le majordome sortit de la pièce.

Ripley leva son verre.

— Un toast à votre formidable hospitalité.

— Un toast à votre ingéniosité. Je ne pensais pas que vous me trouveriez demain, et encore moins ce soir.

Il lui adressa un sourire confiant qui aurait dû l'agacer, mais qui, au contraire, ne fit qu'accroître la sensation qui pulsait en elle. Il but une gorgée de porto, et elle fit de même.

Phoebe décida qu'il fallait laisser un peu d'espace entre eux. Elle se tourna et alla s'asseoir dans son fauteuil préféré. Ainsi, il ne pouvait pas prendre place à côté d'elle. Il s'installa cependant sur le petit canapé à côté du fauteuil, aussi près d'elle que possible sans s'asseoir sur ses genoux.

— J'apprécie votre discrétion, dit Phoebe. Malgré tout, vous n'auriez pas dû venir.

— Et pourtant, vous m'avez invité à entrer.

Il se détendit sur le canapé, adoptant une attitude de nonchalance confortable, comme s'il rendait toujours visite à des femmes de cette manière et à une heure tardive.

— Pour mon plus grand plaisir. Quoi qu'il en soit, vous inquiétez-vous de votre réputation ? J'aurais pensé qu'une femme de tête comme vous ne s'en soucierait pas.

— Ce n'est pas parce que je ne souhaite pas suivre les règles de la bonne société que je veux me placer au centre de l'attention. Vous êtes le tristement célèbre marquis de Ripley.

Une visite de votre part à cette heure-ci, comme à n'importe quelle heure, ne manquera pas de faire jaser.

— Apparemment, tout ce que je fais suscite ce genre de réactions.

Elle entendit la lassitude dans son ton, ainsi qu'une pointe d'irritation.

— Vous parlez de quelque chose en particulier ?

— De ce qui s'est passé au parc aujourd'hui.

Pendant un bref instant, elle crut qu'il pensait à leur rencontre, et son ventre se noua. Bien sûr, il parlait de son altercation. Soudain, elle se souvint de sa tête, et elle s'en voulut de ne pas l'avoir interrogé tout de suite à ce sujet.

— Comment va votre blessure ?

Elle scruta la racine de ses cheveux sans la voir.

— Bien mieux, merci. Je ne souffre d'aucun effet négatif.

Elle nota qu'il mentionnait la blessure physique, mais elle se souvint de la nuance d'agacement qu'il avait manifestée auparavant.

— Et qu'en est-il des commérages ?

— Ce soir, au club, des gentlemen ont parié que je provoquerais mon cousin en duel.

— Parce qu'il vous a blessé cet après-midi ?

Il hocha la tête après avoir bu une gorgée de porto. Elle ne put s'empêcher de lui faire remarquer son hypocrisie.

— Pourquoi vous inquiéter de ce genre de pari, surtout au vu de votre réputation ?

Il rit.

— Touché. Comme vous, je préfère éviter d'être au centre des commérages de la bonne société. Cependant, je ne me soucie pas du tout de ma réputation. La vôtre vous inquiète-t-elle ?

Elle se demanda ce qu'il voulait dire, ce qu'il savait.

— Tout dépend de ce qu'on dit de moi.

— Que vous êtes une femme de tête qui a le courage de quitter un fiancé qu'elle ne veut pas épouser.

Donc, il savait tout. Enfin, tout ce que l'on pouvait apprendre par le biais de commérages.

— Vous avez été très occupé depuis cet après-midi : vous avez appris mon nom, où je vis, et mon histoire personnelle. Je me demande comment vous y êtes parvenu.

Elle le dit volontairement sur le ton d'une question.

De manière très frustrante, il ne dit rien. Au lieu de cela, il but une nouvelle gorgée de porto.

— Je vous trouve terriblement discret sur la façon dont vous m'avez retrouvée. Je pense que vous me devez des explications.

Ripley planta son regard dans celui de Phoebe.

— Je voulais vous retrouver, et j'obtiens toujours ce que je veux.

Elle frissonna. À cause d'un simple regard. Un regard de lui. Elle refusait de succomber à son charme.

— Votre séduction ne fonctionnera pas sur moi. Soit vous me dites comment, soit je vous retire votre porto.

Il serra son verre, le rapprochant de son torse, l'air faussement inquiet.

— Mais il est délicieux ! J'aime les bons portos. Très bien. Lord Colton m'a dit qui vous étiez, expliqua-t-il.

Il fouilla dans sa veste et en sortit un morceau de parchemin.

— Je lui ai montré ceci.

Il lui tendit le papier. Phoebe posa son verre sur la petite table à côté du fauteuil. Ouvrant le parchemin plié, elle inspira brusquement en découvrant ce qui y était dessiné. Là, dans les moindres détails, c'était elle-même qu'elle contemplait.

Elle leva le regard vers celui de Ripley.

— Où avez-vous…

Il hésita à peine un instant.

— Je l'ai dessiné.

Elle regarda à nouveau le dessin, stupéfaite de constater la précision et l'exactitude avec lesquelles il avait reproduit son image.

— C'est extraordinaire !

— Gardez-le.

— Vraiment ?

Elle ne voulait pas le priver d'une si belle esquisse… mais pourquoi voudrait-il la garder ? De plus, il pouvait simplement en dessiner une autre.

— Voilà qui est bien entreprenant de votre part de vous servir de cette compétence pour me retrouver.

— Il faut faire ce qui est nécessaire.

— Oui, c'est vrai, murmura-t-elle, contemplant le dessin encore un moment avant de le poser sur la table et de reprendre son verre de porto.

— Comme de refuser d'épouser un vaurien, comme vous l'avez fait avec Sainsbury.

Il savait même qui elle avait quitté.

— De mon point de vue, cela ne fait qu'améliorer votre réputation. J'admire une femme qui sait ce qu'elle veut.

Il était difficile de ne pas se sentir flattée, et elle l'était, alors même que son esprit lui hurlait de tenir cet homme dangereux à distance. Dangereux ? Pensait-elle qu'il profiterait d'elle comme l'avait fait Sainsbury ? Une vague d'appréhension l'envahit. Elle le connaissait à peine, et il avait la réputation d'un homme au comportement scandaleux. Mais y avait-il plus que cela ?

— Vous avez qualifié Sainsbury de vaurien, insista-t-elle. Pourquoi ?

Il haussa les épaules.

— Je le connais à peine, mais j'ai toujours pensé que c'était un vantard qui avait une opinion exagérée de lui-même. Il a l'air d'être un vaurien, et puisque vous l'avez rejeté, je ne peux que présumer qu'il y a quelque chose d'affreusement mauvais chez lui.

Phoebe était ravie de sa perspicacité. Elle but une longue gorgée de porto, à la fois pour apaiser ses nerfs et pour masquer sa réaction indésirable à sa présence. Il était temps de mettre un terme à cette entrevue.

— Avez-vous apporté mon mouchoir ?

Il grimaça légèrement, plissant les yeux.

— Je dois vous présenter mes excuses, car je ne l'ai pas. Je crains de devoir vous rendre visite une autre fois.

Il afficha un large sourire, et elle se demanda s'il avait prévu cela.

— Si vous cherchez à prolonger notre relation, je vais vous décevoir.

Il leva la main.

— S'il vous plaît, non. Je vous en prie, dites-moi quel est le problème avec notre relation ?

Elle était une vieille fille, et lui, un séducteur.

— Elle n'est d'aucune utilité.

Il se pencha en avant, se rapprochant d'elle. Ses yeux cobalt foncé brillaient d'un éclat intense.

— Je ne suis pas d'accord. Vous m'avez rendu un grand service cet après-midi en soignant ma blessure.

Elle baissa les yeux sur son porto, puis regarda le feu. Elle évitait à tout prix de le regarder.

— Je ne le regrette pas. Cependant, je n'avais pas l'intention d'encourager une quelconque… association.

— Vous rendrais-je nerveuse ?

Elle croisa son regard.

— Non.

— Tant mieux. Je ne voudrais surtout pas que cela arrive. Je vous ai immédiatement appréciée cet après-midi, et pas seulement parce que vous m'avez évité d'abîmer davantage ma cravate préférée, dit-il, avant de lui sourire. Je plaisante. Je n'ai pas de cravate préférée.

S'il essayait de la mettre à l'aise, et cela semblait être son intention, il y parvenait. Le placer dans la même catégorie que Sainsbury était tellement ridicule que c'en était presque risible. Elle avait pensé à Ripley plusieurs fois depuis l'après-midi, de façon envahissante et avec impatience. Cela ne lui était jamais arrivé avec son ancien fiancé. Avec lui, elle avait ressenti le soulagement d'avoir enfin une demande en mariage, car elle avait hâte de diriger son propre foyer. Ensuite, par sa faute, elle avait commencé à éprouver des sentiments tout à fait différents : malaise, anxiété et, en fin de compte, répulsion.

Elle n'arrivait pas à imaginer être dégoûtée par le marquis. Avec ses épaules larges et musclées et ses yeux bleus perçants, c'était un homme exceptionnellement beau. Mais il y avait plus que cela. C'était sa manière de sourire et de rire facilement. Ou de fleureter.

Oui, il était très doué pour cela. Et plus encore, il lui donnait envie de fleureter en retour.

Le qualifier de *dangereux* ne suffirait pas à le décrire. Il représentait une menace absolue pour sa vie paisible, autonome et *solitaire*.

Phoebe termina son porto d'un trait, puis se leva.

— Comme je vous l'ai dit cet après-midi, il n'est pas nécessaire que vous me rendiez mon mouchoir. J'en ai beaucoup d'autres.

Ripley se leva à son tour.

— Plus encore, je suis certain que vous pouvez acheter tous les mouchoirs que vous souhaitez.

Il balaya du regard la salle jardin. Elle l'avait entièrement rénovée après avoir acheté la maison.

— Voilà une pièce magnifiquement aménagée, et je suppose que le reste de la résidence est à l'avenant. Vous êtes

soit une femme fortunée, soit endettée jusqu'à vos magnifiques sourcils.

Elle plissa les yeux.

— C'est plutôt maladroit de discuter de questions
financières.

— Vraiment ? On m'a accusé de bien pire.

Il termina son porto et déposa le verre vide à côté de celui
de Phoebe. Ce faisant, il se rapprocha davantage, et elle fut
gratifiée d'un parfum de bois de santal et d'épices.

Phoebe lutta pour ne pas se pencher près de lui. Se raidis-
sant, elle s'attendait à ce qu'il s'éloigne. Mais il n'en fit rien.
Au contraire, il se pencha plus près d'elle et murmura à son
oreille.

— Je vous rendrai votre mouchoir. Je crains de ne
pouvoir résister à une nouvelle occasion de me délecter de
votre compagnie.

— Vous êtes une canaille.

— Incontestablement. Et vous… vous sentez divinement
bon. Orange et cannelle ? Un parfum inhabituel, mais
particulier.

Il inspira, et Phoebe craignit que son cœur, dont le
rythme s'emballait, ne s'échappe de sa poitrine. Il ajusta sa
position pour pouvoir la regarder. Son regard sombre et
séducteur se planta dans celui de la jeune femme.

— Je me demande si je pourrais vous embrasser.

Une fois encore, son corps menaçait de la trahir en
s'avançant vers lui.

— Non, je ne devrais pas vouloir de cela.

— Voilà un choix de mots intéressant, dit-il, ses lèvres
s'étirant en un sourire narquois.

— Je ne *veux pas* de cela.

Il inclina légèrement la tête, la regardant avec une impatience qui lui donna des frissons.

— Je ne suis pas certain que ce soit vrai, alors n'en discutons pas ce soir. Un jour viendra, bientôt, je pourrais le parier, où vous me le demanderez, affirma-t-il, avant de se redresser. Ou bien, parce que vous êtes une femme de tête, vous prendrez les choses en main et vous m'embrasserez. Je crois que vous êtes ce genre de femme.

Elle ne l'était pas. Il avait dit qu'elle était une femme qui savait ce qu'elle voulait, mais c'était seulement depuis que sa grand-tante lui avait légué une fortune. Et, jusqu'à présent, il n'était question que d'une maison située à Cavendish Square avec une salle jardin qu'elle adorait. Il restait beaucoup de choses auxquelles elle n'avait pas réfléchi, notamment ce que cet homme semblait lui offrir.

— Êtes-vous en train de suggérer que je souhaiterais m'engager dans une liaison avec vous ?

Elle détestait son air essoufflé, comme si elle avait hâte de le faire. Et bien qu'elle soit attirée par lui, à son plus grand désarroi, elle n'était pas du tout prête à faire quoi que ce soit à ce sujet. Plus encore, elle ne le serait peut-être jamais.

Elle lut de la surprise dans le regard de Ripley, suivie d'un éclair de quelque chose de plus profond, de plus sombre.

— Je n'étais pas allé aussi loin, mais je peux l'espérer.

Elle aurait voulu le réprimander pour cela, mais c'était elle qui en avait parlé !

— Pourquoi ai-je l'impression d'être manipulée ?

— Vraiment ? Ce n'est pas mon intention, et cela ne le sera jamais. Je vous aime bien. Je veux vous embrasser. J'attendrai que vous ressentiez la même chose.

Il attendrait ? Rien de ce qu'il avait dit jusqu'à présent ne l'avait affectée aussi profondément.

— Qu'en est-il de vos autres amantes ?

— Je n'en ai pas.

Elle avait du mal à le croire, mais il ne lui avait donné aucune raison de douter de lui. Pour l'instant.

— Je vous aime bien, admit-elle. Mais je n'ai pas envie de vous embrasser, et je doute d'en avoir envie un jour.

Les baisers étaient affreux et menaient à d'autres choses encore plus horribles. Du moins, cela avait été le cas avec Sainsbury.

— Comme je l'ai dit, j'attendrai. Et j'ose espérer que ce ne sera pas si long. Puisque j'ai dit que je parierais... Si vous pouvez tenir quinze jours, je vous donnerai cent livres.

Elle ravala sa surprise.

— Je n'ai pas besoin de votre argent.

— Alors, nommez votre œuvre de charité favorite, et je ferai un don.

— Vous allez perdre cent livres.

— Ce sera la meilleure perte que j'aurais jamais subie. Mais cela n'arrivera pas. Vous m'embrasserez avant.

Elle ferait tout ce qui était en son pouvoir pour ne *pas* le faire.

— Dans ce cas, je donnerai *deux* cents livres à cette organisation caritative.

Ripley écarquilla brièvement les yeux, et il rit.

— Vous êtes sûre ?

Elle était *effectivement* une femme qui savait ce qu'elle voulait. Ou, du moins, elle était déterminée à l'être.

— Plus que jamais.

Il lui tendit une main qu'elle prit et serra fermement. Elle était reconnaissante qu'il porte encore ses gants. Un contact peau à peau aurait pu l'obliger à déclarer forfait avant même que le match ne commence.

S'agissait-il d'un jeu ?

Oh, que oui ! Et elle avait l'intention de gagner.

CHAPITRE 3

*M*arcus se leva du fauteuil à oreilles de son bureau lorsque le coureur de Bow Street[1] entra.

— Merci d'être venu, Harry.

Grand, avec des épaules incroyablement larges, Harry Sheffield n'était pas le genre d'homme que l'on souhaitait rencontrer par une nuit noire, ou n'importe quelle nuit d'ailleurs. Cependant, c'était cette capacité d'intimidation physique qui le rendait parfait pour la carrière qu'il avait choisie.

— C'est toujours un plaisir de te voir, Rip, dit Harry avec un sourire.

— Assieds-toi, lui proposa Marcus en lui montrant le fauteuil en face du sien.

Il prit place une fois Harry assis.

— Un cognac ?

Entre leurs fauteuils se trouvait une table basse sur laquelle étaient posés une bouteille et deux verres.

— Merci.

Marcus servit le cognac et en tendit un à son vieil ami.

— Tu es occupé ?

— Toujours, répondit Harry en prenant le verre qu'il leva en guise de toast. À Christ Church.

— À Christ Church.

Ils avaient l'habitude de porter un toast à leur université d'Oxford, où ils s'étaient rencontrés quinze ans auparavant. Marcus alla droit au but.

— Je cherche mon cousin, qui semble avoir disparu.

Harry reposa son bras sur l'accoudoir, et il tint son verre de cognac entre ses doigts.

— Quand ?

— Il n'est pas rentré dans son logement depuis mercredi matin.

Marcus lui avait rendu visite la veille pour lui dire comment les choses allaient se dérouler : il devrait cesser d'escroquer les investisseurs et rendrait l'argent qu'il avait volé. Cependant, le propriétaire avait informé Marcus que Drobbit n'était pas rentré la nuit précédente.

— Cela ne fait que deux jours, dit Harry.

Ses sourcils auburn sombre se froncèrent au-dessus de ses yeux fauves.

— Même pas, car nous ne sommes que l'après-midi. Tu crois qu'un homme est considéré comme « disparu » après si peu de temps ? Il pourrait bien se trouver dans le lit de sa maîtresse. C'est là que je te chercherais.

Marcus laissa échapper un petit rire.

— Je n'ai pas de maîtresse.

Harry lui adressa un sourire complice.

— C'est trop permanent pour toi.

Marcus n'ignorait pas que les maîtresses n'étaient pas nécessairement permanentes : il comprenait la raillerie.

— Crains-tu qu'il ait été victime d'un acte criminel ?

— Peut-être.

Pas vraiment, mais Marcus ne pouvait pas totalement

écarter cette idée, étant donné les agissements de Drobbit. Cependant, il ne voulait pas révéler tout cela à Harry. Pas encore. Marcus voulait donner à son cousin l'occasion de se racheter. Oui, il laisserait croire à Harry qu'il était inquiet.

— J'aimerais juste le retrouver le plus vite possible.

— Je crains de ne pas connaître ton cousin, dit Harry en inclinant la tête sur le côté. Comment est-ce possible, vu depuis combien de temps je te connais ?

Parce que Marcus n'avait jamais parlé de lui.

— Nous ne sommes pas proches, mais il est la seule famille qu'il me reste, alors je dois veiller sur lui. Il s'appelle Archibald Drobbit. Il habite Suffolk Street.

Marcus poursuivit en le décrivant. Le policier hochait la tête de temps en temps.

— Crois-tu qu'il aurait pu disparaître de son plein gré ?

Marcus réfléchit à la question. Comme il ne voulait pas dévoiler les agissements de Drobbit, il répondit :

— C'est possible, mais je le soupçonne de vouloir m'éviter en particulier.

— Pourquoi cela ?

Marcus aurait dû s'attendre à une telle question de la part d'un coureur.

— Un désaccord familial. Nous avons eu une petite altercation dans le parc l'autre jour.

Harry l'apprendrait sûrement au cours de son enquête, alors Marcus le mentionna à cet instant.

— J'en déduis que tu préfères garder le sujet de votre désaccord privé ?

— Pour l'instant.

Marcus avait conscience qu'il pourrait être utile à Harry d'être au courant du vol de Drobbit pour le retrouver, et s'il ne parvenait pas à le retrouver, il réfléchirait à ce qu'il lui révélerait. Ce ne serait pas difficile : si Drobbit choisissait d'éviter de faire ce que Marcus avait exigé au parc, ce dernier ne le protégerait de rien. En fait, il serait même le premier à se réjouir de le voir puni.

Harry termina son cognac et reposa son verre vide sur la table avant de se lever.

— Si tu découvres quoi que ce soit d'autre que j'aurais besoin de savoir, je te remercie de m'en informer au plus vite. Je vais m'atteler à la tâche.

Marcus posa son verre à côté de celui de Harry et se leva.

— Merci. Tiens-moi informé.

Avec un signe de tête, Harry tourna les talons et s'en alla. Marcus fronça les sourcils en regardant son dos. Il aurait peut-être dû tout lui dire et laisser Drobbit se débrouiller. Ou subir la justice qu'il méritait.

Récupérant son verre de cognac, Marcus espéra que Harry le retrouverait rapidement. Ensuite, il pourrait voir jusqu'où allait son stratagème. Et ce qu'il en coûterait pour faire au moins partiellement amende honorable.

— My lord ? l'appela Dorne, son majordome, en entrant dans le bureau. Le duc de Halstead est ici.

— Faites-le entrer.

Marcus ramassa le verre vide de Harry et l'emporta avec le sien sur le buffet. Il se retourna au moment où Graham entrait.

— Bienvenue. Veux-tu un cognac ?

— Non, merci.

Grand, avec de longues jambes et une grâce athlétique, sans doute due à ses talents d'escrimeur, Graham s'avança à grands pas jusqu'au milieu de la pièce.

— Je n'ai pas beaucoup de temps. Il y a beaucoup à faire avec le mariage mardi et la préparation de mon départ de Brixton Park. C'est la raison de ma venue. Ton offre est trop élevée.

Marcus s'y attendait.

— C'est un magnifique domaine. J'ai hâte d'y organiser de nombreux événements scandaleux.

Graham esquissa un petit sourire avant de reprendre une expression plus sérieuse.

— Je t'ai demandé un prêt, pas un cadeau.

Brixton Park était hypothéqué, et comme Drobbit avait volé l'héritage de Graham, Marcus avait prêté de l'argent à ce dernier pour qu'il puisse payer l'hypothèque. Graham avait prévu de rembourser son ami lors de la vente de la propriété.

— Je ne te donne rien.

Pour l'instant, ajouta-t-il en pensées.

— J'achète un domaine.

Les yeux sombres de Graham se posèrent sur Marcus, et il fit la moue.

— Tu es bien trop généreux.

— Tu trouves ? Je veux vraiment le domaine. De plus, je veux que ton épouse et toi y restiez aussi longtemps que vous le souhaitez.

— Comment pourrions-nous le faire au milieu de tous tes événements scandaleux ?

Marcus éclata de rire.

— Je les reporte pour le moment. En fait, si cela ne te dérange pas, j'aimerais y organiser un bal masqué pour célébrer vos noces. Considère cela comme un cadeau de mariage.

— Je pense que le fait que tu rachètes Brixton Park est un cadeau suffisant, répondit Graham avec ironie. Et que tu nous permettes d'y rester. Nous irons bientôt à Huntwell pour rendre visite à David et Fanny. Elle doit accoucher de leur premier enfant d'un jour à l'autre.

Le comte de Saint-Ives était l'ami le plus proche de Graham ainsi que son ancien employeur, il était donc logique qu'il lui rende visite.

— Alors, vous avez vraiment besoin d'une fête avant de

partir. Pourquoi pas samedi prochain ? Et je suis sérieux : je finance l'événement.

Graham se mit à rire.

— Pour que tu puisses y glisser un peu de débauche ?

— Toujours, répondit Marcus avec un sourire.

Il songea aussitôt à Mlle Lennox et au fait que leur pari ne serait pas loin d'arriver à son terme. S'il ne l'avait pas encore embrassée à ce moment-là, alors la débauche s'imposerait.

Non. Il avait dit qu'elle prendrait l'initiative, et qu'il attendrait qu'elle le fasse. Mais un bal masqué éblouissant dans le superbe Brixton Park ne pouvait pas faire de mal…

Graham se passa la main sur la mâchoire.

— Je ne pourrai jamais assez te remercier pour tout ce que tu as fait.

— C'était la moindre des choses, compte tenu des agissements de mon cousin et des conséquences qu'ils ont eues sur toi. Brixton Park devrait toujours t'appartenir.

Et si Marcus avait eu son mot à dire, il l'aurait aussitôt rendu à Graham, mais il savait que l'orgueil de ce dernier ne le lui permettrait pas. Il y aurait un autre moyen de rétrocéder la propriété, et Marcus était patient.

— En ce qui concerne mon cousin, je m'efforce de faire en sorte qu'il ne vole plus personne. Et qu'il rende tout l'argent qu'il peut.

Surpris, Graham cligna des yeux.

— Il m'a dit qu'il n'en avait pas.

— J'entends déterminer si c'est vrai. Je ne peux pas dire que je sois enclin à le croire sur parole.

— Moi non plus, répondit Graham, le regard chargé de colère. Je suis sensible au fait que tu essaies de lui soutirer tout ce que tu peux. J'ai entendu dire que tu t'es battu avec lui au parc l'autre jour et qu'un duel pourrait avoir lieu. J'ai estimé qu'il s'agissait d'une rumeur fantaisiste, d'autant plus que tu m'as persuadé de ne pas le défier.

— Tu as raison. J'ai simplement essayé de lui parler dans le parc et il s'est mis sur la défensive.

— Ce n'est pas étonnant. Si je peux faire quoi que ce soit pour t'aider, n'hésite pas à me le faire savoir. Il a failli ruiner la famille d'Arabella.

Le feu dans les yeux de Graham redoubla d'intensité lorsqu'il parla de sa fiancée et des parents de celle-ci.

— Voilà pourquoi j'aimerais savoir qui d'autre il a failli ruiner, ou peut-être entièrement ruiné. Quand on pense que nous partageons le même sang…, se lamenta Marcus en secouant la tête. Je préfère ne pas y penser, en fait.

Il sourit à Graham, puis adopta un ton plus agréable.

— Ne te préoccupe pas de tout cela, pas pendant que tu prépares ton mariage. Comment devons-nous procéder pour le bal masqué ? Dois-je envoyer mon secrétaire à Brixton Park pour s'occuper des détails ?

Graham haussa les épaules.

— Je ne m'occupais pas de ce genre de choses lorsque j'étais secrétaire de David, mais il n'organisait pas de bals masqués. Laisse-moi parler à Arabella. Peut-être qu'elle aimerait avoir son mot à dire.

— Bien sûr, répondit Marcus.

Il n'avait jamais organisé ce type d'événement non plus ; ses fêtes étaient d'une autre nature. Elles étaient plus réduites, plus intimes et ne s'adressaient pas à la bonne société. Ce serait différent.

— Je veux vraiment que ce soit une célébration de votre mariage.

— Merci. Je sais qu'Arabella sera ravie.

Ils discutèrent encore quelques minutes, puis Graham prit congé.

Dès qu'il fut parti, Marcus alla à son bureau et sortit le mouchoir de Mlle Lennox du tiroir du haut. Il passa son pouce sur la délicate broderie, une fleur violette et un papillon jaune planant juste au-dessus. Mlle Lennox avait-elle fait cela ? Peut-être lui demanderait-il lorsqu'il le lui rendrait.

Ce qu'il allait faire tout de suite. Un sentiment d'impatience s'installa dans sa poitrine tandis qu'il rangeait le mouchoir dans sa poche. Il écarta de son esprit toute pensée pour Drobbit et se concentra entièrement sur Mlle Lennox. Avec un peu de chance, elle était au moins à moitié aussi impatiente de le voir que lui l'était.

Il avait hâte de le découvrir.

~

— *E*st-ce un Gainsborough ? s'enquit le père de Phoebe en entrant dans la salle jardin.

Phoebe jeta un regard à sa nouvelle acquisition, un paysage éclatant qui respectait le thème du jardin de la pièce.

— Oui, bienvenue, papa.

Son père plissa le front et un petit creux se forma entre ses sourcils.

— Tu dépenses trop d'argent.

— Tu ignores combien d'argent je dépense, répondit-elle en riant, espérant dissiper le nuage sombre dans son regard.

— Non, c'est vrai, confirma sa mère en entrant dans la salle jardin. Tu as décidé d'être indépendante.

Phoebe se raidit. Un jour, elle espérait que ses parents comprendraient son choix de rester célibataire. Du moins pour le moment. Et peut-être pour toujours.

— J'ai décidé d'être heureuse, et j'aurais cru que cela vous rendrait heureux aussi.

Son père émit un petit son de mécontentement.

— Non. Faire un bon mariage et enrichir toute notre famille m'aurait rendu heureux.

— Je garde espoir…, dit sa mère avec un petit sourire avant d'aller regarder de plus près le Gainsborough.

Serrant les dents, Phoebe ne dit rien. Cela ne servait à rien d'avoir toujours la même dispute. Son père, lui, n'avait aucun scrupule à ce sujet.

— Tu aurais dû épouser Sainsbury.

— Non, je n'aurais pas dû.

En pensant à l'avenir qu'elle aurait pu avoir, le ventre de Phoebe se contracta et sa peau se couvrit de glace.

— Son père gagne dix mille livres par an, et son cousin est lord Haywood. Sainsbury était un excellent parti. Je crois savoir qu'il est toujours à la recherche d'une femme. Il pourrait peut-être envisager de renouveler vos fiançailles.

Phoebe s'efforça de garder son calme, du moins en apparence. L'idée d'épouser Sainsbury la faisait presque paniquer.

— Je n'envisagerai jamais une telle chose.

Sa mère se rapprocha de son père pour poser une main sur son bras.

— Mon cher, il n'y a pas de retour en arrière possible.

— Je suppose que non. Sa conduite l'a déshonorée.

Sa conduite ? C'était Sainsbury qui avait été vu en train d'embrasser une autre femme. Et il y avait *l'autre* comportement. Ces choses que ses parents ignoraient et qu'ils ne sauraient jamais. Des choses que personne ou presque ne savait ; et même si c'était le cas, elle serait toujours la seule à être déshonorée. La bonne société se montrait terriblement injuste à l'égard des femmes.

La mère de Phoebe jeta un regard suppliant à son père.

— Ne nous attardons pas sur le passé.

Phoebe se sentit soulagée. Apparemment, sa mère était enfin prête à passer à autre chose. Le fait qu'ils soient venus lui rendre visite était bon signe. Ce n'était que la troisième fois qu'ils venaient depuis que Phoebe s'était installée ici à l'automne précédent.

Son père laissa échapper un autre bruit d'agacement, mais ne dit plus un mot à ce sujet. Au lieu de cela, il se détourna de sa femme et s'avança vers les portes qui menaient au jardin.

— Elles ont été posées lors de la rénovation de cette pièce ?

— Oui. Je l'appelle maintenant la salle jardin.

— Je comprends pourquoi, dit sa mère, son regard parcourant la pièce avec intérêt.

— Je me souviens à quoi cela ressemblait avant que tu ne dépenses ce qui doit être une somme d'argent effroyable. Cet endroit était très bien. Tu n'avais pas besoin de gaspiller une petite fortune.

Phoebe ignora son dédain. C'était son argent, elle le dépensait comme elle l'entendait, et elle ne le faisait pas de manière irréfléchie.

— Papa, je suis capable de tenir mes finances.

Son père posa sur elle un regard sceptique et dédaigneux. Phoebe ravala son agacement. Parfois, il agissait de sorte qu'il était difficile de l'aimer, et encore plus de l'apprécier.

— C'est une véritable farce que tu aies tout cet argent ! s'exclama-t-il, avant de tourner les yeux sur sa femme. Ta tante aurait dû me confier cet argent afin que je le gère pour Phoebe jusqu'à son mariage. C'est inadmissible. Mieux encore, elle aurait dû *te* laisser le soin de le faire.

Les joues de sa femme rosirent.

— Eh bien, elle ne l'a pas fait.

Pour la première fois, Phoebe soupçonna son père d'être jaloux. Il y avait plus qu'une simple colère contre sa fille qui ne répondait pas à ses attentes.

— Papa, je sais que tu es encore amer parce que je n'ai pas épousé Sainsbury, et, apparemment, tu es en colère contre la grand-tante Maria, mais y a-t-il plus que cela ?

— Bien sûr que non, répondit sa mère. Tu sais que ton père peut se montrer difficile.

Elle pinça les lèvres et jeta un regard sévère à son mari,

avant d'afficher une expression plus douce en regardant Phoebe.

— Tu sais que nous t'aimons, ma chérie, et que ton bonheur est tout ce qui compte.

— Merci, maman.

— Mais nous manquerions à notre devoir si nous n'étions pas inquiets. Tu penses peut-être être heureuse aujourd'hui, mais une maison luxueuse et *l'indépendance*, dit sa mère comme si ce mot était empoisonné, ne te rendront pas heureuse au bout du compte. Un jour, tu te sentiras seule. Tu devrais avoir un mari et des enfants. J'espère que tu parviendras à cette conclusion. J'espère seulement qu'il ne sera pas trop tard.

Elle adressa à Phoebe un sourire chaleureux d'encouragement, mais cela n'apaisa pas la morsure de sa condescendance. Elle ne pouvait tout simplement pas imaginer que Phoebe *puisse* être heureuse seule. Ou que cela n'était pas leur problème.

— En vérité, vous ne manqueriez pas à votre devoir, répondit Phoebe d'un ton ferme. Je vous décharge d'ailleurs de cette préoccupation, si cela peut vous aider.

Elle leur offrit un sourire radieux. Sa mère s'avança pour lui toucher brièvement la main.

— Bien sûr que nous nous inquiéterons, que tu le veuilles ou non, affirma-t-elle avec un rire hautain et faux.

— En outre, je veux des petits-enfants. C'est déjà assez terrible de ne pas avoir de petits-fils pour perpétuer mon nom, mais ne pas en avoir du tout ? s'exclama son père avec un frisson. Encore une farce.

En dépit de son comportement, Phoebe éprouvait de la compassion pour lui. Son frère aîné était mort de maladie pendant la guerre en Espagne huit ans plus tôt. Cette perte avait profondément affecté son père.

— Je n'ai pas dit que je ne me marierais jamais, papa, dit-elle d'une voix douce. Seulement, je n'épouserai jamais Sainsbury.

Il répondit par un autre grognement bas, puis se tourna vers sa femme.

— Partons.

Phoebe les invita à revenir à tout moment. Elle détestait être en désaccord avec eux, mais admettait qu'il n'y avait rien à faire. Ils l'accepteraient telle qu'elle était, ou pas. Elle refusait de changer pour satisfaire leurs désirs. C'était *sa* vie, pas la leur.

Elle se rendit dans le salon à l'avant de la maison et les regarda par la fenêtre monter dans leur carrosse et s'éloigner. À peine un instant plus tard, un autre véhicule arriva à la place de celui de ses parents. Celui-ci était plus grand et beaucoup plus cher. La portière s'ouvrit et le marquis de Ripley en sortit.

Phoebe en eut le souffle coupé. Si la décadence était faite homme, ce serait sûrement le marquis. Il était cette friandise que vous ne deviez pas manger ou cette robe coûteuse dont vous n'aviez pas besoin, un luxe dont vous aviez désespérément envie… mais vous saviez que vous ne pouviez pas, que vous ne deviez pas l'avoir. Comme son nouveau Gainsborough. De toute évidence, elle aimait les choses superflues.

Il jeta un coup d'œil à la façade de sa maison avant de monter les trois marches qui menaient à la porte d'entrée. Elle le regarda bouger, les pans de son manteau frôlant ses jambes, longues et musclées, enveloppées dans un pantalon superbement ajusté et des bottes brillantes, polies comme des miroirs.

Elle entendit Culpepper ouvrir la porte et se hâta de se rendre dans la salle jardin, où elle recevait toujours ses invités. Sa peau rougit, et son pouls s'emballa.

Le majordome entra pour annoncer le marquis. Et puis il

fut là, occupant l'espace et donnant l'impression que la pièce était bien plus petite qu'elle ne l'était en réalité.

Il s'inclina.

— Mademoiselle Lennox.

Elle fit une révérence.

— My lord.

Culpepper se retira et Phoebe ressentit vivement l'inconvenance d'être seule avec le marquis. C'était inconvenant et pourtant infiniment excitant.

— J'ai apporté votre mouchoir, lui dit-il, passant la main sous son revers pour sortir le linge de son manteau. Bien que je répugne à le rendre.

— Pourquoi?

— Il est plutôt joli. La broderie est-elle de votre main?

Elle rit doucement.

— Non. Mes compétences en matière de travaux d'aiguille sont purement pratiques. Je crains que la création ne soit pas dans mes capacités. Contrairement à vous.

— Je sais peut-être dessiner, mais ne me demandez pas de reproduire mes esquisses en brodant du tissu!

Il lui donna le mouchoir. Il était chaud dans la main de Phoebe, lui rappelant qu'il avait été rangé contre sa poitrine. Ou presque, en tout cas.

— Merci.

Elle semblait un peu essoufflée, ce qui ne convenait pas. En baissant le regard, elle vit que le tissu était bien propre.

— Il n'y a pas la moindre trace de sang. Vos femmes de chambre méritent d'être félicitées.

— Je le leur dirai.

Ripley posa son regard cobalt sur le sien, et un silence pesant s'installa entre eux. La pièce sembla se rétrécir davantage jusqu'à ce qu'elle ne soit plus sûre d'être encore *dans* une pièce. Tout ce qu'elle voyait, tout ce qu'elle sentait, c'était lui.

Elle s'obligea à parler.

— Maintenant que vous m'avez rendu ceci, comment allez-vous vous arranger pour passer du temps avec moi ?

Il fit un pas vers elle, de sorte qu'ils n'étaient plus qu'à quelques centimètres l'un de l'autre.

— Est-ce de l'espoir que j'entends dans votre voix ?

Elle ignora sa question.

— Vous ne pouvez pas continuer à me rendre visite. Mes parents viennent juste de partir. Si vous étiez arrivé dix minutes plus tôt, ils vous auraient vu.

Une lueur d'humour et de sombre provocation passa dans les yeux de Ripley.

— Cela aurait-il été un problème ?

— Vous le savez bien, répondit-elle, légèrement exaspérée. Vous êtes *vous*.

— Et je ne devrais pas vous rendre visite, vous qui vous déclarez vieille fille ? Où est le plaisir, ou même l'intérêt, d'être une vieille fille assumée si l'on ne peut pas recevoir qui l'on veut quand on le souhaite ?

Bon sang ! Il avait de solides arguments. Tous ses arguments se réduisirent à néant sur sa langue. Vraiment, quel était l'intérêt ? En l'occurrence, ses parents constituaient le seul problème. C'était une chose que ses voisins voient le marquis lui rendre visite, et une autre que ce soient ses parents, qui étaient déjà mécontents d'elle. Cependant, l'un de ses voisins au moins ferait sans doute des commérages sur la présence de Ripley, ce qui ne manquerait pas d'arriver aux oreilles de ses parents. Ou de sa mère, en tout cas.

Elle s'empara de la seule protestation qu'elle pouvait formuler.

— Ce n'est pas parce que je suis une vieille fille assumée que je souhaite ternir ma réputation en recevant des canailles et des crapules.

— Je crains d'être les deux à la fois.

— Précisément.

Il sourit lentement, comme un chat qui aurait coincé une souris.

— Et puisque vous avez fait un pari avec moi sur les baisers, je dois considérer que vous en êtes une aussi. Une canaille, assurément.

Il avait parfaitement retourné la chose contre elle. Son cœur frémit en accélérant à nouveau.

— Je ne suis pas une canaille. Je suis… entreprenante.

Un rire jaillit de la bouche bien trop séduisante de Ripley.

— Il s'agit donc d'un simple placement ?

Elle acquiesça.

— J'en ai plusieurs.

— Quelle notion intrigante que d'investir dans votre propre capacité à résister à la tentation ! Vous devez avoir une haute opinion de vous-même.

Elle inspira brusquement, car il n'aurait pas pu se tromper davantage. Jusqu'à ce qu'elle quitte Londres, après avoir refusé d'épouser Sainsbury, elle avait cru qu'elle ne valait presque rien. Elle n'arrivait pas à trouver de mari, et lorsqu'elle y était enfin parvenue, il était d'un niveau exceptionnellement détestable. Aller vivre chez sa grand-tante avait été la chose la plus sage qu'elle avait faite. La gentillesse de la grand-tante Maria et ses encouragements vers l'indépendance avaient doucement, mais fermement, mis Phoebe sur la voie d'une meilleure estime d'elle-même. Mais dire qu'elle avait une haute opinion d'elle-même, extrêmement ou non, était risible.

— Pas vraiment. Ce que je sais, c'est que l'on ne peut pas faire confiance aux hommes, en particulier à ceux qui cherchent à flatter et à charmer dans l'intention de séduire.

— Vous croyez que mon but ultime est la séduction.

— De quoi d'autre pourrait-il s'agir ?

Furieuse contre elle-même d'avoir participé à ce jeu avec lui, Phoebe se retourna et s'approcha des portes vitrées qui donnaient sur le jardin. Elle lui tourna résolument le dos, tout en essayant de reprendre le contrôle de ses émotions.

Un long moment s'écoula avant qu'il ne parle.

— Je ne vais pas vous séduire, lui dit-il gentiment. À moins que vous ne me le demandiez. Tout comme pour le baiser.

Elle l'entendit bouger, et son corps se tendit, sous l'effet de l'impatience et de l'appréhension. Mais elle ne le sentit pas près d'elle. Se retournant, elle vit qu'il était allé vers le canapé près de la cheminée, et qu'il s'était assis dans le coin. Avec un bras posé sur le dossier, il semblait tout à fait à l'aise, et, d'une certaine manière, imposant. Elle était incapable de détourner son regard de la ligne de son bras, de la largeur de ses épaules, de son pantalon qui se resserrait sur ses jambes croisées.

— Avez-vous déjà été amie avec un homme? l'interrogea-t-il.

— Non. Pourquoi le serais-je?

Lorsque l'on y réfléchissait, c'était idiot : les jeunes femmes célibataires n'avaient pas vraiment le droit d'être l'amie d'un homme. Et pourquoi pas? Ils représentaient la moitié de la population.

— Me permettriez-vous d'être votre ami? Je vous serai toujours redevable de vous être arrêtée pour soigner ma blessure, alors ce serait vraiment plus facile si nous étions amis. N'êtes-vous pas d'accord?

Il lui adressa un sourire tranquille, qui n'avait rien de menaçant. Malgré tout, elle ne pouvait s'empêcher de s'interroger sur ses arrière-pensées.

— Malheureusement, je me demanderai toujours quand vous prévoirez de vous jeter sur moi.

Elle faillit tressaillir en faisant cet aveu. Il ne se comportait pas comme un prédateur. Cependant, elle refusait de se montrer naïve.

Il retira son bras du dossier du canapé et décroisa les jambes. Fixant son regard sur elle avec une puissante intensité, il affirma :

— Je ne me jetterai jamais sur vous. À moins que vous ne m'y invitiez. Je vous le répéterai autant de fois que nécessaire pour gagner votre confiance. Tous les hommes ne sont pas horribles.

Elle voulait rester impassible, mais c'était difficile face à son inquiétude sincère.

— Merci.

Il adopta à nouveau une posture nonchalante.

— Maintenant, dites-moi, serez-vous au mariage du duc de Halstead mardi ?

Son brusque changement de sujet aurait été choquant s'il n'avait pas été aussi attentionné. En supposant qu'il se soit rendu compte de son agitation. Il possédait une étonnante capacité à la mettre à l'aise.

— J'y serai… ainsi qu'au petit déjeuner à Brixton Park.

— Parfait. Je vous y retrouverai. Je dois admettre que j'aime les mariages, à condition que ce ne soit pas le mien.

— J'ai eu mon propre mariage une fois.

Tout avait été préparé dans les moindres détails : la cérémonie, le petit déjeuner… le reste de sa vie. Tourner le dos à tout cela lui avait demandé plus de courage qu'elle n'aurait cru en posséder.

— Enfin, j'en ai presque eu un.

— Regrettez-vous de n'être pas allée au bout ? lui demanda-t-il avec une franchise absolue et sans la moindre trace de pitié dans la voix.

Phoebe était fascinée. Elle s'éloigna de la fenêtre pour venir s'asseoir dans son fauteuil préféré.

— Non, pas avec cet époux, répondit-elle, sans cacher son mépris. Ma robe était très belle.

Sa grand-tante avait acheté la soie coûteuse en guise de

cadeau de mariage. Phoebe s'était confondue en excuses pour l'avoir gaspillée. La grand-tante Maria avait insisté pour qu'elle porte la robe pour le dîner du dimanche lorsqu'elle vivait avec elle. Désormais, ce vêtement était chargé de souvenirs heureux et non plus d'amertume.

— Vous devriez la porter au bal masqué à Brixton Park dans une semaine

— Il va y avoir un bal masqué ? Arabella n'en a pas parlé.

Et Phoebe lui avait rendu visite la veille. Le jardin des parents d'Arabella jouxtait le sien. C'était ainsi qu'elles s'étaient rencontrées et qu'elles étaient devenues amies.

— Cela s'est décidé ce matin.

— Je n'ai jamais participé à un bal masqué.

Elle imagina Ripley en tenue de soirée, avec un masque. Elle pensait pouvoir le reconnaître, même si son visage était partiellement caché.

— Vous avez tout le temps de vous procurer un masque. Et j'ai hâte de voir cette robe que votre idiot de fiancé ne méritait pas.

Le fait qu'il attribue à Sainsbury le rôle du méchant faillit la faire sourire.

— Je vais y réfléchir… au fait de porter cette robe, je veux dire. Je serai au bal.

— Ce sera le treizième jour.

De leur pari.

— Et vous ne serez pas plus près de gagner à ce moment-là que vous ne l'êtes maintenant.

— C'est possible, à moins que je ne puisse vous voir dans d'autres circonstances que seulement au mariage, dit-il avec un sourire en coin. Ou bien, craignez-vous de me trouver irrésistible après tout ?

— Je peux résister, et je le ferai. Quinze jours, ce n'est rien.

— Surtout si nous nous voyons rarement, ajouta-t-il en souriant.

— Je gagnerai même si nous nous voyons tous les jours. Pour vous le prouver, allons pique-niquer à Richmond dimanche.

Ses yeux s'écarquillèrent légèrement sous l'effet de la surprise, puis elle y vit une lueur d'admiration.

— Pourquoi pas demain ?

— J'ai déjà des projets. Et, apparemment, je dois acheter un masque.

Elle trouvait très facile de fleureter avec lui, et cela l'inquiétait. Mais peut-être n'avait-elle pas besoin de s'inquiéter, pas après aujourd'hui.

— Dimanche… après l'église ?

— Je ne vais pas à l'église.

— Vraiment ? Moi non plus. Il semblerait que je sois exclu.

Il lui adressa un clin d'œil auquel elle répondit par un sourire.

— Je n'ai pas pu y aller depuis… peu importe.

Depuis qu'elle avait abandonné Sainsbury devant l'autel.

Il hocha la tête comme s'il comprenait. Et c'était peut-être le cas. Il se leva.

— Dimanche, donc. Midi ?

Phoebe se leva à son tour, lissant ses jupes vert pâle.

— J'apporterai le pique-nique.

— Je conduirai mon carrick[2]. Cela ne vous dérangera pas d'être vue avec moi ?

Elle n'y avait pas encore vraiment réfléchi. Ces choses qu'il venait d'évoquer, comme lui demander à quoi cela servait d'être une vieille fille assumée si elle ne pouvait pas choisir avec qui elle voulait passer du temps et si elle avait déjà été amie avec un homme, avaient pris racine dans son esprit.

— Non, dit-elle fermement. Nous sommes amis, et je me fiche de savoir qui le sait.

Un frémissement la traversa, mais elle ignora cette sensation. Elle avait voulu laisser son ancienne identité derrière elle, et il était temps d'aller de l'avant et d'accepter ce qu'elle allait devenir. Qui elle *voulait* devenir.

— Je suis enchanté d'être votre ami, mademoiselle Lennox. À dimanche.

Il s'inclina, puis tourna les talons et s'en alla.

Après son départ, Phoebe porta le mouchoir à son visage et respira son parfum singulier : du bois de santal et une épice sombre. Girofle. Plus quelque chose d'indescriptible. Quelque chose qui déclencha un élan en elle. Une... excitation.

Phoebe ignorait où cela la mènerait, et c'était très bien ainsi. C'était peut-être même exaltant.

CHAPITRE 4

*L*a matinée avait été couverte, mais à présent qu'ils étaient en route pour Richmond, le soleil commençait à percer les nuages. Marcus comparait cela à la façon dont il jetait des coups d'œil furtifs à sa compagne de carrick. Il ne voulait pas être surpris en train de regarder, tout comme le soleil ne voulait peut-être pas être surpris en train de briller.

Mais il était incroyablement difficile de ne pas le faire. Mlle Lennox offrait une silhouette des plus séduisantes, de la pointe de la plume de son élégant chapeau à la courbe de sa mâchoire, en passant par sa bouche pulpeuse et son cou gracieux, jusqu'à l'élégant costume qui habillait son corps qu'il brûlait d'envie d'explorer. Et cela ne faisait-il pas de lui la plus misérable des crapules ?

Ce serait le cas s'il passait à l'acte, ce qu'il se refusait à faire. Il y avait de l'inquiétude et de la méfiance dans le regard de la jeune femme quand il s'approchait trop près d'elle. Elle se satisfaisait de fleureter légèrement pour l'instant, et il en ferait de même.

Et puis, il s'amusait follement. Mlle Lennox était intelligente et pleine d'humour. Depuis leur départ de Cavendish Square, ils avaient ri plusieurs fois à propos de l'apprentissage de la conduite pour elle et du fait qu'il s'était perdu dans Londres.

— Je ne suis allée que deux fois à Richmond, dit Mlle Lennox. Ce n'est pas très loin, mais pas très près non plus.

Situé à près de deux heures à l'ouest de Londres dans leur véhicule actuel, Richmond Park était un vaste parc aménagé des siècles plus tôt. Des cerfs et toutes sortes d'animaux sauvages se promenaient en liberté.

— C'est un répit bienvenu à l'écart de la ville, répondit-il.

Mlle Lennox tourna la tête pour le regarder.

— Est-ce pour cela que vous avez acheté Brixton Park ? Pour avoir un répit à l'écart de la ville ?

Il n'y avait pas réfléchi, mais c'était une aussi bonne raison que n'importe quelle autre. Il n'entrerait pas dans les détails avec elle. Elle n'avait pas besoin d'apprendre les malversations de son cousin ni la façon dont cela avait affecté Graham. Cependant, comme elle était amie avec la fiancée de ce dernier, elle était peut-être déjà au courant.

— En effet. Y êtes-vous déjà allée ? Le labyrinthe est spectaculaire.

— Oui… pour un pique-nique. Nous avons joué à cache-cache dans le labyrinthe.

Il s'imagina la retrouver dans un coin isolé, et de mettre fin à leur pari… si elle le souhaitait.

— Peut-être devrions-nous le faire au bal masqué.

— Dans l'obscurité ? demanda-t-elle, regardant la route devant elle. Cela pourrait être assez scandaleux, mais c'est vous qui accueillez cette fête, n'est-ce pas ?

Sa bouche tressaillit comme si elle essayait de ne pas sourire. Il résista à l'envie de rire. Il savourait sa compagnie.

— Non, ce sont Graham et Arabella. Ou plutôt, le nouveau duc et la nouvelle duchesse de Halstead.

— Mais vous financez l'événement. Ne le niez pas, c'est Arabella qui me l'a dit.

— Comme cadeau de mariage.

— Vous êtes incroyablement généreux, remarqua-t-elle.

Elle prononça les mots suivants d'une voix douce, de sorte qu'il eut du mal à l'entendre.

— Je sais combien vous les avez aidés, en prêtant de l'argent à Graham et en achetant Brixton Park.

— Arabella vous a fait de nombreuses confidences.

— Nous sommes devenues des amies proches, dit-elle, avant de marquer une pause et de lui adresser un sourire reconnaissant. Merci de l'avoir fait. J'aurais aimé être informée des difficultés de la famille d'Arabella. Je l'aurais aidée. Mais je comprends pourquoi elle n'a rien demandé.

Il avait fallu que Graham soit poussé au bord du désastre pour demander un prêt. La fierté et la dignité étaient des choses auxquelles Marcus était sensible.

— Vous m'avez l'air d'être une bonne amie.

— J'ai essayé de l'être. Il peut être difficile d'en trouver.

— Vraiment ? Vous et moi nous sommes trouvés. Et nous avons trouvé l'amitié.

Pour l'instant. Il reconnaissait qu'il en voulait plus, mais jusqu'à quel point ? Si elle lui permettait de l'embrasser, serait-il satisfait ? Son membre s'agita, et il repoussa toute pensée de nature sexuelle dans les confins de son esprit lubrique.

— J'ai perdu beaucoup d'amies lorsque j'ai décidé de ne pas épouser Sainsbury

C'était l'ouverture qu'il avait espérée. Il était curieux au sujet de Sainsbury et de la raison pour laquelle elle avait choisi la disgrâce sociale plutôt que de l'épouser. Si l'on ajoutait à cela l'appréhension générale de la jeune femme lorsqu'il s'approchait d'elle, sa curiosité se muait en soupçons.

— Puisque nous sommes amis, j'espère que vous ne m'en voudrez pas de poser la question. Pourquoi ne l'avez-vous pas épousé ?

Il eut l'impression que le bruit des roues et des chevaux s'amplifiait pendant qu'il attendait sa réponse. Elle finit par parler.

— Il a fait preuve d'une incapacité à se montrer fidèle.

Marcus se rendit compte qu'il avait retenu sa respiration. Soufflant enfin, il jeta un coup d'œil à son profil stoïque.

— Beaucoup de maris sont malheureusement infidèles. Il en va de même pour les épouses.

— Je n'ai pas l'intention de l'être, et j'attends de mon mari qu'il se comporte de la même manière. Je n'ai surtout pas envie de le voir enlacé avec une autre femme lors d'un bal.

Il entendit la blessure et la colère dans son ton et eut envie de planter son poing dans le ventre de Sainsbury.

— C'est un imbécile.

— Parce qu'il n'a pas fait plus attention ? s'enquit-elle avec un brin de piquant.

— Non, parce qu'il vous a perdue. Il ne trouvera jamais mieux.

Elle soupira, et sa posture se détendit légèrement.

— Votre flatterie n'est pas nécessaire. J'ai pris ses agissements personnellement, mais il sera un très mauvais mari pour quiconque l'épousera.

Elle s'interrompit, se reprit, et serra les mains sur ses genoux.

— Les hommes comme lui ne devraient pas se marier. Si un homme sait qu'il ne sera pas fidèle, il ne devrait pas prendre d'épouse.

— Sauf que les hommes, surtout ceux de mon rang, sont

souvent éduqués avec un sens du devoir. Nous sommes censés nous marier et engendrer un héritier, au moins. Et certains hommes sont tout simplement incapables d'être fidèles.

— Cela vous inclut-il ? lui demanda-t-elle, le fixant d'un regard de défi.

— À cause de ma réputation ?

— Parce que vous n'êtes pas marié. Comme vous l'avez indiqué lors de notre rencontre, vous avez trente et un ans. Vous devriez déjà avoir convolé, avoir un héritier, et un remplaçant[1].

Il haussa les épaules.

— Certains hommes se marient plus tard.

— Est-ce votre projet ? Ou faites-vous partie de ces hommes dont vous avez parlé et qui sont incapables d'être fidèles ?

— Je n'ai pas vraiment de projet. Je n'ai pas eu envie de me marier, alors je ne l'ai pas fait.

Entendre ses paroles lui revenir à la figure lui donna à réfléchir. Comme Harry le lui avait dit l'autre jour, Marcus ne faisait jamais rien de permanent. La fidélité n'avait jamais été nécessaire. En outre, il évitait les choses permanentes parce qu'il recherchait la spontanéité.

Tu évites de créer des liens.

La petite voix chuchotait dans les recoins de son esprit, là où il conservait des souvenirs lointains et des vérités qu'il préférait ignorer. Comme celui-là.

— C'est précisément mon projet, affirma-t-elle en se redressant sur son siège. Je me marierai quand, et *si*, j'en ressens l'envie.

Elle lui adressa un sourire.

— Nous étions clairement destinés à être amis.

Marcus ne put s'empêcher de rire. Des amis non mariés qui étaient sans aucun doute attirés l'un par l'autre et qui partageaient la même vision du mariage. Si ce n'était pas la recette parfaite pour une liaison, il ignorait ce que c'était.

Parce que c'est ce que tu veux.

Cette maudite voix, encore, qui le séduisait. Oui, il voulait cette femme. Mais lorsqu'il lui avait proposé son amitié, il s'était rendu compte qu'il n'avait pas non plus d'amies femmes. Mme Alban ne comptait pas : sa maison close lui fournissait un service. Pourquoi ne comptait-elle pas ? Il dînait régulièrement avec elle et ils partageaient des conversations agréables. N'était-ce pas ce que l'on faisait avec une amie ?

Bon sang ! Il n'avait aucune envie de penser à elle ou à son maudit bordel pendant qu'il était avec Mlle Lennox. Phoebe. Il ne voulait pas continuer à penser à elle de manière aussi formelle.

— Puisque nous sommes amis, puis-je vous appeler Phoebe ? Je serais honoré que vous m'appeliez Marcus ou, si vous préférez, Rip, comme m'appellent la plupart de mes amis hommes, surtout ceux de l'école. Et j'aimerais que nous nous tutoyions.

— Je préfère Marcus, je crois.

Son nom sur ses lèvres semblait tout à fait délicieux. Il avait envie de l'embrasser pendant qu'elle le prononçait, pour voir s'il avait un goût aussi exquis que le son. Oh, il allait se retrouver dans l'embarras s'il ne cessait de penser à elle de cette manière.

— Vous… tu peux m'appeler Phoebe, lui dit-elle. Et nous pouvons aussi nous tutoyer, mais seulement lorsque nous sommes seuls.

— Voilà qui me semble raisonnable. Phoebe.

Il lui adressa un sourire en entrant dans le parc. Ils étaient arrivés plus vite qu'il ne l'avait imaginé, ou peut-être s'était-il simplement perdu dans sa compagnie.

D'autres véhicules étaient arrêtés le long de la route, et

des gens pique-niquaient ici et là. Richmond était une destination populaire en raison de sa beauté et de sa relative proximité avec Londres.

Marcus s'enfonça plus avant dans le parc.

— Où allons-nous pique-niquer ?

— Sur la colline ?

Il les conduisit au sommet et arrêta le carrick.

— Que dis-tu de cet endroit ?

Une vue imprenable sur le parc et la Tamise s'étendait devant eux.

— C'est superbe, répondit-elle. Mais j'imagine que la vue depuis Pembroke Lodge est encore plus belle. L'as-tu vue ?

— Non.

Phoebe rit doucement.

— Je n'imagine pas vraiment lady Pembroke inviter quelqu'un comme toi.

Il haleta, feignant l'indignation.

— Je ne suis pas infidèle, comme nous l'avons déjà établi. Ou peut-être ne l'avons-nous pas fait.

Il descendit du carrick et en fit le tour pour aider Phoebe à descendre. Il tendit la jambe en lui prenant la main.

— Contrairement à lord Pembroke, je prendrai mes vœux de mariage très au sérieux.

Le ferait-il vraiment ? Son père avait été totalement fidèle à sa mère, et n'était devenu un libertin invétéré qu'après la mort de celle-ci. Marcus avait fait le contraire en commençant de cette manière. Peut-être ne serait-il pas capable d'être fidèle. Une vague d'inquiétude le traversa.

Mais c'était une réflexion pour un autre moment. Ou peut-être jamais.

— Alors, ta future marquise aura beaucoup de chance, dit Phoebe d'une voix douce tandis qu'il l'aidait à descendre du véhicule.

Marcus récupéra le panier de pique-nique et la couverture pendant qu'elle s'avançait dans l'herbe à la recherche de l'endroit idéal.

Se tournant vers lui, elle fit un grand geste du bras vers la gauche.

— Ici, je pense.

Il la rejoignit et déposa le panier.

— Spectaculaire.

Il détourna le regard, de peur qu'elle ne pense qu'il parlait d'elle. Et c'était le cas. Marcus étendit la couverture sur l'herbe et plaça le panier sur le bord. Phoebe entreprit de déballer le pique-nique, qui semblait contenir bien plus de nourriture qu'ils ne pouvaient en manger à deux.

— Je suis affamée, dit-elle. Pourquoi les voyages donnent-ils faim ? Ce n'est pas comme si c'était un effort physique. Lorsqu'on voyage en véhicule, j'entends. Quand on est à cheval, c'est différent, bien sûr.

Marcus attrapa un petit gâteau.

— Il y a assez de nourriture pour un bataillon.

— C'est au porc, lui précisa Phoebe. Puis-je te servir de la bière ?

— Est-ce la seule boisson ?

— Oui. Aurais-tu préféré autre chose ?

— Non, je suis juste surpris. Est-ce que *toi*, tu ne préfére-rais pas autre chose ? De la limonade, ou du ratafia, peut-être ?

Il mordit dans la tarte et savoura la viande de porc succu-lente et la pâte feuilletée. Phoebe se mit à rire.

— Non, il se trouve que j'aime beaucoup cette bière. Le mari de ma cuisinière est brasseur. Je la préfère nettement au ratafia, précisa-t-elle en en versant deux verres.

Elle lui en tendit un.

Il goûta le breuvage, puis se lécha les lèvres.

— Elle est délicieuse ! Il se peut que je doive implorer d'avoir un tonneau à moi.

— Ne te donne pas cette peine. Il ne fabrique que de petites quantités pour une poignée de ménages, et je ne crois pas qu'il accepte de nouveaux clients.

— Dommage, dit-il, avant de lever son verre pour porter un toast. À une excellente bière et à l'amitié

Elle inclina la tête et souleva sa bière avant de la boire. Passant en revue les choses qu'elle avait déballées, elle constata :

— Il y a vraiment trop de nourriture. Ma cuisinière s'est surpassée.

— Tu ne manges pas comme ça à chaque repas ?

Il dévora le reste de sa tarte au porc.

— Ciel, non ! dit-elle, étalant de la confiture de pêche sur son petit pain, concentrée sur sa tâche. Il n'y a que moi.

Cela semblait plutôt solitaire, et pourtant, c'était précisément ainsi que Marcus prenait ses repas.

— Nous avons beaucoup de choses en commun, observat-il. Notre existence solitaire et le fait qu'elle ne nous dérange pas n'en sont pas les moindres.

Elle termina avec la confiture et le regarda.

— J'essaie de me considérer comme une personne indépendante. Solitaire, cela semble tellement… triste. Je ne suis pas triste. Et toi ?

Lorsqu'elle prit une bouchée de son petit pain, un peu de confiture s'étala sur sa lèvre. Sa langue sortit pour attraper le morceau de fruit et l'insérer dans sa bouche.

Marcus concentra son attention sur la conversation plutôt que sur sa langue.

— Non, je ne suis pas triste non plus.

Surtout pas maintenant.

— Les relations sont chaotiques. Compliquées, précisa-t-il.

— Quel genre de relations ? Avec la famille ? Les amis ?

Les relations romantiques ? Non, pas celles-ci, puisque tu n'en as pas.

— Parce qu'elles sont chaotiques ! s'exclama-t-il en riant. Les amitiés sont faciles.

— Je ne sais pas s'il existe des relations *faciles*, en particulier les relations familiales. As-tu de la famille ?

Drobbit lui vint à l'esprit. Il n'était pas sa famille. Marcus penserait d'abord à ses domestiques comme des membres de sa famille avant même de penser à Drobbit de cette manière.

— Non.

Elle avait terminé son petit pain et buvait maintenant sa bière.

— Et ton cousin ? Celui qui t'a blessé dans le parc ?

Évidemment, elle avait appris qui il était.

— Nous sommes peut-être liés par le sang, mais je ne le considère pas comme un membre de ma famille. Nos mères, qui étaient sœurs, étaient brouillées.

— Je suis désolée de l'entendre. Et aussi que tu n'aies aucune autre famille. Mes parents sont difficiles, mais ils sont toujours là.

Elle leur servit du jambon, de la salade et des pruneaux en compote sur des assiettes, puis lui en tendit une.

Il posa sa bière et la prit.

— En quoi sont-ils difficiles ?

— Ils n'aiment pas que je sois célibataire. Ou que je n'aie pas épousé Sainsbury. Enfin, surtout parce que je n'ai pas pris ma décision avant le jour de notre mariage. Et ils n'aiment pas non plus que je vive seule. Ou que je sois une vieille fille assumée, installée en marge de la bonne société, expliqua-t-elle avant de secouer la tête. Je pourrais continuer.

Au lieu de cela, elle prit une bouchée de salade.

— Je t'en prie, continue. Il se trouve que j'apprécie toutes ces choses chez toi.

Elle finit de mâcher et lui jeta un regard sceptique avant de poursuivre.

— Ils n'aiment pas que je dépense de l'argent pour rénover ma maison, ou que j'achète des choses comme un Gainsborough.

Il feignit d'être horrifié.

— Que doivent-ils penser de tes placements ?

Elle rit, et cela enchanta Marcus. Les femmes riaient en permanence autour de lui, mais c'était feint. Le rire de Phoebe était réel et... charmant.

— Ils ne sont pas au courant, murmura-t-elle, comme si elle dévoilait un terrible secret.

Il rit à son tour, et ils mangèrent en silence durant quelques minutes. Pendant ces instants de calme, il l'observait à la dérobée, son regard se portant sur sa bouche et se demandant ce que cela ferait de l'embrasser, elle qui était pour lui une amie. La sensation serait-elle plus intense ? Ou le serait-elle moins ?

Il devrait renoncer à ce pari et simplement lui verser les cent livres. Mais il n'en ferait rien, et il n'insisterait pas non plus. Il fit un pari avec lui-même, celui de ne plus en parler.

Elle repoussa son assiette.

— Je crains de ne pouvoir avaler une autre bouchée. Nous devrons garder les gâteaux pour le trajet de retour à la maison, je pense.

Marcus se réjouissait d'avance de ce voyage. Il y avait encore tant de choses dont ils n'avaient pas discuté.

— As-tu trouvé un masque hier ?

Elle commença à ranger le pique-nique dans le panier, mais coula vers lui un regard énigmatique.

— Peut-être.

Il éclata de rire.

— Est-ce un secret ?

— Non. Et oui. J'ai un masque, mais je ne te dirai pas ce que c'est.

— Tu ne crois pas que je serai capable de deviner qui tu es ?

Elle leva une épaule.

— Comment ferais-tu ?

— Avec tes cheveux, par exemple.

Elle éclata de rire.

— Ils sont d'un brun commun.

Elle n'aurait pas pu se tromper davantage.

— Ils sont d'un noir brillant avec des touches couleur chêne et acajou profond. Et ici, dans la lumière du soleil, il y a quelques mèches fauves ici et là, comme de l'or caché. Je saurai parfaitement les reconnaître.

Un léger rougissement apparut sur le côté de ses pommettes, et elle se concentra sur sa tâche.

— Alors, je suppose que je vais devoir les couvrir.

— Ce qui sera un signal clair, affirma-t-il. Je saurai exactement qui tu es.

Elle leva les yeux vers lui.

— Personne ne se couvre les cheveux ?

— Personne de moins de cinquante ans. As-tu l'intention de porter un turban ?

Une lueur joyeuse éclaira ses yeux tandis qu'elle mettait la bouteille de bière dans le panier.

— Peut-être le ferai-je.

— Je t'en supplie, ne fais pas ça. Ne nous prive pas de la splendeur de tes cheveux.

Il s'était retenu de dire « ne *me* prive pas », car il ne voulait pas qu'un malaise chasse la joie de son regard.

— Je vais y réfléchir, dit-elle d'un ton pince-sans-rire.

·　·　·

*I*l prit le panier et le déplaça hors de la couverture, puis revint l'aider à se lever.

— Ne veux-tu pas savoir ce que sera mon masque ?

Elle secoua la tête.

Il lui tendit la main et elle la saisit. Aucun d'eux n'avait remis ses gants, mais elle tenait les siens dans son autre main. Le contact de leurs peaux nues le traversa comme une rivière dévalant une pente. La sensation s'accéléra à mesure qu'elle se déplaçait et se propageait dans sa poitrine, et bien plus bas.

— Pourquoi pas ?

— Parce que je n'ai pas besoin de cette information... Je saurai précisément qui tu es.

Les paroles de Phoebe lui firent l'effet d'un coup de poing dans le ventre, sans la douleur cuisante. Au lieu de cela, il ressentit une bouffée d'excitation, de secrets partagés. Tous les deux au milieu d'une salle de bal remplie de gens masqués, où chacun dissimulait son identité, et pourtant ils sauraient exactement qui était l'autre.

— C'est à cause de mes cheveux ? la taquina-t-il en la laissant partir à contrecœur.

Elle éclata de rire.

— Non. Ce sont d'autres... choses.

Il se baissa pour récupérer ses gants qu'il posa sur le panier afin de pouvoir l'aider à plier la couverture. S'accroupissant, il saisit les bords du tissu.

Après avoir enfilé ses gants, elle saisit son côté.

— Devrions-nous faire un autre pari ? lui proposa-t-elle, à sa grande surprise. Qui reconnaîtra l'autre en premier ?

— Cela signifie-t-il que tu vas essayer de te cacher de moi ?

— Peut-être.

Son sourire était rusé et tellement séduisant, peut-être

involontairement, qu'il faillit laisser tomber la couverture pendant qu'ils la pliaient en deux.

— Trente livres.

Ils avancèrent l'un vers l'autre et il lui donna son côté de la couverture, ses mains s'attardant contre celles de Phoebe. Il la regarda dans les yeux.

— Le jeu commence.

Elle ne détourna pas le regard, et il fut submergé du désir de l'embrasser. Il fit donc un pas en arrière.

— Tu devrais peut-être conduire pour le retour en ville.

— Je ne peux pas !

Elle finit de plier la couverture et il prit le panier. Il lui offrit son bras et ils repartirent vers le carrick.

— Bien sûr que tu peux. Je serais honoré de te donner un cours. Tu n'es pas obligée de conduire tout le trajet, mais tu as dit que tu apprenais.

Elle parut horrifiée.

— Tu vas voir à quel point je suis mauvaise dans ce domaine.

— Tout le monde a déjà été mauvais dans ce domaine, y compris moi. Je te promets d'être gentil et patient.

Il déposa le panier dans la calèche et lui prit la couverture pour la placer avec.

— D'accord.

Marcus fut saisi d'un élan de joie. Pour quelque chose d'aussi… banal. Mais cela ne l'était pas vraiment. Elle lui faisait confiance pour lui apprendre, pour s'autoriser à être vulnérable avec lui, même s'il ne s'agissait que de conduire.

C'était un excellent début.

CHAPITRE 5

— *M*erci d'être venus, dit Graham, duc de Halstead, d'une voix forte, en levant sa coupe de champagne.

Le salon de Brixton Park était rempli de la famille et des amis de Graham et Arabella après leur mariage le matin même.

— Un toast à ma magnifique épouse, la duchesse de Halstead.

Il adressa un sourire radieux à Arabella, dont les traits étaient tout aussi rayonnants.

Les invités levèrent leurs verres au milieu des bravos et des hourras. Arabella et Graham rayonnaient de joie, imprégnant la pièce et tous ceux qui s'y trouvaient. Phoebe n'aurait pas pu être plus heureuse pour son amie.

Marcus s'approcha d'elle alors que les conversations s'engageaient dans la salle.

— Ils ont l'air très heureux.

Phoebe essayait de ne pas regarder Marcus trop longtemps. Il était exceptionnellement beau dans un gilet cobalt qui rendait ses yeux encore plus perçants.

— Oui. Arabella n'arrive pas à croire à sa chance.

— Graham non plus. C'est un peu écœurant, en réalité.

Phoebe se retourna pour le regarder, stupéfaite.

— Absolument *pas* !

Il lui sourit.

— Je plaisantais. Je ne comprends peut-être pas ce qu'il y a d'attirant dans une union permanente, mais eux le voient, et c'est tout ce qui compte.

Elle n'était pas convaincue qu'il plaisantait, mais elle n'avait pas le temps de débattre de la question puisque Lavinia et son mari, Beck, s'approchaient d'eux.

Ce dernier prit la parole.

— Ripley, puis-je te présenter ma femme, lady Northam ?

Marcus s'inclina avec galanterie.

— C'est un plaisir de faire votre connaissance, Lady Northam. Je suis navré que nous ne nous soyons pas rencontrés avant.

Phoebe se demanda pourquoi, mais elle se souvint ensuite qu'elle-même venait de le rencontrer, à peine une semaine plus tôt. Et purement par hasard. Cependant, Lavinia était marquise depuis un certain temps déjà. N'aurait-elle pas déjà dû le rencontrer ?

Lavinia offrit un sourire à Marcus.

— C'est une bonne chose que je n'aie pas besoin de faire la révérence, car si je le faisais, je ne pourrais jamais me relever, dit-elle en faisant référence à son ventre très rond. En fait, ce sera une sortie écourtée. Je ne devrais même pas être ici, mais je ne voulais pas manquer le mariage d'Arabella, et Fanny m'a fait promettre de venir si je le pouvais, étant donné que David et elle sont partis de Londres en attendant la naissance de leur enfant.

Le mari de Fanny était l'ancien employeur de Graham et son meilleur ami.

— Vous avez préféré rester à Londres ? s'enquit Marcus.

Lavinia acquiesça, puis elle rajusta ses lunettes.

— J'adore Londres au printemps. Nous partirons à la campagne en été, répondit-elle, avant de tourner les yeux vers Phoebe. Je voulais simplement venir te parler avant de partir. J'espère que tu viendras bientôt me voir. Ce sera ma dernière excursion jusqu'à l'arrivée du bébé. S'il tarde trop, je risque de m'ennuyer horriblement.

Phoebe rit doucement et prit la main de son amie qu'elle serra. Lavinia avait été là pour elle après la débâcle de Sainsbury. Elle s'était montrée gentille, compréhensive, et, par-dessus tout, d'un grand soutien. Phoebe jeta un coup d'œil à Beck, à qui elle devait d'avoir été l'objet d'attentions de la part de Sainsbury.

Lavinia et Beck prirent congé. Une fois qu'ils furent hors de portée de voix, Marcus se rapprocha de Phoebe.

— Beck n'a-t-il pas écrit un poème sur une certaine Mlle Lennox lorsqu'il rédigeait ses balivernes en tant que duc Galant ? Mon Dieu ! Je n'avais pas fait le rapprochement jusqu'à présent.

Heureusement ! se dit Phoebe, qui préférait oublier toute cette période.

— Des balivernes ? ricana-t-elle. C'étaient *effectivement* des balivernes.

— Il était *censé* aider les femmes non mariées à se faire remarquer, je crois.

Elle acquiesça.

— Ses ballades étaient belles comme de la poésie. Mais comme moyen d'attirer les hommes, elles étaient terriblement malavisées. Heureusement, Lavinia l'a remis dans le droit chemin.

Juste au moment où il s'était mis en tête de l'aider. Elle était parvenue à trouver son identité, et avait mis un terme à son « assistance ». Puis elle avait choqué tout le monde en l'épousant.

— C'est ainsi que Sainsbury t'a trouvée, n'est-ce pas ? s'enquit Marcus d'une voix douce.

L'inquiétude de son ami contrastait avec le dégoût qu'elle éprouvait pour Sainsbury, et elle tressaillit.

— Oui.

— Dois-je provoquer Northam en duel ? Ou Sainsbury ? Ou les deux ?

Il plaisantait encore. Sauf qu'il ne souriait plus comme avant et qu'il y avait une note d'acier dans sa voix.

Phoebe se tourna, et sa main effleura le bras de Marcus. Tous deux réagirent, s'arrêtant juste assez longtemps pour que leurs regards se croisent, puis ils s'écartèrent pour ne plus se toucher.

— Ni l'un ni l'autre. Northam s'est excusé. Sa lettre de regret était encore plus belle que sa poésie. Sainsbury n'en vaut pas la peine.

— C'est à moi d'en juger, murmura Marcus, son regard se posant brièvement sur elle avant de se déplacer dans la pièce.

Il termina son verre de champagne.

— Il me faut davantage de vin. Et toi ? demanda-t-il, puis il jeta un regard à son verre à moitié plein. Juste moi, alors.

Il lui sourit et s'éloigna.

Phoebe le regarda partir, le ventre en ébullition. Elle avait bien trop pensé à lui depuis leur pique-nique. Elle avait conduit plus de la moitié du trajet de retour jusqu'à Londres, et elle devait bien admettre qu'il était un excellent professeur. Il était également d'une charmante compagnie. Surtout lorsqu'il menaçait son ancien fiancé.

Elle but une gorgée de champagne et croisa le regard de Jane de l'autre côté de la pièce. Elles se rapprochèrent l'une de l'autre et se croisèrent quelque part au milieu.

— Serais-tu en train de fleureter avec lord Ripley ? s'enquit Jane avec un sourire coquin.

— Non.

Phoebe *avait* fleureté avec lui avant, mais elle n'était pas sûre que ce soit ce qui venait de se passer. Pourtant, il s'était passé *quelque chose*. Quelque chose de plus profond que leurs précédentes rencontres. Elle se rendit compte qu'elle risquait vraiment de l'embrasser. Non, de lui *demander* de l'embrasser. *Non, non, non.* Elle ne voulait pas ça.

— Je te taquine, dit Jane. Mais vous aviez l'air plutôt... amicaux.

— Parce que nous sommes amis.

Phoebe se sentit coupable de n'avoir pas encore parlé à Jane de leur pique-nique. Et pourquoi pas ? Parce que c'était scandaleux ?

Oui, parce qu'il était le marquis de Ripley.

— Vous êtes *amis* ? répéta Jane d'un air dubitatif.

— Oui. Quel est l'intérêt d'être une vieille fille si je ne peux pas avoir d'amis masculins ?

Jane éclata de rire.

— En effet. Je te demanderais bien de faire les présentations, mais ma mère en ferait une crise.

Elle jeta un regard vers lady Pemberton, qui se tenait près des fenêtres et discutait avec la mère d'Arabella, Mme Stoke.

— Alors, ne lui dis surtout pas que nous avons fait un pique-nique à Richmond l'autre jour.

Les yeux de Jane s'écarquillèrent, et sa mâchoire s'affaissa brièvement avant qu'elle ne referme la bouche.

— Tu n'as pas fait ça ! dit-elle à voix basse.

Phoebe hocha la tête.

— Tu ne me crois pas naïve, n'est-ce pas ?

— Pourquoi penserais-je cela ?

— Parce que Ripley n'est pas si différent de Sainsbury.

Elle jeta un coup d'œil à Marcus et comprit qu'il était *radicalement* différent de Sainsbury à bien des égards. C'était sa manière de se comporter, avec une conscience de soi et de l'assurance. Il dégageait une aisance virile, tandis que Sainsbury semblait toujours sur les nerfs. De plus, il était incroyablement plus beau. Pourtant, ils avaient quelques points communs.

— Ce sont tous deux des coureurs de jupons, et tu sais comment Sainsbury s'est comporté, poursuivit Phoebe.

— Ripley s'est-il comporté de la même manière ?

Jane jeta également un regard en direction de Marcus. Heureusement, il ne faisait pas attention, sinon il aurait compris qu'elles parlaient de lui.

— Je ne l'imagine pas faire cela. Tu n'aurais pas fait de pique-nique avec lui, et tu ne serais certainement pas en train de lui parler et de lui sourire aujourd'hui.

Jane n'avait pas tort. Elle avait même totalement raison.

Phoebe devait se faire confiance. Cependant, c'était difficile, car elle avait cru que Sainsbury serait un bon mari et qu'elle avait découvert à quel point elle s'était trompée. Elle se sentit soudain à nouveau très en colère contre lui. Il l'avait fait douter d'elle-même, et c'était impardonnable.

— Ai-je dit quelque chose de mal ? lui demanda Jane, inquiète.

S'obligeant à sourire, Phoebe s'empressa de rassurer sa chère amie.

— Pas du tout ! Tu as dit exactement ce qu'il fallait.

Bien sûr que Marcus était différent de Sainsbury, et elle ferait bien de s'en souvenir.

— Comment était-ce ? l'interrogea Jane, les yeux brillants de curiosité. Le pique-nique.

— C'était charmant. En fait, il est très gentil. Et amusant.

Jane cligna des yeux.

— Il est donc… normal ?

Elles éclatèrent de rire, et Arabella les rejoignit. La conversation porta sur le mariage, puis sur le bal masqué à venir.

— J'aurai à peine le temps de reprendre mon souffle,

déclara Arabella, mais nous sommes ravis d'organiser un bal avant de quitter Brixton Park.

Il y avait une pointe de regret dans son ton.

— Tu n'as pas vraiment envie de partir, n'est-ce pas ? demanda Phoebe.

— Ce n'est pas ça. Je sais à quel point ce domaine est important pour Graham et son héritage.

Son ancêtre avait participé à la conception et à la construction de la propriété et avait aménagé les jardins, y compris le labyrinthe. Puis le duc, son frère aîné, l'avait répudié pour une prétendue transgression : une liaison avec sa femme qui n'avait jamais eu lieu.

— Je crois que c'était ce qu'il souhaitait le plus récupérer lorsqu'il est soudain devenu duc.

Il n'avait hérité qu'une fois l'autre lignée éteinte sans descendance.

— J'ai hâte d'être au bal masqué, dit Jane. Je n'ai jamais assisté à l'un d'entre eux.

— Moi non plus, avoua Arabella avec un sourire. J'ai un masque des plus astucieux ; il s'agit d'un cygne.

— Il doit être magnifique, dit Jane, qui adressa une moue boudeuse à sa mère. Je n'ai pas eu le droit de choisir quoi que ce soit d'élaboré. C'est un simple masque avec quelques fleurs. Je vous le jure, je suis de plus en plus proche de proclamer mon statut de vieille fille et d'emménager avec toi, Phoebe.

— Tu sais que tu es toujours la bienvenue.

— Tu peux encore trouver le véritable amour, constata Arabella. Moi, je l'ai fait.

— J'ai bien peur que tu n'aies trouvé le dernier gentleman digne de ce nom, répondit Jane. Il te suffit de regarder autour de toi. Il n'y a que deux hommes célibataires ici, et aucun ne remplit les conditions requises.

— Qu'est-ce qui ne va pas avec lord Colton ? s'enquit Arabella, laissant Marcus en dehors de la question.

Jane secoua doucement la tête en regardant le vicomte.

— Sa réputation est presque aussi mauvaise que celle de Ripley cette saison.

— N'est-il pas excusé à cause de la mort de ses parents ? demanda Phoebe, qui s'efforçait de cacher l'irritation dans sa voix.

Les hommes avaient des normes différentes. Ils pouvaient subir une perte ou un chagrin d'amour et se comporter comme des imbéciles dans une relative impunité. En revanche, les femmes ne pouvaient pas décider de ne pas épouser un vaurien après qu'il eut révélé son vrai caractère sans être mises au ban de la société. Ou, au moins, subir une grave perte de statut. Colton pourrait sans doute épouser à peu près qui il voulait, quand il le voulait, tandis que Phoebe aurait une chance inouïe de recevoir une offre d'un curé de campagne au train de vie modeste.

— Pas du tout, dit Jane. Ma mère dit qu'il n'est plus aussi séduisant qu'il l'était autrefois : c'est ce qui est arrivé à Ripley il y a plusieurs années. Non pas que l'un ou l'autre s'en préoccupe. Du moins, c'est ce qu'il semble.

Elle se tourna vers Phoebe.

— Est-ce vrai ? Ripley se moque-t-il de ne pas aller chez Almack ou de ne pas assister à des bals ?

— Je n'en sais absolument rien, murmura Phoebe, posant les yeux sur Marcus à l'autre bout de la pièce, où il se trouvait avec Colton.

Il avait les yeux rivés sur elle, ce qui la fit frissonner. Elle termina son champagne.

— Excusez-moi un instant.

Elle se tourna et se dirigea vers l'une des portes, où un valet de pied se tenait debout avec un plateau vide. Y déposant son verre, elle lui demanda où se trouvait la salle de repos.

Elle s'y rendit et prit quelques minutes pour retrouver son équilibre. Marcus la déstabilisait comme il ne l'avait jamais fait auparavant. Elle ne savait pas vraiment quoi faire, à part l'éviter. Peut-être n'était-elle pas vraiment armée pour être amie avec un homme. Ou avec un homme comme *lui*.

Phoebe observa son reflet dans le miroir. Elle essayait de voir dans ses cheveux la beauté décrite par Marcus. Ses paroles auraient pu être de simples flatteries, une charmante tentative de séduction verbale, mais ce n'était pas le cas. Pas quand elle les comparait à celles de l'ignoble Sainsbury. Ses mots n'avaient été que des promesses vides et répugnantes.

Non, ils ne se ressemblaient pas du tout. Marcus ne lui avait pas fait d'avances, en dépit de nombreuses occasions, à aucun moment de leur pique-nique. En réalité, il s'était comporté en gentleman accompli. Ce n'était pas du tout ce à quoi elle aurait pu s'attendre avant de le connaître. Avant qu'ils ne deviennent *amis*.

Dans le miroir, elle vit son propre sourire. Elle se sentait mieux, plus à l'aise, prête à y retourner.

Elle quitta la salle de repos et tomba directement sur Marcus. Ou, du moins, elle l'aurait fait, si elle ne s'était pas arrêtée net.

— Te voilà, dit-il.

— Tu me cherchais ?

Phoebe jeta un coup d'œil autour d'elle et constata qu'ils étaient seuls.

Il esquissa un sourire malicieux.

— Toujours, acquiesça-t-il en s'avançant vers elle pour lui offrir son bras. Et si nous faisions un tour ?

En réponse à sa question, elle enroula son bras autour de sa manche.

— Où ?

— Tu veux retourner au salon ?

Cela donnerait alors l'impression qu'ils avaient eu un rendez-vous secret. Ou qu'ils s'étaient croisés à l'extérieur du salon. Elle n'était pas tout à fait sûre de ce que ces invités supposeraient, mais elle devinait que ce serait sans doute la seconde hypothèse. Cependant, au moins quelques personnes, en particulier la mère de Jane, pourraient penser à la première.

— Nous ne devrions pas arriver ensemble.

— Je vois.

Il la conduisit dans une autre pièce dont il ferma la porte. *Voilà* qui n'aurait pas l'air scandaleux.

— C'est pire que d'arriver ensemble, constata-t-elle.

— Accorde-moi juste un instant.

Il semblait si sérieux et son regard était si grave qu'elle retira sa main de son bras et lui fit face, attendant qu'il poursuive.

— Je veux annuler notre pari. À propos des baisers.

Aucun mot ne parvint à se former sur sa langue. Phoebe le dévisagea, visiblement choquée.

— Je vois que c'est la dernière chose que tu t'attendais à entendre, plaisanta-t-il.

Enfin, elle retrouva l'usage de la parole.

— Pourquoi ?

— Nous sommes amis, maintenant, et je pense que mon… badinage te met mal à l'aise. Je ne veux pas te causer de gêne.

Elle se sentit soudain au bord de l'évanouissement, au point de s'effondrer sur le sol. Pas vraiment, mais ses genoux faiblirent légèrement.

— Je ne suis pas mal à l'aise. Simplement, je n'y suis pas habituée.

Sauf qu'elle était *effectivement* un peu mal à l'aise. Quand elle songeait à ce à quoi cela pourrait mener.

— Je n'aime pas les baisers.

L'aveu lui échappa sans qu'elle y ait réfléchi. Dès qu'elle eut prononcé les mots, elle regretta de ne pouvoir les reprendre.

Une lueur de surprise passa dans le regard de Marcus.

— Tu l'as donc déjà fait ?

Elle acquiesça, de nouveau incapable de parler.

— *Sainsbury.*

Ce n'était pas tant un mot qu'un grognement. Les yeux de Marcus s'assombrirent jusqu'à atteindre la noirceur qui sépare minuit de l'aube.

— Oui.

Il détourna le regard, puis inspira profondément. Lorsqu'il tourna à nouveau son regard vers celui de Phoebe, il ressemblait davantage à l'homme qu'elle avait appris à connaître.

— Dis-moi où je dois déposer les cent livres.

— Je…

Elle voulait protester, mais il avait raison. Lorsqu'elle songeait à pousser leur badinage… où que ce soit, une froide appréhension l'envahissait. Pourtant, en dépit de cela, il y avait également un léger soupçon d'impatience. Et de perte, maintenant que le pari était terminé.

— L'hôpital des enfants trouvés.

— Ce sera fait.

Il allait lui offrir de nouveau le bras, mais elle leva la main.

— Qu'en est-il de l'autre pari… du bal masqué ?

— Nous pouvons l'annuler auss…

Elle l'interrompit.

— Non, je ne veux pas. J'ai déjà préparé mon costume.

Il plissa brièvement un œil.

— D'accord. Tu sembles plutôt convaincue de ta capacité à gagner.

— Parce que je le suis.

Il se rapprocha d'elle, mais pas trop près. Assez près, cependant, pour qu'elle remarque les légères rides autour de ses yeux et la courbe de ses longs cils sombres.

— Avais-tu peur de perdre l'autre pari ? demanda-t-il doucement.

Oui.

— C'est toi qui l'as annulé.

— C'est vrai. Je serais quand même ravi, et même honoré de t'embrasser si tu le souhaites. Quoi que l'on t'ait fait avant, ce n'était ni bon ni juste. Je ne te poserai pas de questions à ce sujet, mais n'en déduis pas que je ne souhaite pas savoir. Je veux apprendre tout ce qu'il y a à savoir sur toi. Ce que tu manges au petit déjeuner, si tu te lèves tôt ou si tu te couches tard, comment tu te prépares à aller au lit, à quoi tu rêves. Et tout ce qu'il y a entre les deux.

Phoebe n'arrivait pas à détourner les yeux ni à bouger. La passion de son regard et le timbre séduisant de sa voix la captivaient.

— Un baiser n'est ni une arme ni un outil, c'est un désir partagé qui se manifeste, poursuivit-il. Une union née de l'urgence, de l'émotion ou du simple désir, ou de tout cela à la fois. Un baiser doit te faire frémir et t'aider à t'envoler, comme une feuille qui se détache de l'arbre et bondit dans la brise. Plus encore, cette anticipation est semblable à une froide nuit d'hiver où le feu commence à peine à flamber. Tu tends les mains, avide de chaleur, sachant que cela t'apportera tout ce dont tu as besoin, que tu te sentiras en sécurité, entière et satisfaite. Lorsque la chaleur s'installe enfin, tu vibres et tu ris, ton corps accueille cette joie et cette satisfaction profonde qu'elle t'apporte. À cet instant, tout est juste et parfait.

Phoebe laissa échapper un son qu'elle ne reconnut pas. C'était en partie un soupir et en partie… du désir. Elle se fichait des paris. Elle voulait ressentir ce qu'il décrivait.

Il lui prit la main ; ses doigts étaient chauds contre ceux de Phoebe.

— Tu mérites cela, et rien de moins.

Il leva sa main et déposa un baiser entre son pouce et son index, sans jamais la quitter du regard.

Puis il la relâcha et lui offrit son bras.

— Nous devrions y retourner.

Oui, ils devraient. Le corps de Phoebe vibrait, comme il l'avait décrit. Sauf qu'elle ne s'envolerait pas. Pas aujourd'hui.

Et cela la décevait profondément. Il lui restait à savoir ce qu'elle voulait faire à ce sujet. À cet instant, elle n'en savait rien.

~

— *U*ne note est arrivée pour vous, my lord, dit Dorne en tendant la missive à Marcus qui descendait l'escalier.

— Merci.

Il se rendit dans son bureau, heureux d'avoir bu un café noir à l'étage après une nuit presque blanche. Cela faisait deux à la suite. Deux nuits à rêver de Phoebe et à se réveiller frustré. Parce qu'il n'aurait jamais rien de plus que ces rêves.

Il jeta un regard sur la note et reconnut aussitôt l'écriture. Ouvrant le parchemin, il parcourut rapidement la missive de Mme Alban.

Elle voulait savoir s'il viendrait dîner.

Il le faisait régulièrement avec la propriétaire du bordel, au moins une fois tous les quinze jours. En outre, il se rendait plus fréquemment dans son établissement, mais pas pour la voir. Ils n'avaient jamais partagé de lit, car elle laissait cela à ses employées, mais ils avaient partagé de nombreux repas, des conversations et des rires. C'était la seule amie femme qu'il avait jamais eue.

Jusqu'à Phoebe.

Depuis une semaine et demie, il était presque entièrement concentré sur elle. Une parenthèse délicieuse et agréable, une sorte de répit dans sa vie de séducteur. À présent, elle était terminée.

Il s'assit à son bureau et rédigea une note pour accepter l'invitation de Mme Alban. Alors qu'il pliait le parchemin, Dorne revint pour annoncer l'arrivée de Harry Sheffield.

Marcus remit au majordome sa réponse à Mme Alban.

— Faites livrer ceci, s'il vous plaît. Et faites entrer Harry.

Celui-ci arriva quelques instants plus tard.

— Bonjour, Rip. J'espère que je ne te dérange pas trop.

— Pas du tout, lui répondit Marcus en lui faisant signe de s'asseoir. J'espère que ta visite signifie que tu as de bonnes nouvelles à partager.

Fronçant les sourcils, Harry prit place sur la chaise à côté du bureau de Marcus.

— J'ai bien peur que non. Drobbit s'est avéré être une proie difficile. C'est presque comme s'il avait disparu.

— Bon sang !

Marcus savait que si Harry ne parvenait pas à le trouver, c'était *effectivement* comme si Drobbit avait totalement disparu.

— Cependant, j'ai des nouvelles, poursuivit le policier.

Harry plissa légèrement les yeux, posant un bras sur l'accoudoir.

— Il est possible que Drobbit ait eu un comportement louche. Je suppose que tu ne sais rien à ce sujet ?

Marcus se demanda ce que Harry avait appris.

— Quel genre de comportement louche ?

— Je n'en suis pas certain, mais mes recherches m'ont conduit à des personnages peu recommandables. Des criminels, pour être franc. Des usuriers de la pègre, expliqua

Harry, l'air sombre. Je le soupçonne de devoir de l'argent à quelqu'un.

Bon sang. Cela expliquerait pourquoi il volait et pourquoi il était sans le sou.

— Je ne peux pas entrer dans les détails, mais je crois qu'il a peut-être escroqué quelqu'un, dit Marcus. Il a pris de l'argent pour un placement, puis il a prétendu qu'il avait mal tourné, et que l'argent était perdu.

— Toi, ou ce quelqu'un, vous pensez qu'il a menti et volé l'argent ? lui demanda Harry.

— C'est possible. C'est pourquoi je veux le retrouver.

— Si tu songes à quelque chose, quoi que ce soit, qui pourrait m'aider, je t'en serais reconnaissant. En attendant, je vais suivre ces pistes, affirma Harry en se levant, puis il posa un regard sinistre sur Marcus. Ton cousin risque de se faire arrêter.

— C'est ce qu'il semblerait.

Marcus voulait mettre un terme au comportement criminel de Drobbit, et cela semblait être la meilleure façon de le faire. Néanmoins, il voulait une liste des personnes que son cousin avait dupées et des sommes qu'il avait volées. Cela le perturbait de penser que Drobbit avait ruiné, ou failli ruiner, un certain nombre de personnes.

Harry s'en alla, laissant Marcus d'humeur pensive. Où diable était passé Drobbit ? Lui était-il arrivé quelque chose ?

Marcus jura à mi-voix. *Osborne.* L'assistant de Drobbit dans son entreprise criminelle. Il avait invité Graham dans un pub de Leicester Square pour discuter des placements avec Drobbit. Marcus était très contrarié de ne pas s'en être souvenu plus tôt et il en attribua la responsabilité à son obsession pour Phoebe. Il irait au pub en soirée.

Mais d'abord, il devait aller récupérer son masque sur mesure à Bond Street. Ils le lui avaient fait livrer l'avant-veille, mais il ne couvrait pas suffisamment son visage et sa tête. Le but était de se *dissimuler* pour pouvoir gagner le pari avec Phoebe.

Au moins, il pouvait se réjouir de cette perspective. Pas de gagner, bien qu'il le veuille, mais d'avoir quelque chose à partager avec elle. Parce qu'après cela, il n'était pas certain de ce qui pourrait maintenir leur amitié. À moins qu'ils ne puissent vraiment continuer à être amis. Ce qui serait sacrément difficile, car il voulait la connaître d'une manière qui allait bien au-delà de l'amitié. Il voulait une intimité avec elle. À tous les niveaux.

Bon sang ! Ressaisis-toi !

Marcus parcourut le court trajet entre sa maison de Hanover Square et Bond Street. Alors qu'il tournait vers le sud, son esprit était toujours concentré sur Phoebe. Vers leur pari actuel, celui auquel il avait renoncé et qu'il avait réglé deux jours plus tôt, et les paris potentiels qu'il pourrait faire lorsque celui-ci serait terminé. Tout pour rester dans son orbite.

Au lieu de parier, il pourrait peut-être la convaincre de lui permettre de continuer à lui donner des leçons de conduite. Elle était une excellente élève. Tellement douée, à vrai dire, qu'il doutait que ses services soient requis bien longtemps. C'était tout de même mieux que rien.

Comme si ses désirs l'avaient fait apparaître, Phoebe s'avançait vers lui. Il perçut le moment précis où elle le vit. Ces fossettes qu'il adorait apparurent brièvement. Le ventre de Marcus se contracta.

— Bonjour, la salua-t-il en arrivant près d'elle.

Elle n'était pas seule. Mlle Jane Pemberton l'accompagnait, et il semblait qu'une femme de chambre les suivait, car la femme s'arrêta en même temps qu'elles.

— Bonjour, my lord, lui dit Phoebe en faisant la révérence.

Mlle Pemberton fit de même. Il aurait pu se contenter de poursuivre son chemin. Il aurait sans doute dû le faire, mais il était captif de la présence de Phoebe.

— Que souhaitez-vous acheter aujourd'hui ?

— Je viens de récupérer la dernière pièce de mon costume pour le bal masqué, dit Phoebe, baissant les yeux sur la boîte qu'elle portait.

— Je me demande si vous êtes allée dans la boutique où je me rends. Imaginez si nous étions arrivés en même temps.

Il se retint de sourire et la regarda d'un air joyeux. Les yeux de Phoebe brillèrent d'une lueur d'humour.

— Alors, je suppose que la surprise aurait été gâchée.

— Je suis heureux qu'il n'en ait pas été ainsi, dit Marcus.

Il se tourna vers Mlle Pemberton, de peur de totalement oublier qu'il existait d'autres personnes que Phoebe.

— Êtes-vous impatiente de participer au bal masqué ?

— Oui, même si j'ai dû convaincre ma mère que nous devions y aller, répondit-elle, puis elle rougit légèrement. Pardonnez-moi.

Marcus haussa un sourcil, puis posa sur Phoebe un regard interrogateur.

— Elle fait référence à la nouvelle qui circule, à savoir que vous avez acheté Brixton Park.

Il s'était un peu inquiété de ce que sa réputation puisse nuire à la popularité du bal, mais il savait aussi que les gens étaient impatients de visiter Brixton Park. Proche de Londres et entourée de magnifiques et vastes jardins, la demeure n'avait pas accueilli d'événement depuis plus d'une génération.

— J'ai supposé que la curiosité des gens l'emporterait.

— Cela a été le cas avec ma mère, répondit Mlle Pemberton avec un léger rire. Heureusement !

— Parfait. Le bal sera spectaculaire, affirma Marcus.

Il se pencha en avant, pour leur confier un secret, mais

aussi dans l'espoir de sentir le parfum épicé et féminin de Phoebe.

— Ne le dites à personne, mais il y aura une partie de cache-cache dans le labyrinthe, suivie d'un feu d'artifice.

Mlle Pemberton inspira brusquement.

— C'est une surprise ?

— Oui, pour le duc et la duchesse de Halstead. Pour célébrer leur union.

— Cela va vraiment être spectaculaire, dit Mlle Pemberton en souriant à Phoebe. Je suis si heureuse de pouvoir y assister !

— Moi aussi, répondit son amie.

Phoebe adressa un sourire à Marcus, et celui-ci eut envie de le prendre très personnellement, de croire qu'elle était heureuse de se rendre à un événement organisé chez lui pour le voir.

Bon sang, il ne s'était jamais accroché à une femme de cette manière. Il était temps pour lui de s'en aller.

— Je me réjouis de vous voir toutes les deux samedi.

Il s'inclina, puis continua son chemin, en prenant soin de passer aussi près de Phoebe qu'il l'osait.

Elle tourna la tête lorsqu'il fit de même, et leurs regards se croisèrent un bref instant.

— À samedi, murmura-t-elle.

Sachant que rien de ce qu'il désirait ne se produirait, il compterait tout de même les minutes jusque-là.

CHAPITRE 6

*L*e regard de Phoebe s'attarda un instant sur Marcus qui s'éloignait. Elle ne pouvait s'empêcher de savourer sa démarche souple et assurée, ou la façon dont les pans de son manteau frôlaient ses cuisses musclées. À contrecœur, elle tourna à nouveau la tête et se remit en marche.

Elle sentit l'attention de Jane avant qu'elle ne lui dise quelque chose.

— Que se passe-t-il entre toi et Ripley ?

— Rien, répondit Phoebe. Nous sommes juste amis.

— Des amis qui pique-niquent à Richmond, qui se donnent des leçons de conduite et passent du temps à fleureter.

Phoebe lui jeta un regard.

— Nous n'avons pas fleureté.

— Si tu le dis, répondit Jane, qui n'avait pas l'air convaincue. Tu devrais faire ce qui te plaît, ce qui te rend heureuse.

Autrement dit, même si elle avait fleureté, il n'y avait rien de mal à cela.

Mais c'était quand même mal, car fleureter avec le

marquis de Ripley ne lui apporterait rien d'autre que du chagrin. Il n'était peut-être pas le réprouvé qu'était Sainsbury, mais il restait un coureur de jupons.

Qu'y a-t-il de mal à cela ?

Phoebe ignora la petite voix dans un coin de sa tête.

Tu n'es pas obligée d'avoir le cœur brisé. Prends ce que tu veux.

— Qu'es-tu en train de suggérer, Jane ?

— Seulement que si tu as envie de fleureter avec lui, tu devrais le faire. Il n'y a pas de mal et personne ne te jugera.

Phoebe laissa échapper un rire vif.

— Bien sûr que les gens me jugeront !

— D'accord, ils le feraient sans doute, mais qui le saurait ? Sans vouloir t'offenser, personne ne fait attention à toi. Ou à moi, d'ailleurs.

— Peut-être pas, mais ils prêtent attention à Ripley.

Lors de la soirée cartes de la veille, quelqu'un lui avait demandé si elle avait fait un pique-nique à Richmond. Personne ne lui avait demandé si elle était avec Ripley, mais la question était claire.

— Les gens savent que nous avons fait un pique-nique à Richmond

— Et ? s'enquit Jane, pinçant les lèvres alors qu'elles approchaient de la calèche de Phoebe. Tu n'as de comptes à rendre à personne. Contrairement à moi.

Elle lança un regard vers sa femme de chambre ; sa mère avait insisté pour qu'elle les accompagne.

— Le temps pourrait venir très bientôt où ta mère ne te permettra plus de me rendre visite ou de faire des achats avec moi. Et je risque d'être exclue des soirées cartes de Mᵐᵉ Matheson.

Jane fronça les sourcils.

— Je ne pourrai rien pour les soirées, mais je ne permettrai pas que ma mère m'interdise de te fréquenter. Si nous en arrivons là, je me déclarerai vieille fille et je viendrai vivre avec toi. Ils pourront alors concentrer toute leur attention sur Anne.

Elles montèrent dans la calèche et, comme la femme de chambre était assise en face d'elles, elles changèrent de sujet de conversation pour parler de leur sortie dans les boutiques. Peu de temps après, elles arrivèrent à la maison de Jane. Le cocher ouvrit la portière et elle fit signe à sa femme de chambre de sortir en premier.

Puis Jane se tourna vers Phoebe.

— Ne laisse pas Sainsbury te gâcher la vie. Tous les hommes ne sont pas comme lui. Je ne connais pas du tout lord Ripley, mais tu sembles l'apprécier, et c'est suffisant, n'est-ce pas ?

Suffisant pour quoi ?

— Je ne fleuretais pas.

Jane soupira d'exaspération.

— Mais tu *peux* le faire si tu en as envie. Et tu peux aller à Richmond. Ou danser avec lui au bal masqué, énuméra-t-elle, posant brièvement sa main sur celle de Phoebe. Fais ce que je ne peux pas faire. *Je t'en prie.*

Avec un clin d'œil, elle sortit de la calèche.

Phoebe repensa au conseil de son amie alors qu'elle roulait vers sa prochaine destination. Malheureusement, elle arriva bien trop vite. Regardant par la vitre la maison dans laquelle elle avait grandi, elle reprit son souffle.

Le cocher l'aida à descendre, et elle fut chaleureusement accueillie à la porte par le majordome de ses parents, Foster.

— Bienvenue à la maison, mademoiselle Lennox.

— Merci, Foster. Mais vous savez que ce n'est plus ma maison, dit-elle en souriant.

Ses yeux bleu clair étincelaient d'une lueur chaleureuse.

— Cela ne m'empêche pas, comme tous les autres, de vouloir qu'il en soit ainsi.

Phoebe n'était pas tout à fait convaincue que « tous les

autres » veuillent qu'elle revienne. Elle commençait à croire que son père était trop fâché contre son indépendance pour retrouver le chemin de leur relation père-fille. Un élan de tristesse l'envahit. Autrefois, ils avaient été proches, mais il avait changé après la mort de son frère. Elle avait compris son désespoir, mais elle se rendait compte maintenant qu'il ne s'était jamais complètement remis.

— Enfin, tous ceux qui restent, se corrigea Foster, l'air peiné.

— Que voulez-vous dire ?

— Harkin, Wick et Meg ont été congédiés la semaine dernière, répondit-il en secouant la tête. Je suppose qu'ils s'en sortiront. Mais cela a été un choc.

Phoebe était très surprise d'apprendre que plusieurs des domestiques avaient été congédiés.

— En effet. Ont-ils trouvé de nouveaux postes ?

— Wick en a trouvé un. Il était prêt à devenir majordome, ce qu'il a fait.

Phoebe entendit la fierté dans la voix de Foster.

— C'est merveilleux. Et Harkin et Meg ?

Meg était l'une des femmes de chambre, mais Harkin avait été la femme de chambre personnelle de sa mère.

Foster haussa les épaules.

— Je n'ai pas eu de nouvelles d'elles depuis leur départ. Harkin est allée chez une amie, et Meg est retournée auprès de sa mère, bien qu'elle ait précisé qu'elle ne pourrait pas y rester longtemps.

— Je vais voir si je peux aider.

Phoebe prit note de veiller à ce que les deux femmes trouvent un emploi. Peut-être pourrait-elle au moins embaucher Meg.

— J'espère ne pas avoir parlé d'une manière déplacée, dit Foster. J'ai pensé que vous voudriez savoir.

Elle lui adressa un sourire chaleureux.

— Bien sûr. J'apprécie que vous me l'ayez dit.

Ils se dirigèrent vers l'arrière de la maison, et Foster l'annonça à l'entrée du petit salon. Phoebe salua sa mère, qui se leva de sa chaise, où elle était apparemment en train de broder. C'était elle qui avait créé la délicate fleur et le papillon sur le mouchoir que Marcus lui avait rendu. Celui qui sentait son odeur à présent, et que Phoebe gardait sur son chevet depuis qu'il l'avait rapporté. Il était à côté de son dessin d'elle, qu'elle regardait tous les soirs avant de s'endormir, et tous les matins en se réveillant. À vrai dire, elle aurait aimé avoir un dessin de lui.

La mère de Phoebe vint l'embrasser sur la joue.

— C'est bon de te voir.

— Je pensais que papa serait là, dit Phoebe en balayant la pièce du regard.

Elle était vide en dehors d'elles deux.

— Il sera bientôt là, j'imagine. Il sait que tu dois venir.

Était-ce pour cette raison qu'il évitait le salon ? Phoebe se mordit la langue avant de poser la question. Elle ne voulait pas se disputer avec lui. Elle l'aimait et elle voulait que les choses soient différentes. Qu'elles soient… faciles. Ou, du moins, *plus faciles.*

Phoebe décida de profiter de l'absence de son père. Après avoir fait signe à sa mère de s'asseoir, elle prit place sur le canapé face à son fauteuil.

— Avez-vous vraiment laissé partir Harkin ?

La mère de Phoebe pinça brièvement les lèvres.

— Foster te l'a dit ? Oui.

Le silence régna pendant un moment, tandis que Phoebe attendait une explication. Comme elle ne venait pas, elle poursuivit :

— Est-ce que papa et toi avez des difficultés financières ?

C'était la seule explication logique, surtout si l'on ajoutait à cela la colère soudaine de son père chez elle l'autre jour.

— Pas du tout, répondit sa mère d'une voix douce, mais sans regarder Phoebe dans les yeux. Nous n'avons pas besoin d'autant d'aide, vu que nous ne sommes que deux.

— Tu as besoin d'une femme de chambre. Pourquoi avoir laissé partir Harkin ?

D'aussi loin que remontaient les souvenirs de Phoebe, elle avait toujours travaillé pour leur famille.

— Je n'ai pas *vraiment* besoin de ma propre femme de chambre. Lettie est très douée pour coiffer les cheveux, et, ces derniers temps, elle aidait Harkin à m'habiller.

Lettie était une autre femme de chambre, plus jeune et moins expérimentée que Harkin.

— Je suis sûre qu'elle est bien…

— Elle est plus que bien, et rien de tout cela ne te concerne, affirma la mère de Phoebe. Cependant, ce qui te concerne, c'est de savoir avec qui tu vas pique-niquer à Richmond. Est-il vrai que tu es allée *seule* avec lord Ripley ?

Depuis que la rumeur avait surgi à la soirée cartes la veille, Phoebe se doutait que sa mère lui poserait la question.

Phoebe ne voyait pas la nécessité de s'expliquer, mais elle répondit.

— Oui. C'était une belle journée. J'apprécie la compagnie du marquis. Il est très intelligent. Il est même érudit, en réalité, ce qui pourrait te surprendre. En plus, il m'a donné des leçons de conduite.

La mère de Phoebe plissa légèrement les yeux.

— Il n'a pas la réputation d'être intelligent, érudit, ni d'être un excellent conducteur. C'est une canaille.

Phoebe haussa les épaules.

— Il ne l'est pas à mes yeux.

— Comment diable l'as-tu rencontré ?

— Je ne m'en souviens pas, mentit Phoebe.

Elle se souvenait et se réjouissait de se rappeler chaque instant de leur relation.

— Nous sommes devenus amis

— Amis ? Avec *lui* ?

— Avec qui ? s'enquit le père de Phoebe, qui choisit ce moment inopportun pour entrer dans le salon.

— Le marquis de Ripley.

Sa mère prononça ce nom avec beaucoup de dégoût et une moue désapprobatrice. Son père regarda Phoebe avec enthousiasme. Il ne semblait pas partager l'inquiétude de son épouse.

— Oserions-nous espérer que cela devienne quelque chose de plus ? Elle pourrait faire bien pire que d'épouser un homme de son rang.

Sa femme lui lança un regard irrité.

— C'est *Ripley*.

Une fois encore, le père de Phoebe ne sembla pas s'émouvoir de son agitation.

— C'est un *marquis*.

La mère de Phoebe s'adossa à son fauteuil avec un bruit de mécontentement guttural. Elle croisa les bras, l'air très contrarié.

Son père tourna un regard impatient vers Phoebe.

— Alors ? Ton lien avec lui se transformera-t-il en quelque chose de plus ?

— Non. Nous ne sommes que des amis.

— Les hommes comme lui ne sont pas amis avec des femmes. *Bon sang !* Les hommes célibataires ne sont pas amis avec des femmes, point.

Agacée par leur ingérence, Phoebe répliqua :

— Et toi, en tant qu'homme marié, as-tu des amies femmes ?

Son père grogna.

— Il n'est pas question de moi, mais de toi. Tu ne peux pas être amie avec le marquis de Ripley, à moins de vouloir être *totalement* déshonorée. Mais, au vu de ton comportement, c'est peut-être là ton but.

Phoebe s'efforça de garder son calme.

— Non. Mon but est de mener une vie heureuse et épanouie. Je trouve le marquis intéressant et il m'apprend à conduire.

Cela ne faisait qu'effleurer leur relation qu'elle estimait bien plus profonde, car révéler la vérité ne ferait qu'encourager les supputations de son père.

Et peut-être ton désir secret.

Il fallait que cette voix dans sa tête *meure*. Violemment.

Se levant, Phoebe se rendit compte que sa visite n'allait pas être agréable, vu qu'ils la harcelaient. Elle n'allait pas non plus obtenir de réponses sur les raisons pour lesquelles ils avaient laissé partir trois domestiques.

— As-tu acheté des Gainsborough cette semaine ? s'enquit son père.

Il semblait désinvolte, mais sa question avait un côté provocateur qui alimenta l'agacement de Phoebe.

— Non. Cependant, je m'intéresse à un Reynolds.

Ce n'était pas tout à fait vrai, mais elle y avait *songé*. L'hôpital des enfants trouvés, qu'elle avait visité la veille pour apporter des cadeaux aux enfants, exposait de nombreuses et belles peintures de Reynolds, mais aussi de Gainsborough et de Hogarth, qui avaient fait don de leurs œuvres à l'institution.

Elle ne voulait pas se moquer de son père. Quelque chose n'allait pas ici, et elle voulait aider. Si elle le pouvait. Et si son père la laissait faire.

— Papa, si vous avez besoin de quelque chose, j'espère que vous le demanderez, maman et toi.

Quelque chose de sombre, de l'inquiétude peut-être, brilla dans le regard de son père.

— De quoi pourrais-je avoir besoin venant de toi ?

Elle ne chercha pas à cacher son exaspération.

— Sans doute rien. Toutefois, mon offre tient toujours.

La mère de Phoebe se leva de son fauteuil.

— Phoebe, je te supplie de faire attention à ta réputation.

— Plutôt ce qu'il en reste, marmonna son père.

— Je t'en prie, mets un terme à cette… *amitié* avec Ripley, poursuivit-elle. Il ne vaut pas la peine que tu perdes ton temps avec lui. Ou ta position.

Phoebe leur adressa un regard glacial.

— Puisque ma position n'est plus ce qu'elle était et qu'elle ne le sera sans doute plus jamais, je ne vois pas l'intérêt de suivre toutes les stupides règles de la bonne société. Si je veux aller pique-niquer avec un ami, et je dis bien *un* ami, je le ferai.

Tous deux posèrent sur elle un regard horrifié. En tremblant, Phoebe leur fit ses adieux et prit congé.

Dans la calèche, elle s'efforça de chasser de son esprit cette visite désagréable. Elle avait été sincère : elle ne voyait pas l'intérêt de suivre des règles qui n'avaient aucun sens compte tenu de son parcours. Et elle n'était pas en passe de devenir un membre respecté de la bonne société avec un mari et des enfants.

Au lieu de cela, elle était liée à Marcus. Il était probable qu'à cette heure des ragots étaient en train de circuler à leur propos, au sujet de leur relation. Phoebe rit, mais il n'y avait rien de vraiment amusant. Mais c'était totalement ridicule, car elle n'avait rien fait de *vraiment* scandaleux. En dehors de pique-niquer avec un ami qui s'avérait être un séducteur notoire.

Elle posa les yeux sur la boîte posée sur le siège qui lui faisait face. À l'intérieur se trouvait la dernière pièce du déguisement qu'elle porterait lors du bal masqué. Marcus ne pourrait pas deviner qui elle était. Elle, en revanche, le débusquerait et trouverait le moment idéal pour revendiquer sa victoire.

~

*L*e Hosenby était un petit pub assez élégant situé à l'angle de Cranbourn Alley, près de Leicester Square. Marcus était venu ici pour la première fois peu de temps auparavant, lorsque Graham avait organisé une rencontre avec Osborne, qui semblait être l'assistant de Drobbit. Il regrettait de ne pas avoir songé à rechercher cet homme plus tôt.

Il avait été trop distrait. Par Phoebe.

— Bonjour, Rip.

Marcus se retourna et vit Anthony s'avancer vers lui, une chope à la main.

— Que fais-tu ici ? lui demanda-t-il.

Anthony leva sa chope.

— Je bois leur bonne bière. Et je verrai ce qui se passe ensuite, répondit-il en agitant les sourcils. Heureux que tu sois passé. Et si nous trouvions une table ?

— Donc, tu es venu ici pour la bière ? l'interrogea Marcus. Je n'ai pas souvenir qu'elle ait été vraiment remarquable quand nous sommes venus il y a quelques semaines.

— Disons que la bière est bonne, mais je me souviens aussi d'une serveuse particulièrement jolie.

Ils se faufilèrent jusqu'au fond de la salle et Marcus s'installa sur un siège qui lui permettait d'avoir une vue d'ensemble. Une serveuse vint aussitôt vers eux, ses boucles sombres rebondissant lorsqu'elle s'arrêta à leur table. Marcus se demanda s'il s'agissait de celle qu'Anthony recherchait.

— Bonsoir, messieurs, dit-elle, ses lèvres rougies esquissant un sourire grivois.

Elle posa les yeux sur Marcus.

— Vous voulez une bière ?

— Oui.

— Autre chose ? demanda-t-elle, basculant la hanche vers lui de sorte qu'elle effleura son épaule.

— Pas pour le moment, mais je vous dirai cela quand vous reviendrez.

Il lui adressa un clin d'œil et une lueur d'espoir illumina les yeux de la serveuse. Lorsqu'elle s'en alla, Anthony fit claquer sa chope sur la table avec un sourire.

— Tu n'es pas là depuis cinq minutes que les femmes se jettent déjà à tes pieds. Je regrette peut-être que tu sois venu. Quand je suis seul, je n'ai pas de concurrence.

— En réalité, je ne suis pas venu pour ça, elle est donc tout à toi.

— Parfait. Ce n'est pas à elle que je pensais, mais elle est plutôt jolie aussi.

Anthony était en train de se transformer en un véritable coureur de jupons.

— N'oublie pas que tu dois faire tremper les redingotes anglaises[1] avant de les utiliser. Pas d'étreintes précipitées.

Marcus estimait qu'il était de sa responsabilité de protéger le jeune homme, d'autant plus qu'il se sentait entièrement responsable de sa chute dans l'épicurisme.

— Oui, *mon Père*.

Les yeux d'Anthony s'assombrirent juste avant qu'il ne porte sa chope à ses lèvres pour la vider. La serveuse revint avec la bière de Marcus, la déposa sur la table, et lui lança un regard plein d'espoir.

— Une autre bière pour mon ami, lui demanda-t-il.

Elle s'éloigna une nouvelle fois à la hâte.

Marcus n'avait pas voulu déclencher la morosité d'Anthony. C'était la véritable raison de sa dérive dans la débauche : Marcus n'avait fait que lui montrer la voie.

— Je n'avais pas l'intention de te faire la morale, dit-il doucement à son ami.

— Je sais, répondit Anthony qui leva les yeux avant de

s'adosser à sa chaise. C'est juste que… j'aime me sentir bien. Est-ce mal ?

— Non, du moment que tu es prudent, et je suis sûr que tu l'es.

— Grâce à tes conseils, dont je te suis reconnaissant. Si tu n'es pas là pour les serveuses, pourquoi es-tu là ?

— Je cherche Osborne.

— Le grand homme à la canne ?

Marcus acquiesça.

— J'espère qu'il pourra me dire où Drobbit s'est caché.

La serveuse revint avec une autre chope. Elle la déposa devant Anthony, puis fixa Marcus d'un regard ouvertement suggestif.

— Comment puis-je vous aider, my lord ?

— Je cherche un homme assez grand avec une canne. Son nom est Osborne. L'avez-vous vu dernièrement ?

Ses lèvres rouges pulpeuses s'affaissèrent en une moue.

— C'est ce que vous vouliez ?

— Oui.

Il sortit une pièce de sa poche et la glissa dans le corsage de sa robe, laissant ses doigts s'attarder sur sa chair, non pas parce qu'il en avait envie, mais parce qu'il savait qu'*elle* le voulait. Et il avait besoin d'informations.

Elle se lécha la lèvre supérieure en guise d'invitation explicite.

— Je ne l'ai pas vu depuis plus d'une semaine. Il fait cela parfois, il disparaît pendant un moment.

Zut ! Apparemment, il était entré dans la clandestinité à peu près en même temps que Drobbit.

— Savez-vous où il va ?

— Non, mais je pourrais demander, dit-elle, inclinant la tête sur le côté. Contre un certain prix.

Marcus sortit une autre pièce de sa poche et la plaça dans

sa main. Elle referma le poing autour, puis baissa les yeux vers son entrejambe.

— Ce n'est pas ce que j'espérais.

Voyant qu'elle ne partait pas immédiatement, Marcus s'inquiéta qu'elle ne l'aide pas. Et il n'allait pas coucher avec elle pour obtenir des informations. Anthony se leva et passa un bras autour de la taille de la serveuse. Il se pencha et parla doucement, mais suffisamment fort pour que Marcus puisse entendre.

— Venez, nous allons voir ce que nous pouvons faire pour que vous obteniez ce que vous voulez. Je ne suis peut-être pas marquis, mais je suis vicomte et vous pourrez toujours vous en vanter auprès de vos amies.

Marcus ouvrit la bouche pour protester, mais Anthony secoua la tête avant d'entraîner la serveuse à travers une porte dans l'ombre. *Bon sang!* Il ne voulait pas non plus que son ami couche avec elle pour avoir des informations. Non pas qu'Anthony semble s'en préoccuper.

Se renfrognant, Marcus but une bonne partie de sa bière. Il observa la salle et croisa aussitôt le regard d'une prostituée bien connue. Elle était l'une des vedettes du prospectus *Les Dames de Covent Garden*. Apparemment, elle avait déménagé à Leicester Square.

Il détourna rapidement le regard et termina sa bière, puis passa à celle d'Anthony. Malgré cela, elle apparut à côté de sa table un instant plus tard.

— Lord Ripley. Quel plaisir de vous voir ici!

En temps normal, il aurait échangé des banalités avec elle, et peut-être même fleureté légèrement, mais il n'était pas d'humeur. Il était venu pour une seule chose : des informations. Ensuite, il irait chez Mme Alban.

— Bonsoir.

Il reporta son attention sur sa bière.

— Oh, là là, quand un gentleman s'intéresse plus à son verre qu'à moi, je crains d'être sur le déclin.

Marcus lui adressa un léger sourire.

— Absolument pas. Ne me laissez pas vous retenir.

Elle poussa un soupir de regret.

— J'aimerais que vous me gardiez.

Heureusement, elle s'en alla et Marcus concentra toute son énergie sur la bière, gardant la tête baissée. *Bon sang!* Anthony prenait son temps!

Peut-être avait-il pris au pied de la lettre son conseil sur l'imprégnation des redingotes anglaises. Secouant la tête, il termina la bière au moment où Anthony revenait. Il s'assit avec une expression arrogante.

— Bon sang, Anthony! Tu ne l'as pas laissée tremper assez longtemps pour l'utiliser.

Son ami éclata de rire.

— Je n'ai pas couché avec elle. Cependant, j'ai appris que si tu dis un certain mot au tenancier derrière le bar, il préviendra Osborne que l'un de ses partenaires le cherche.

Marcus s'avança sur son siège.

— Quel mot?

Anthony haussa les épaules.

— Il refuse de le lui dire, car, selon lui, cela irait à l'encontre de l'intérêt d'avoir un mot spécial.

Marcus tapa du plat de la main sur la table.

— Bon sang!

Il se leva et se dirigea vers le bar. Mais Anthony le suivit, lui prit le bras et le tira pour qu'il s'arrête. Marcus se retourna et vit son ami grimacer.

— Ne lui pose pas la question. Elle n'était pas censée me dire tout cela. Tu vas lui attirer des ennuis.

Gémissant, Marcus jeta un regard irrité sur le bar. Puis il changea de cap et se dirigea vers la porte donnant sur la rue. Anthony le suivit à l'extérieur.

— Où vas-tu si vite ?

— Chez Mme Alban, répondit-il d'un ton sec.

— Vraiment ?

Anthony avait l'air… plus que ravi. Il posa une main sur l'épaule de Marcus.

— Excellent ! Ripley est de nouveau en forme, mesdames et messieurs !

Les passants les regardaient ; l'un d'eux sourit et applaudit. Marcus leva les yeux au ciel.

— Je peux me joindre à toi ? s'enquit Anthony. Mme Alban a toujours des redingotes anglaises trempées à portée de main.

C'était vrai, et c'était aussi la raison pour laquelle c'était la destination de prédilection de Marcus lorsqu'il était en quête de compagnie féminine. Son établissement était ce qui se rapprochait le plus d'une maîtresse pour lui. Mais, ce soir-là, il s'y rendait pour une autre raison.

Alors qu'ils se dirigeaient vers Covent Garden, Anthony dit :

— J'étais là-bas l'autre soir et Mme Alban m'a demandé quand tu avais l'intention de venir.

— Elle m'a invité à dîner ce soir. Je suis sûr que tu pourrais te joindre à nous.

Anthony secoua la tête.

— Je ne voudrais pas m'imposer. Mme Alban et toi avez une relation… spéciale.

Marcus s'arrêta et se tourna vers Anthony.

— Que veux-tu dire par là ?

— Vous avez une relation particulière. Je ne connais personne d'autre qu'elle invite à dîner, et toi ?

Non, mais Marcus n'avait jamais posé la question.

— Je suis sûr que je ne suis pas le seul.

— Tu es le seul à mettre cette lumière dans ses yeux, et ce timbre dans sa voix. Tu l'as sûrement remarqué.

Bon sang !

— Non.

Il se remit à marcher, traversant rapidement St Martin's Lane. Le bordel se trouvait deux rues plus loin sur la droite.

— Écoute, notre relation n'a rien de spécial. Nous sommes amis, ce qui est étrange, je le sais, mais c'est tout ce que nous sommes.

— Vraiment ? demanda Anthony, l'air très surpris. Je pensais que tu couchais avec elle quand nous y allions. N'est-ce pas le cas ?

— Je n'ai jamais couché avec elle.

Et il ne le ferait jamais. D'une certaine manière, ce serait une erreur. Ils étaient amis. Pourtant, il considérait aussi Phoebe comme une amie, mais il ferait l'amour avec elle ce soir-là si elle l'invitait.

Au lieu de cela, il se rendait dans un bordel, pour demander à Mme Alban si elle connaissait des gens susceptibles de savoir où se trouvaient Osborne ou Drobbit. Mais au fond de lui, il avait prévu de monter chez l'une de ses femmes les plus chères. Ou deux.

Soudain, cette idée le répugna. Il ralentit le pas à l'approche du bordel. Alors qu'Anthony gravissait les marches, Marcus resta à la traîne.

La porte s'ouvrit, et Barclay, l'imposant majordome, les salua par leur nom. Anthony disparut à l'intérieur tandis que Marcus restait debout, le pied posé sur la dernière marche.

— Vous entrez, Lord Ripley ? s'enquit Barclay.

— Oui.

Parce qu'il avait besoin d'informations et qu'il était attendu pour le dîner. Il était beaucoup de choses, mais il n'était pas impoli.

Le majordome se retourna et s'adressa à un valet de pied qui inclina la tête, puis s'éloigna rapidement.

— J'ai informé Mme Alban de votre présence. Rendez-vous dans son salon privé.

Anthony était déjà en train de monter l'escalier, et il ne se retourna pas. Marcus se prépara à ce qui, il l'espérait, ne serait pas une soirée embarrassante. Cela ne devrait pas être le cas, et pourtant, Anthony se demandait si Mme Alban n'avait pas développé un faible pour lui. Et comment diable avait-il fait pour ne pas le remarquer ?

Peut-être pourrait-il continuer à l'ignorer. Elle aurait certainement dit quelque chose si elle avait voulu avoir une liaison. Elle n'avait pas atteint une telle richesse et une telle indépendance sans confiance, sans grâce et sans aplomb.

Oui, il ferait comme s'il n'avait rien entendu de ce qu'Anthony avait dit. De toute façon, il était tout à fait possible qu'il se soit trompé. Marcus entra dans le salon et le trouva vide. Elle le faisait parfois attendre, et c'était très bien ainsi.

Quelques minutes plus tard, elle entra, ses jupes indigo frôlant le cadre de la porte. Ses cheveux d'un noir d'encre étaient coiffés de façon élégante au sommet de sa tête et parsemés de bijoux étincelants. Elle portait des cosmétiques, mais jamais à l'excès et toujours à bon escient, mettant en valeur ses pommettes délicates et la courbe généreuse de ses lèvres.

— Bonsoir, Ripley. Vous êtes vraiment superbe.

Elle disait la même chose à chaque fois qu'ils se voyaient. Et il répéta sa partie de leur rituel, en lui prenant la main et en exécutant une révérence parfaite.

— Bonsoir, madame Alban. Vous êtes bien plus délectable que moi.

Elle lui offrit un sourire provocant.

— Effectivement. Venez, profitons de ce festin qui fait pâle figure en comparaison de nous deux.

Il lui offrit son bras et l'accompagna dans sa salle à manger privée. Une fois installés, et après avoir dégusté l'excellent madère, il aborda sans tarder le sujet qui le préoccupait le plus.

— Je me demande si vous pourriez m'aider à trouver quelqu'un. Je recherche Archibald Drobbit, mon cousin. Il fréquente ce quartier, surtout les cercles de jeu.

Là, il s'en prenait à des hommes malchanceux, prêts à renflouer leurs pertes en faisant un placement risqué.

— Je ne le connais pas, mais je vais voir ce que je peux découvrir. Pour vous aider, je ferai tout ce qui est en mon pouvoir.

Elle leva son verre de vin en guise de toast silencieux. Il fit de même puis but une autre gorgée, avant de reposer son verre.

— Je cherche aussi son associé, M. Osborne, poursuivit-il.

— Ce nom me dit quelque chose. N'est-il pas exceptionnellement grand ? Il marche avec une canne dont le pommeau est une tête de corbeau ?

— Oui, c'est bien lui. Si vous pouviez le trouver, il devrait être en mesure de me dire où se trouve Drobbit.

Un valet de pied leur servit une soupe.

— Et pourquoi êtes-vous à la recherche de votre cousin ?

Marcus n'avait pas envie de s'étendre sur les détails. Si Drobbit pensait qu'il révélait ses méfaits à tout le monde, il resterait probablement caché.

— Une affaire de famille délicate.

— Je vois. Comme je l'ai dit, je serais heureuse d'être utile.

Ses yeux brillèrent un court instant avant qu'elle ne prenne sa cuillère pour goûter la soupe. S'agissait-il de cette lueur dont Anthony avait parlé ?

Marcus mangea un peu de soupe, puis, oubliant son intention de rester dans l'ignorance, il reposa sa cuillère.

— Nous sommes amis, n'est-ce pas ?

Elle leva les yeux vers lui, et ses paupières s'agitèrent sous l'effet de la surprise provoquée par sa question.

— Certainement. Pourquoi demandez-vous cela ?

— Certaines personnes, et sans doute même beaucoup, disent que les hommes et les femmes ne peuvent pas être amis. Je crois qu'ils le peuvent. Nous le sommes.

— Je suis d'accord. Mais je suppose que c'est plutôt novateur.

— Vous n'êtes pas amie avec d'autres hommes ?

Elle haussa les épaules.

— Un ou deux. Êtes-vous ami avec d'autres femmes ?

— Jusqu'à récemment, non.

Bon sang ! pourquoi avait-il répondu franchement ? Sa relation ne regardait personne, et encore moins Mme Alban.

Mais, visiblement, sa réponse l'avait intriguée.

— Oh, racontez-moi. Si cela ne vous dérange pas, ajouta-t-elle avec pudeur.

Le valet de pied vint enlever la soupe et apporta un plat de salade et de jambon.

— Il n'y a rien à dire, vraiment.

— Je pense que si. Vous m'avez interrogée sur l'amitié entre les hommes et les femmes et avez admis que j'avais été votre seule amie femme. Je suppose que votre nouvelle amitié est source de consternation. De votre part, ou de quelqu'un d'autre ? La consternation, j'entends, précisa-t-elle avec un sourire narquois.

Il en ressentait de la frustration. Parce qu'il voulait plus.

— En vérité, ce n'est rien. C'est une amie et cela ne me pose aucun problème.

— C'est une lady, n'est-ce pas ? Un membre de votre *bonne société.*

Il n'était pas sûr que ce soit le cas, plus maintenant.

— C'est une amie. Restons-en là.

— Je pense qu'elle est plus qu'une amie, mais j'en resterai là. Puisque vous avez posé la question… Vous pouvez toujours venir me voir pour vous aider à trouver quelqu'un, pour vous conseiller sur les femmes, pour tout ce que vous désirez.

Il voulait comprendre ses attentes. Si elle ressentait quelque chose pour lui, il lui devait de mettre les choses au clair.

— S'agit-il d'une invitation spécifique ?

Elle sourit brièvement, avec un sourire teinté de tristesse.

— Cela ne devrait sans doute pas être le cas. Oubliez ce que j'ai dit. Je n'aime pas la concurrence, et je pense que votre amie est plus que vous ne l'admettez. Je suis ravie pour vous.

— Ce n'est pas le cas. Du tout. N'êtes-vous pas d'accord pour dire qu'aller au-delà de l'amitié la ruinerait ?

— Si, effectivement, et c'est pourquoi je vous demande d'oublier ma brève indiscrétion, dit-elle avant de prendre une bouchée de jambon. Oh, c'est divin !

Marcus comprit à ces mots que la conversation s'arrêtait là. Intérieurement, il soupira de soulagement. Oui, dépasser le stade de l'amitié serait gênant. Surtout quand les choses se termineraient, comme elles le feraient inévitablement.

C'était pourquoi il ne pourrait jamais considérer Phoebe comme plus qu'une amie. Il serait reconnaissant qu'ils puissent fleureter, et rien de plus.

CHAPITRE 7

— *C*'est un vrai succès ! s'exclama Graham, l'air incrédule.

Marcus sourit devant la foule qui se pressait dans la salle de bal. Les gens sortaient par les portes menant à la terrasse en briques et au jardin au-delà, où de grandes torches flamboyaient à intervalles réguliers. Ce n'était pas très éclairé partout : Marcus avait veillé à ce qu'il y ait beaucoup d'endroits pour des intermèdes privés.

— Évidemment ! Tout le monde voulait venir à Brixton Park.

Il reconnaissait des personnes qu'il n'avait pas croisées en société depuis des années.

Le seul problème avec tant de participants, c'était que Marcus n'avait pas encore trouvé Phoebe. Elle avait pris leur pari très au sérieux ; il s'attendait donc à ce que ce soit difficile. Mais il commençait aussi à se sentir frustré.

— Merci, lui dit Graham. Arabella est absolument ravie. C'est un cadeau exceptionnel.

— C'est un plaisir pour moi. Ton ancêtre a créé ce

domaine pour qu'il soit apprécié, et il devrait l'être, surtout si tu es l'hôte. Un jour, tu me le rachèteras.

Graham s'esclaffa.

— Oui, et pour une somme raisonnable, pas pour le prix ridiculement bas auquel tu me l'as proposé.

Marcus haussa les épaules.

— Mon offre est toujours valable. Quand partez-vous à la campagne ?

— Jeudi. Nous voyagerons tranquillement jusqu'à Huntwell.

— Vous avez bien raison. Profitez de votre nouveau bonheur conjugal.

— J'en ai l'intention.

Graham sourit et son regard se posa sur sa femme. Parée d'un masque de cygne, elle était facile à repérer, et Marcus n'avait cessé de la regarder toute la soirée dans l'espoir que Phoebe viendrait lui parler. Cependant, aucune des personnes avec lesquelles Arabella avait parlé ne ressemblait à sa proie.

Soudain, une brune s'approcha de la duchesse. Le pouls de Marcus s'emballa avant de s'apaiser. Elle était peut-être un peu trop petite.

— Ripley ?

Marcus se rendit compte que Graham lui parlait et qu'il n'avait rien écouté.

— Désolé, que disais-tu ?

Il ne détacha pas complètement son attention de la femme de Graham et de la mystérieuse femme avec qui elle discutait.

— Je me demandais si tu avais fait des progrès au sujet de Drobbit.

— Malheureusement, non. Je suis de plus en plus frustré. Toutefois, j'ai sollicité une aide supplémentaire pour le rechercher. Espérons que nous aurons des résultats cette semaine.

Marcus songea à Mme Alban et à leur dîner de l'autre soir. Après leur brève conversation gênante, la soirée s'était poursuivie comme à l'accoutumée, entre humour et camaraderie.

À une différence près : Marcus n'avait cessé de la comparer à Phoebe et au temps qu'il passait avec elle. S'il appréciait la compagnie de Mme Alban, il ne pensait jamais à quand il la reverrait. En tout cas, il ne se *languissait pas* de ce moment. Ce qui était précisément ce qu'il était en train de faire. Il était entièrement absorbé par la recherche de Phoebe, et ce n'était pas seulement pour gagner ce fichu pari.

La femme aux cheveux noirs qui parlait avec Arabella tourna, et Marcus vit enfin qu'il ne s'agissait pas de Phoebe. *Bon sang !*

Ses cheveux. Elle avait dû changer quelque chose après ce qu'il lui avait dit. Peut-être fallait-il qu'il cherche une femme blonde.

S'éloignant de Graham, Marcus effectua un tour minutieux de la salle, prenant le temps de regarder attentivement toutes les femmes aux cheveux clairs qu'il rencontrait, y compris celles qui portaient des perruques poudrées, ce qui était le cas de plusieurs d'entre elles. Les gens l'observaient, cherchant manifestement à savoir qui il était, éprouvant des difficultés à le faire. Tant mieux. Cela signifiait que son masque d'aigle royal, qu'il avait conçu pour couvrir la plus grande partie de sa tête, remplissait son rôle.

Anthony se tenait près de la porte de la salle des jeux, un verre à la main. À en juger par la dilatation de ses pupilles et son rire trop facile, Marcus en déduisit qu'il était déjà ivre.

Il s'interrompit dans sa recherche et se rapprocha de son ami.

— Tu t'amuses bien, à ce que je vois.

— C'est donc *toi* ! Je n'en étais pas sûr. Et oui, je passe un moment merveilleux, déclara Anthony. C'est une sacrée fête.

— Rappelle-toi que ce n'est pas notre lieu habituel. Essaie de bien te comporter.

Marcus donna une tape sur l'épaule d'Anthony avant d'apercevoir des cheveux d'un blond pâle.

Il se mit à suivre la femme, accélérant le pas. Il la rattrapa près des portes de la terrasse, où elle se retourna. Un simple masque ivoire décoré de fleurs roses et orange ornait son visage. En voyant le masque et la bouche, il comprit qu'il s'agissait de Mlle Jane Pemberton. Il ravala sa déception.

D'un autre côté, il n'y avait peut-être pas lieu d'être consterné. Mlle Pemberton était en fait l'amie la plus proche de Phoebe.

— Bonsoir, mademoiselle Pemberton.

— Je suis désolée, mais…

Il perçut l'incertitude dans sa voix et éprouva un moment de trouble. S'il lui révélait qui il était, elle pourrait le dire à Phoebe, et le ferait sans doute.

— Si je vous dis qui je suis, promettez-vous de garder le secret ?

Elle hésita.

— Lord Ripley ?

Il soupira.

— Comment l'avez-vous su ?

— Je ne le savais pas. C'était une simple supposition, mais votre taille et votre carrure lui correspondent, même si votre tête est presque entièrement recouverte par ce masque. Il est époustouflant.

— Merci. Je suis encore choqué que vous ayez deviné correctement. Vous êtes la première ce soir.

— Pour être honnête, j'ai eu *un peu* d'aide. Je savais que vous essayiez de vous déguiser au point d'être mécon-naissable.

— Mlle Lennox vous l'a dit.

Ce qui signifiait que Mlle Pemberton était au courant de leur pari. Que savait-elle d'autre ?

Elle acquiesça.

— Vous êtes les deux seules personnes à prendre autant au sérieux ce bal masqué.

Il éclata de rire.

— Les paris sont une affaire sérieuse.

— Effectivement, et Phoebe a l'intention de gagner. Ne perdez pas votre temps à me demander comment elle est déguisée.

Il souffla à nouveau.

— Je suppose que c'était trop espérer.

— N'abandonnez pas, my lord, l'encouragea-t-elle.

— Oh, je n'en ai pas l'intention. Le fait qu'elle ne m'ait pas encore découvert me donne beaucoup d'espoir.

— Comment savez-vous qu'elle ne vous a pas démasqué ? s'enquit Mlle Pemberton d'un ton sournois. Peut-être attend-elle le bon moment pour frapper.

Diabolique. Il adorait cela.

— Est-ce une certitude ?

— Pas du tout. Je sais simplement que c'est ce que je ferais. En toute honnêteté, je ne lui ai pas parlé ce soir. Elle a pris soin de se tenir à l'écart des personnes qu'elle connaît.

Très diabolique. Marcus n'avait pas fait preuve d'autant de prudence. Il avait discuté avec Graham, bien sûr, puis brièvement avec Anthony. Si Phoebe avait observé la salle, elle savait sans doute déjà qu'il était l'aigle royal.

— Je suis heureuse que vous soyez devenus amis, remarqua Mlle Pemberton, attisant sa curiosité.

— Pourquoi cela ?

— Je crois que vous êtes bénéfique pour son amour-propre, dit-elle avec un petit sourire. Oubliez ce que j'ai dit.

Il n'en ferait rien.

— Serait-ce trop vous demander que de ne pas lui révéler comment je suis habillé ?

— Oui, mais ne vous en faites pas. Puisqu'elle m'évite, vous n'avez pas à vous inquiéter.

Elle sourit, et Marcus s'inclina avant de prendre congé.

Une table proposant des rafraîchissements se trouvait près de la porte donnant sur la terrasse. Marcus prit un verre de vin et en but une gorgée avant de sortir dans la chaude nuit de printemps. Ils avaient beaucoup de chance avec le temps. La partie de cache-cache dans le labyrinthe et les feux d'artifice seraient très appréciés.

Il observa le jardin éclairé aux flambeaux. Il n'y avait pas autant de monde que dans la salle de bal, mais de nombreuses personnes parcouraient les allées. Sur la gauche se trouvait le labyrinthe. Entourés de torches, les abords étaient éclairés, tandis que le centre était plutôt sombre. C'était l'endroit idéal pour un rendez-vous galant, d'autant plus qu'il y avait de nombreux petits recoins dans les arbustes. Marcus avait mémorisé le plan : il était bon d'être préparé.

Mais cela ne semblait pas avoir d'importance, car il n'avait personne à entraîner dans le labyrinthe. Oh, il pourrait probablement trouver un certain nombre de femmes qui seraient disposées à l'y suivre, mais il n'en voulait qu'une seule.

Il termina son verre de vin et le remit à un valet de pied sur la terrasse, puis il s'engagea dans l'allée principale. Il cherchait des femmes aux cheveux clairs, mais celles qu'il voyait n'étaient pas Phoebe. Il commençait à désespérer de la retrouver. Ils n'avaient pas prévu de ne pas se voir du tout. Il n'avait même pas envisagé une telle chose. La déception de penser qu'il pourrait passer toute cette splendide nuit sans la voir lui donnait l'impression d'avoir un creux au milieu de la poitrine.

Le majordome sortit sur la terrasse et annonça que c'était l'heure de la partie de cache-cache dans le labyrinthe. En tant qu'hôtes, Graham et Arabella devaient trouver autant de personnes que possible en quinze minutes. Les invités avaient dix minutes pour pénétrer dans le labyrinthe et y trouver une place. Lorsque la cloche sonnait, ils devaient s'arrêter là où ils se trouvaient, qu'ils soient cachés ou non. Les personnes qui bougeraient seraient disqualifiées. Le dernier invité à être trouvé gagnerait l'honneur d'être le maître ou la maîtresse du bal masqué.

Les gens sortirent de la salle de bal. Certains se dirigèrent aussitôt vers le labyrinthe tandis que d'autres, la plupart en fait, restaient sur la terrasse pour observer.

Marcus jura en silence. Il aurait déjà dû la trouver. Il avait espéré qu'ils pourraient se cacher ensemble. Désormais, il n'avait plus aucune raison de participer à ce jeu.

— Vous n'allez pas vous cacher, my lord ?

Son sang se glaça, puis se réchauffa instantanément tandis qu'un frisson de désir parcourait sa nuque. Il connaissait cette voix.

Il se retourna pour voir une femme s'éloigner rapidement, ses jupes vert foncé chatoyantes tourbillonnant sur le chemin. Ses cheveux blond pâle capturaient la lumière, tout comme les plumes de paon attachées à son masque.

Un maudit paon ! Il n'était pas surpris qu'elle se soit habillée comme le mâle d'une espèce. Elle n'était pas satisfaite de son sort en tant que femme, et c'était l'une des choses les plus attirantes chez elle.

Marcus s'élança derrière elle, courant presque pour la rattraper. Elle fila dans le labyrinthe, et il l'aperçut lorsqu'elle tourna vers la droite. Bien. C'était le chemin vers le centre. Vers l'obscurité et l'intimité.

Dans sa précipitation, il heurta une autre femme. Elle vacilla sur ses pieds et Marcus la soutint.

— Oh, mon Dieu! gloussa-t-elle en le regardant de derrière un petit loup en soie rouge.

Certaines personnes n'avaient aucune imagination ni aucune fantaisie. Ou, peut-être plus exactement, ces personnes n'avaient pas fait de pari avec un autre invité.

— Merci.

— Excusez-moi, murmura-t-il en se hâtant de la dépasser.

Bon sang! Il avait perdu Phoebe.

Il continua à se diriger vers le centre, regardant dans toutes les directions. Il arriva au premier recoin et y jeta un œil.

— C'est occupé, dit une voix grave.

Marcus tendit la main sur la droite, tâtant l'étroit passage de feuilles jusqu'à ce qu'il trouve l'ouverture suivante. Cette alcôve était également occupée.

Craignant de ne pas la retrouver, il fouilla trois autres recoins, dont deux étaient occupés et un vide. Il se trouvait à présent dans la partie la plus sombre du labyrinthe. Une faible lumière lui permettait de distinguer la forme des murs autour de lui et des silhouettes devant, mais rien qui permette de les identifier. Il s'arrêta, et une main se posa sur la sienne, l'entraînant dans un coin.

— Vous me cherchez?

∼

*L*e cœur de Phoebe battait fort et vite dans sa poitrine, à la fois parce qu'elle se précipitait vers le centre du labyrinthe et parce qu'elle s'attendait à ce que Marcus la suive. Elle l'avait perdu de vue et craignait qu'il ne vienne pas. Et maintenant, elle s'inquiétait de s'être trompée d'homme.

Sauf qu'il sentait comme Marcus, ce parfum excitant d'épices et de bois de santal qui le désignait comme étant précisément l'homme qu'elle recherchait. Elle avait tout de même baissé la voix pour se cacher au cas où ce ne serait pas lui. Elle avait toutefois conscience qu'un gentleman quelconque ne reconnaîtrait pas sa voix.

Il releva la tête juste assez pour qu'elle puisse voir son masque d'aigle royal. Oui, c'était lui. Elle sourit intérieurement.

— Je cherche quelqu'un.

Il n'avait pas l'air de savoir qui elle était. Oh, c'était vraiment merveilleux ! Elle poursuivit à voix basse.

— Qui ?

— Peut-être vous. Je n'en suis pas certain. Qui croyez-vous que je sois ?

Ils étaient en train de jouer. Un sentiment d'excitation naquit dans son ventre et se propagea plus bas, provoquant une délicieuse sensation.

— L'homme que je vais embrasser dans ce labyrinthe.

Il l'entraîna dans un espace étroit, dissimulé derrière la haie.

— Malheureusement, la femme que je cherche n'aime pas les baisers.

— C'est dommage. Qu'en est-il de *vous* ? Aimez-vous les baisers ?

— Énormément. Je crois que, plus que tout, j'aimerais l'embrasser.

Phoebe en eut le souffle coupé. Serrée dans le petit espace, elle se pressa contre sa poitrine. Il retira son masque, et elle distingua à peine ses traits lorsqu'il releva la tête.

— Cela signifie-t-il que j'ai gagné ? demanda-t-elle en relevant son propre masque pour dévoiler son visage.

Si elle l'enlevait entièrement, elle risquait de déloger sa perruque.

Les lèvres de Marcus frôlèrent les siennes.

— Je ne sais pas. Je commence à avoir l'impression que c'est moi qui gagne.

— Peut-être pourrions-nous tous les deux revendiquer la victoire.

— Veux-tu vraiment ce baiser ? lui demanda-t-il, oubliant leur jeu.

À présent, c'était lui qui semblait un peu essoufflé. Phoebe posa les mains sur son torse au moment où la cloche retentissait.

— Il se trouve que nous sommes coincés ici. Vois-tu quelque chose de mieux à faire ?

— Non.

Ce simple mot fut prononcé d'une voix grave et profonde, se répercutant dans la poitrine de Phoebe comme un coup de tonnerre.

— Ce soir, je suis un oiseau, murmura-t-elle. Aide-moi à prendre mon envol.

Avec un doux gémissement, il posa ses lèvres contre les siennes. Instinctivement, Phoebe se crispa. La seule fois où elle avait vécu cela, les choses avaient très, très mal tourné.

Les bras de Marcus l'entourèrent, ses mains se posant doucement dans son dos, la serrant contre lui. Elle ignorait où était passé son masque une fois qu'il l'avait enlevé, mais elle ne perdit pas de temps à y réfléchir.

De toute manière, elle n'arrivait pas à penser à autre chose qu'à la douce caresse de ses lèvres sur les siennes. Baiser après baiser, chacun durant un peu plus longtemps, il la plongeait dans un état de désir intense. C'était exactement ce qu'il avait promis. Elle se sentait faible et tremblante, de la façon la plus exquise qui soit, et son corps se préparait à ce qui allait suivre.

Il remonta une main le long de sa colonne vertébrale et la fit passer par-dessus son épaule pour qu'elle déplace son bras sous le sien. Du bout des doigts, il suivit le contour de la mâchoire de Phoebe.

— Es-tu prête à voler ? murmura-t-il.

— Oui. S'il te plaît.

Il appuya son pouce sur le menton de la jeune femme.

— Ouvre pour moi.

Puis il approcha ses lèvres des siennes et lui lécha la bouche. Elle se raidit, car elle avait déjà vécu cela auparavant. Non, en fait, ce n'était pas vrai. Elle n'éprouvait pas le moindre dégoût, rien que du plaisir. Pas de peur, seulement du désir.

Phoebe attrapa sa veste puis remonta sa main autour de son cou. Elle plaqua son corps contre celui de Marcus tandis qu'il prolongeait leur baiser. Il fit glisser sa langue contre celle de Phoebe, qui se mit à flotter dans les airs.

Ou plutôt, elle l'aurait fait si elle ne s'accrochait pas à lui comme si sa vie en dépendait. Ou, plus exactement, comme si elle ne pouvait pas se passer de lui.

Enroulant à son tour la main autour du cou de la jeune femme, il saisit sa nuque pour incliner sa tête sur le côté afin de pouvoir glisser sa langue plus profondément dans sa bouche. Il l'embrassa avec une douce insistance, attisant la passion qui s'était enflammée dès qu'elle l'avait abordé à l'extérieur du labyrinthe.

Depuis qu'elle l'avait repéré, près de deux heures auparavant, elle avait choisi avec soin la façon dont elle s'y prendrait pour l'atteindre. Elle avait attendu à l'écart, guettant sa sortie, car c'était là qu'elle avait prévu d'agir.

Cependant, les baisers ne faisaient pas partie de son plan. Mais maintenant qu'elle était là, prisonnière de son étreinte enchanteresse, elle savait qu'elle ne pouvait y échapper. Elle n'en avait d'ailleurs pas envie.

Il enfonça ses doigts dans son dos et la fit basculer en arrière, la berçant contre lui. Elle s'accrocha à lui, la main sur son cou et sa cravate. Oh! Comme elle aurait aimé ne pas porter de gants pour pouvoir sentir sa chair nue contre la sienne.

Il la soutenait aisément d'un bras tandis que l'autre descendait le long de son dos et de son flanc pour enserrer sa taille avant de glisser vers l'arrière pour appuyer sa main dans le creux de ses reins. Le mouvement la rapprocha de lui, et leurs hanches se rencontrèrent.

La sensation déclencha une explosion dans son ventre, et, pour la première fois, elle comprit tout l'attrait d'une liaison. Elle sentit qu'elle pouvait non seulement s'envoler, mais aussi faire le tour du monde et toucher le soleil.

Marcus éloigna ses lèvres de celles de Phoebe, mais ne la lâcha pas. Il déposa des baisers le long de sa mâchoire, puis de son cou, sa langue laissant une délicieuse traînée de désir. Phoebe frissonna et lui enserra l'arrière de la tête, passant ses doigts dans ses cheveux.

— Phoebe, murmura-t-il comme une supplique. Phoebe.

Comme une prière.

— *Phoebe.*

Une demande urgente.

Il frôla à nouveau sa taille, puis la main remonta vers sa cage thoracique jusqu'au-dessous de son sein. Il s'y attarda, l'enveloppant à peine. Cette caresse déclencha une nouvelle vague de désir en elle. Soudain, il la redressa et la fit tourner, la plaquant contre la haie pour qu'on ne la voie pas depuis l'étroite entrée.

— Quelqu'un arrive.

Phoebe vit la lumière traverser le labyrinthe, et elle était presque sur eux. Elle rabattit promptement son masque sur son visage. Marcus lui cachait totalement la vue du passage. Tant mieux. Cela signifiait que personne ne pouvait la voir non plus.

— Trouvé! Numéro trente-quatre. Souvenez-vous-en, si

vous le voulez bien, dit la voix d'Arabella avant que la lumière ne s'éloigne.

Une autre lumière suivit, et cette fois, c'était celle d'un homme, mais pas Graham.

— Si vous avez été trouvé, vous devez quitter le labyrinthe.

— Bien sûr, répondit Marcus.

La lumière s'estompa, et ils furent à nouveau seuls.

— Nous devons partir. Il se baissa, et elle se rendit compte qu'il avait laissé tomber son masque. Lorsqu'il le remit en place, il lui offrit son bras.

— Maintenant, nous pouvons dire que nous nous sommes rencontrés en partant. Si quelqu'un pose la question, ajouta-t-il.

Phoebe enroula sa main autour de son manteau, avide de sa chaleur, non pas parce qu'elle avait froid, mais parce que la sensation était divine. Particulièrement quand il était collé à elle.

— C'est presque comme si tu avais planifié cette rencontre, dit-elle, marchant tout près de lui lorsqu'ils quittèrent l'alcôve.

— C'est toi qui m'as trouvé.

Phoebe sourit. C'était plus fort qu'elle. Une sensation d'excitation vertigineuse l'envahit. Elle avait envie de sortir du labyrinthe en dansant. De prendre son envol.

— Oui. Je suppose que cela signifie que j'ai gagné.

— Il me semblait que nous avions décidé que nous étions tous les deux gagnants.

Elle entendit la pointe d'humour dans sa voix.

— Quelqu'un doit payer trente livres.

— J'en ai déjà payé cent, répondit-il en riant. Très bien, encore trente. Au même endroit ?

— Si tu le veux bien.

Il l'escorta hors du labyrinthe, la faisant tourner sur le chemin qui menait à la terrasse.

— Ton déguisement était remarquable. Je ne t'ai absolument pas reconnue. Et même lorsque tu m'as approché, je n'étais pas tout à fait sûr.

— Quand l'as-tu su ?

— Avec certitude ? Pas avant que tu ne parles de m'embrasser.

Phoebe rit gaiement.

— Tu supposes être le seul homme que j'inviterais à le faire ?

— Je *l'espère*, répliqua-t-il.

Il ralentit son allure et la fit tourner sur un sentier secondaire.

— Cela te dérange-t-il de faire un détour ?

— Où allons-nous ?

— Au paradis ?

L'entendant inspirer brusquement, il corrigea sa réponse.

— Richmond, peut-être ?

Cela la fit rire à nouveau.

— My lord, vous m'avez comblée de baisers exceptionnels. Je peux vous autoriser à m'emmener n'importe où, lui dit-elle d'une voix taquine.

— *Phoebe*, gémit-il. Je t'en prie, aie pitié de moi. Tu mets mon sang-froid à rude épreuve.

Voilà qui semblait dangereux. Mais d'une manière délicieuse, merveilleuse, et alléchante. Malgré tout, elle devait se montrer prudente. Sinon, elle lui permettrait *vraiment* de l'emmener n'importe où.

— Ton masque est également superbe, dit-elle alors qu'ils se dirigeaient vers une partie plus sombre du jardin.

— Depuis combien de temps sais-tu qui je suis ?

— Depuis l'instant où tu t'es approché de Graham.

— Bon sang ! Tu t'es montrée bien plus fine que moi à ce sujet.

Elle n'était pas certaine que ce soit la seule raison de sa victoire.

— Peut-être moins arrogante.

Il éclata d'un rire bruyant, puis se calma rapidement pour se contenter d'un gloussement.

— Ce n'est pas moi qui ai juré que je gagnerais.

— Ai-je fait cela ? demanda-t-elle d'un air innocent.

— Peut-être plus d'une fois.

— Apparemment, j'aime gagner. C'est une chose que j'ignorais à propos de moi, affirma-t-elle.

Elle ne s'attendait pas non plus à aimer les baisers.

— Merci, dit-elle d'une voix douce en s'arrêtant sur le chemin.

Bien qu'ils soient dans l'ombre, ils avaient une vue dégagée sur la terrasse. Il se tourna et baissa la tête. Il était difficile de savoir s'il la regardait, mais elle supposa que c'était le cas.

— De quoi ?

Elle tendit la main et toucha le dessous de sa mâchoire.

— J'aimerais voir ton visage. Merci de m'avoir montré ce que pouvaient être des baisers. Je ne les déteste plus. En tout cas, pas avec toi.

— Bien.

Il se rapprocha, de sorte que leurs vêtements se touchaient. Il posa la main sur l'avant-bras de Phoebe et descendit jusqu'à sa main, entremêlant brièvement ses doigts avec les siens.

— J'aimerais aussi voir ton visage.

Le cœur de Phoebe palpita, comme s'il voulait s'envoler lui aussi. Elle tenait toujours le bras de Marcus, son ancrage à la terre... à lui.

— Je me ferai une joie de renouveler la démonstration chaque fois que tu douteras du plaisir d'embrasser.

— Je ne suis pas sûre de pouvoir le faire à nouveau. Pas après ce soir. Mais je suis sensible à ton offre et je la garderai à l'esprit.

Elle ne penserait à rien d'autre.

Leur masque couvrait la majeure partie de leur visage, mais leur bouche était exposée. Elle se rapprocha de lui.

Des cris retentirent derrière elle, et ils se retournèrent tous les deux. Marcus jura.

— C'est Anthony.

À cet instant, un grand boum résonna dans l'air, suivi d'une explosion de lumière dans le ciel. Le feu d'artifice !

Marcus s'arrêta pour lever les yeux. Puis il la regarda. Elle lui sourit.

— C'est magnifique.

Détournant le regard de celui de Phoebe, Marcus reprit le chemin. Elle se hâta à ses côtés, jetant de temps à autre un coup d'œil devant elle.

Au milieu d'un carré de pelouse entre leur chemin et la terrasse, Anthony se roulait par terre avec un autre gentleman. Des spectateurs s'étaient rassemblés. Leurs regards passaient de la bagarre au ciel et inversement. Des paris s'échangeaient au milieu du son et lumière.

Marcus retira son bras de la main de Phoebe et s'avança à grands pas vers la mêlée. Il se pencha et écarta Anthony de l'autre homme, manquant de tomber à la renverse dans l'élan. Parvenant à garder l'équilibre, Marcus s'accrocha au bras d'Anthony. Ce qui était absolument nécessaire, car celui-ci essayait d'y retourner.

L'autre homme se releva.

— Je devrais vous défier en duel, Colton !

En guise de réponse, Anthony se plia en deux et vomit ses tripes sur la pelouse. La foule hoqueta et émit des bruits dégoûtés avant de commencer à se disperser. L'autre homme ricana avant de quitter le carré d'herbe.

Marcus jeta un coup d'œil rapide à Phoebe, et elle comprit que leur soirée était terminée. Anthony avait besoin de son aide.

— Je vais envoyer un valet de pied, proposa-t-elle.

Marcus grimaça tandis que son ami vomissait à nouveau.

— Merci.

Phoebe se dirigea vers la terrasse, mais elle n'eut pas besoin de trouver un valet de pied. Deux d'entre eux se précipitaient déjà pour apporter leur aide.

C'était une fin plutôt effroyable pour leur charmant intermède, mais c'était sans doute pour le mieux. Elle était convaincue qu'ils avaient été sur le point de s'embrasser à nouveau, et à un endroit où n'importe qui aurait pu les voir. Mais quelqu'un aurait-il su qui ils étaient ? Personne ne remarquerait le paon embrassant l'aigle royal.

— Bonsoir, mademoiselle Paon, la salua Jane, lorsque Phoebe arriva sur la terrasse bondée.

Les gens avaient déserté la salle de bal pour assister au feu d'artifice.

— Je vois que vous avez trouvé M. Aigle.

Phoebe était ravie d'avoir un masque, car elle sentit qu'elle rougissait abondamment. Au moins une personne aurait su qui ils étaient.

— Nous as-tu vus marcher ensemble ?

Jane bascula la tête en arrière lorsque des lumières blanches mouchetèrent le ciel noir d'encre.

— Oui. As-tu gagné le pari ?

Phoebe acquiesça, les yeux rivés sur le spectacle époustouflant qui s'offrait à elle.

— As-tu gagné autre chose ? la taquina joyeusement Jane.

— Non.

Sauf qu'en réalité, si. Phoebe ne savait pas ce qu'elle avait

gagné, mais elle se sentait victorieuse. Comme une conqué-
rante. Peut-être parce qu'elle avait surmonté sa peur. Elle
regarda Jane.

— Peut-être.

Jane sourit, puis passa son bras dans celui de Phoebe.

— C'est bien. Je ne te demanderai pas de détails, car je me
doute que tu ne me les donneras pas. Mais quand tu chan-
geras d'avis, je serai impatiente de les entendre. Je suis
heureuse que tu aies suivi mon conseil.

De faire ce qu'elle voulait.

C'était précisément ce qu'avait fait Phoebe, et elle avait
envie de recommencer. Elle voulait plus de ce soir. Plus de
baisers. *Plus de Marcus.*

Souriant pour elle-même lorsque le feu d'artifice s'acheva,
elle laissa libre cours à sa joie. Elle ne s'était jamais sentie
aussi vivante.

CHAPITRE 8

*P*hoebe respira profondément en suivant le cocher et le valet de pied dans la maison de ses parents. Foster lui tint la porte et lui jeta un regard interrogateur.

— Nous allons emporter cela dans le salon pour l'instant, lui dit-elle. Pouvez-vous prévenir mon père que je suis là ?

— Tout de suite.

Foster referma la porte derrière elle et se dirigea vers le bureau de son père. Phoebe fit signe à ses domestiques de la suivre dans le salon.

— Appuyez-le contre ce fauteuil, leur ordonna-t-elle, montrant du doigt un meuble solide dans le coin de la pièce.

Ils s'exécutèrent et se redressèrent, puis le cocher lui demanda si elle avait besoin de quelque chose de plus.

— Non, merci, dit-elle. Je ne serai pas longue.

Ils inclinèrent la tête et repartirent l'attendre dans le carrosse. Phoebe s'approcha du paquet dont elle retira le papier. Alors qu'elle se reculait, son père entra.

— Foster a dit que tu étais ici, dit-il, sans prendre la peine de la saluer.

Il se tourna vers elle et il resta bouche bée.

— Qu'est-ce que c'est que ça ?

Elle aurait pensé que c'était évident.

— C'est ton propre Gainsborough.

— Le mien ? demanda-t-il, son regard passant de la peinture à sa fille.

— Oui.

— Ce n'est pas mon anniversaire, fit-il remarquer, posant à nouveau les yeux sur le paysage, l'air renfrogné.

Profondément renfrogné. Phoebe se crispa. N'y avait-il donc aucun moyen de faire plaisir à cet homme ? Il avait semblé si contrarié qu'elle ait acheté un tableau qu'elle avait cru qu'il aimerait en avoir un lui aussi.

— Tu ne l'aimes pas ?

— Je ne comprends pas pourquoi tu m'en fais cadeau.

— Parce que j'en avais envie, répondit-elle, tout en se demandant si elle n'avait pas commis une erreur.

Il garda son air renfrogné.

— Tu n'aurais pas dû.

— Néanmoins, je l'ai fait.

Elle prit conscience qu'il ne lui avait pas dit s'il aimait ou non le tableau.

— Si tu n'en veux pas, tu peux le vendre.

Son père se tourna vers elle, les yeux brillants de colère.

— Je n'ai pas besoin de ta charité !

Elle soupçonnait le contraire.

— Ce n'est pas de la charité. Je t'ai acheté un tableau.

Et oui, elle l'avait fait en sachant qu'il pourrait le vendre et se servir des fonds, si c'était ce dont il avait vraiment besoin. Elle n'était pas convaincue qu'il aurait bien réagi à une proposition explicite de lui donner ou de lui prêter de l'argent.

— C'est un cadeau, papa.

— C'est de la charité, et je n'en veux pas.

Elle en avait assez de son obstination à son égard.

— Mais en as-tu *besoin* ? J'ai l'impression que vous avez des problèmes financiers, et je peux vous aider.

Il ouvrit la bouche, mais ce fut la mère de Phoebe, qui prononça les mots suivants en entrant dans le salon.

— Ne lui mens pas, Stewart. Elle n'est pas stupide, lui intima-t-elle avant d'adresser un regard d'excuse à Phoebe. Oui, nous avons des problèmes financiers, c'est pourquoi nous avons laissé partir les domestiques. Nous pouvons payer Lettie moins que ce que nous donnions à Harkin.

Phoebe l'avait deviné.

— Que s'est-il passé ?

— Ton père a fait un mauvais placement.

Ce dernier jeta un regard noir à sa femme.

— Augusta, non !

Le ventre de Phoebe se noua. Elle détestait voir la honte de son père autant que la colère qu'il dirigeait contre sa mère.

— Combien avez-vous perdu ?

Le visage empourpré, son père souffla et quitta la pièce. Phoebe le regarda partir, le cœur serré. Sa mère s'avança vers le tableau.

— Qu'est-ce que c'est ?

— Un Gainsborough. Je l'ai acheté pour papa.

— Je l'ai entendu parler de charité, répondit sa mère en se tournant vers Phoebe. Est-ce de cela qu'il s'agit ?

— Pas particulièrement. Mais, oui, je me suis dit que si vous aviez besoin de fonds, il pourrait le vendre. C'était la seule manière de lui proposer de l'argent sans blesser sa fierté.

— Je pense qu'il est bien trop tard pour cela, répondit sa mère d'une voix douce.

Elle se dirigea vers le canapé et s'assit, puis tapota le coussin à côté d'elle. Phoebe prit place auprès d'elle, encore tendue par l'agitation qui avait suivi l'affrontement avec son père.

— Que veux-tu que je fasse ?

— Que tu épouses un riche duc ? répondit-elle avec un bref sourire, et la lueur dans ses yeux s'estompa. Accorde du temps à ton père. Il se sent vraiment idiot par rapport à ce placement, et il croit avoir échoué en tant que parent.

Le ventre de Phoebe était encore noué.

— Parce que j'ai refusé d'épouser Sainsbury et que j'ai acheté ma propre maison.

— Oui. Et à cause de ton frère. Il manque tous les jours à ton père.

— Je sais, dit Phoebe doucement.

Il lui manquait aussi, mais c'était différent. Elle était encore jeune lorsqu'il était parti pour l'école, et il était ensuite devenu officier dans l'armée.

— Je ne peux rien faire au sujet de Benedict, et je ne peux pas changer qui je suis.

— Je sais, ma chérie, et ta réputation risque d'être ternie de façon permanente, alors il n'y a pas vraiment de retour en arrière possible.

Sa mère parlait d'un ton neutre, mais sa voix était teintée de tristesse.

Ternie de façon permanente.

— Tu le crois ? s'enquit Phoebe à voix basse, craignant presque la réponse.

— Probablement. Ton père et moi ne recevons plus que très peu d'invitations. Je sais que cela lui pèse aussi.

Son père se fichait d'assister aux événements de la bonne société. Tant qu'il était le bienvenu dans son club et au sein de son groupe d'amis, il était satisfait. La mère de Phoebe, elle, n'aimait pas être exclue. Même si la jeune femme souffrait d'être à l'origine de cette situation, elle ne regrettait pas ses choix. Elle ne le pouvait pas, car cela reviendrait à ignorer sa propre douleur et se déprécier elle-même. Se rendre insignifiante. Comme si elle n'existait que pour apporter aux autres le résultat qu'ils attendaient.

— Maman, crois-tu que je sois entachée ? Si je n'étais pas ta fille, me snoberais-tu ?

Sa mère la dévisagea, les lèvres entrouvertes. Elle détourna le regard et le cœur de Phoebe se serra. Ensuite, elle tapota la main de sa fille.

— Non, je ne le ferais pas. Bien sûr que non.

— Je crois que tu le ferais. Parce que, selon toi, j'ai humilié Sainsbury sans raison. En outre, tu considères que j'aurais dû l'épouser, indépendamment de son comportement.

— Je ne crois pas…

— Bien sûr que si, répondit Phoebe d'un ton ferme. Peut-être que si tu savais exactement ce qu'il m'a fait, tu comprendrais.

Sa mère se raidit et détourna à nouveau le regard.

— Ce n'est pas nécessaire. Ce qui est fait est fait, et en discuter davantage ne changera rien.

— Pourtant, papa et toi ne pouvez pas vous empêcher d'en parler.

Phoebe se rendit compte qu'ils étaient en grande partie responsables du fait qu'elle s'était sentie piégée, qu'elle ne s'était pas sentie vraiment libre depuis qu'elle avait décidé de voler de ses propres ailes. Et qu'ils étaient responsables du fait qu'elle s'était dévalorisée. Elle avait besoin de passer à autre chose.

La jeune femme prit la main de sa mère et lui offrit un sourire rassurant.

— J'ai besoin de te dire ce qui s'est passé, et j'ai besoin que tu m'écoutes. Tout ira bien, maman.

Et elle savait que c'était vrai. Elle avait eu trop peur de révéler la vérité, avait eu trop honte, comme si elle était responsable de ce qu'avait fait Sainsbury. Elle ne voulait plus ressentir cette honte.

Un peu plus tard, alors qu'elle rentrait chez elle dans sa calèche, Phoebe se sentit plus légère qu'elle ne l'avait été depuis un certain temps. Sa mère était restée stoïquement assise en écoutant l'histoire de Phoebe. Puis elle lui avait demandé de ne jamais le répéter, car si son père venait à apprendre la vérité, il risquerait d'infliger des blessures corporelles à Sainsbury.

Ensuite, sa mère avait pleuré.

Phoebe ne s'était pas attendue à ce qu'elle manifeste une telle émotion. Sous le coup de la surprise et du soulagement de se décharger de son fardeau, elle avait pleuré elle aussi. Puis elle avait réaffirmé sa détermination à ne jamais être le pion ou la propriété d'un homme. Sa mère, et c'était tout à son honneur, ne l'avait pas contredite.

Phoebe était envahie par un sentiment de légèreté qui lui rappelait ce qu'elle avait ressenti lors du bal masqué avec Marcus. Ces derniers jours, elle avait été très occupée par l'achat du tableau pour son père, mais elle n'avait cessé de penser au marquis. Au plaisir de le surprendre alors qu'il ignorait qui elle était. Le frisson lorsqu'elle était entrée dans le labyrinthe en sachant qu'il était derrière elle. La poussée d'excitation lorsqu'ils s'étaient glissés dans l'alcôve sombre. Et le baiser…

Elle frissonna lorsque sa calèche s'arrêta devant chez elle. Oui, elle était prête à passer à autre chose. Et elle savait exactement ce qu'elle avait envie de faire.

❧

*L*e parfum des fleurs de printemps embaumait l'air tandis que Marcus se promenait sur Cavendish Square en direction de la maison de Phoebe. Il avait été un peu choqué de recevoir son invitation la veille, mais elle était la bienvenue. Il avait immédiatement répondu, sans supplier pour avancer le rendez-vous. Il aurait eu envie de se rendre aussitôt chez elle pour lui montrer à quel point elle lui avait manqué depuis le bal masqué.

En effet, les derniers jours avaient été une véritable torture pour lui.

Il avait envisagé de lui écrire une lettre. Ou de lui rendre visite. Ou de lui envoyer des fleurs. Au lieu de cela, il n'avait rien fait. Heureusement, elle était plus intelligente que lui et avait pris l'initiative.

Marcus avait souhaité qu'elle le fasse. Non, il avait ressenti le *besoin* qu'elle le fasse. C'était une chose qu'elle l'embrasse dans l'excitation d'une partie de cache-cache dans un labyrinthe obscur, et une autre que de vouloir le voir à la lumière du jour.

Il espérait… quoi, il n'en était pas sûr. Mais il était sur le point de le découvrir. Gravissant les marches deux à deux, il fut sur le pas de sa porte avant que son majordome l'ait ouverte.

— Bonjour, my lord, le salua-t-il en l'invitant à entrer. Puis-je prendre votre chapeau et vos gants ?

— Merci.

Marcus lui remit ses accessoires et le suivit dans la salle jardin. Dès qu'il aperçut Phoebe debout près des fenêtres, il eut le souffle coupé.

Ses cheveux étaient de nouveau noirs, et il les préférait ainsi. Ils étaient relevés sur sa tête, à l'exception d'une paire de boucles qui frôlaient ses tempes. Il voyait les moindres détails de son visage, en particulier l'ébauche de ses fossettes, qu'il lui avait été impossible de déceler dans l'obscurité du labyrinthe.

— Où est le paon ? la taquina-t-il.

— C'était un beau costume, n'est-ce pas ?

— Très.

Il la contempla de la tête aux pieds, admirant la courbe de son cou qui se prolongeait jusqu'à l'épaule et le galbe de ses seins sous le corsage jaune foncé de sa robe.

— Mais, je te préfère comme ça.

Il n'avait pas entendu le majordome partir, mais il supposait que c'était le cas. Tournant la tête, il constata que la porte était fermée. Ils étaient seuls. Le sang de Marcus s'échauffa. Il se mit en garde : il ne supposerait rien et n'attendrait rien.

— Merci d'être venu aujourd'hui. Pouvons-nous nous asseoir ?

Elle lui montra le large canapé situé à l'opposé des fenêtres, où il s'était assis lors de sa dernière visite.

— Certainement.

Il se tourna et attendit qu'elle passe devant lui. Il la suivit et s'assit, se tournant vers elle comme elle se tournait vers lui.

Elle parlait d'un ton aussi sérieux que son expression. L'espoir qu'il avait nourri en arrivant s'étiola et disparut. Ce n'était pas le comportement d'une femme qui souhaitait discuter des joies des baisers partagés ou de la possibilité d'en recevoir d'autres.

— Comment va lord Colton ? s'enquit-elle.

Marcus cligna des yeux tandis que son cerveau s'efforçait de changer de direction. Il ne s'attendait pas à cette question.

— Il va bien. Je crois.

Marcus l'avait emmené dans l'une des chambres de Brixton Park, où Anthony avait dormi tard le lendemain. Il n'avait aucun souvenir de la bagarre. Malgré cela, il avait écrit un mot d'excuse à l'autre gentleman, à la demande de Marcus.

— Tant mieux. Il a de la chance d'avoir un ami comme toi, affirma-t-elle, croisant les mains sur ses genoux.

Anthony ne serait peut-être pas d'accord. Marcus avait tenté de le convaincre de réduire sa consommation d'alcool l'autre soir, mais son ami n'avait rien voulu entendre. Ils ne s'étaient pas reparlé depuis. Il remarqua que ses mains semblaient crispées, comme si elle les serrait l'une contre l'autre. Était-elle nerveuse ? Effrayée ? Bon sang ! Il avait espéré qu'elle ne le serait plus. Pas après le bal masqué.

Après une pause, elle poursuivit.

— Je voulais te remercier encore une fois de m'avoir embrassée au bal masqué. Ce n'était pas du tout ce à quoi je m'attendais, et je suis heureuse que tu m'aies convaincue de tenter l'expérience. Encore.

Marcus essaya de se détendre et se rappela qu'il ne fallait pas faire de suppositions.

— As-tu aimé ?

Elle le lui avait dit lors du bal masqué, mais la lumière du jour et l'absence de masques, de désirs impérieux et de feux d'artifice pouvaient avoir un effet dégrisant.

— Oui. Plus que je n'aurais jamais pu l'imaginer, répondit-elle, puis elle desserra les mains et les posa à plat sur ses genoux. Je voulais te parler de cela, de la raison pour laquelle je ne m'attendais pas à aimer les baisers.

À présent, il était plus que curieux. Il se tourna davantage vers elle et appuya son bras contre le dossier du canapé.

— Est-ce à propos de Sainsbury ?

Le simple fait de prononcer le nom de cet homme le mettait en colère. Elle acquiesça.

— Tu n'y es pas obligée, dit-il d'une voix douce.

— Je crois que si. Si j'ai décidé que j'aimais les baisers, et plus particulièrement les *tiens*, je ne suis pas sûre pour le reste. Et j'aimerais l'être. Mais je pense que j'ai besoin de comprendre ce que cela implique. Lorsque tu m'as expliqué ce qu'était un baiser, mon point de vue a changé du tout au tout. Je ne sais pas si ce que j'ai fait, ce qu'il m'a fait faire, va tout gâcher.

Elle rougit, et son cou et son visage prirent une teinte rose foncé.

Marcus avait envie de tuer Sainsbury pour lui avoir causé cette douleur. Il réduisit la distance entre eux de façon à ce que son bras se trouve derrière la tête de Phoebe.

— Tu peux m'en dire autant ou aussi peu que tu le souhaites.

— Je l'ai raconté à ma mère l'autre jour. C'était difficile, expliqua-t-elle, puis elle laissa échapper un petit rire nerveux. Je pensais que ce serait plus facile aujourd'hui.

Marcus posa sa main libre sur l'une des siennes.

— Que puis-je faire ?

Elle inspira profondément.

— Seulement m'écouter. Nous étions fiancés. Sainsbury a demandé s'il pouvait m'embrasser. Il a dit que nous étions presque mariés, et j'ai supposé que c'était le cas. Rompre des fiançailles est ruineux. Ce que j'ai appris plus tard, ajouta-t-elle d'un ton ironique. Alors, j'ai dit oui, et il m'a emmenée en promenade. Nous étions à un bal. Nous nous sommes glissés dans une chambre vide. Il faisait plutôt sombre, en dehors de quelques bougies allumées. Dès que nous sommes entrés, il m'a entourée de ses bras.

Elle détourna le regard de Marcus, reportant son attention sur le jardin.

— Puis il m'a embrassée... mais après t'avoir embrassé, je ne suis pas sûre que j'appellerais toujours cela ainsi.

Elle lui lança un sourire inquiet avant de reporter à nouveau son regard vers les fenêtres.

— Je me rappelle que c'était mouillé, et que sa langue s'est enfoncée si loin dans ma gorge que j'ai eu envie de vomir. Il était plutôt éméché. Je me suis écartée en disant que je n'aimais pas ça. Il a éclaté de rire, et répliqué que j'étais trop inexpérimentée pour le savoir, que je m'y habituerais.

Elle se retourna vers Marcus, les yeux écarquillés et l'air innocent.

— Je l'ai cru.

— Bien sûr que tu l'as cru.

Pourquoi ne l'aurait-elle pas fait ? La fureur gagna les muscles de Marcus, le transformant en un animal prêt à bondir.

— Tu n'as rien fait de mal.

— Alors, je l'ai laissé m'embrasser à nouveau. Et encore. Il avait tort. Je ne m'y suis pas habituée. Mais, comme il allait devenir mon mari, je l'ai laissé continuer en priant pour que cela s'améliore. C'est alors qu'il m'a poussée sur la méridienne.

Marcus n'était pas sûr de vouloir entendre la suite. Mais il l'écouterait, parce qu'elle le lui avait demandé.

— Que s'est-il passé ? demanda-t-il, reconnaissant à peine le râle rauque de sa voix.

Elle prit une inspiration et souffla, puis elle serra la main de Marcus entre les siennes. La chaleur et la douceur de Phoebe l'apaisaient, ce qui était ridicule, et mal. C'était à lui de la réconforter.

— Il m'a allongée et demandé si nous pouvions en faire juste un peu plus... pour préparer la nuit de noces. Ainsi, je n'aurais plus aussi peur. Cela me paraissait logique, alors j'ai dit oui.

Il lui avait dit tout ce qu'il fallait pour la contraindre à accepter.

— Cet homme est un fléau.

— Il m'a dit qu'il voulait regarder mes seins, que si je les lui montrais, je ne serais pas gênée lors de notre nuit de noces. J'ai ouvert ma robe pour lui. Il m'a remerciée. Puis il m'a dit qu'il devait aussi me montrer une partie de lui-même, poursuivit-elle.

Le rouge envahit à nouveau ses joues, et elle serra sa main plus fort.

— Alors il a déboutonné son pantalon et a sorti son...

— Phoebe, tu n'es pas obligée de continuer.

Marcus se maudit. Il n'était pas question de son propre malaise. Si elle voulait lui raconter cela, il se devait de l'écouter.

— Je n'aurais pas dû t'interrompre. Continue. S'il te plaît.

— As-tu moins de respect pour moi ?

Le ventre de Marcus se noua. Il avait envie de se flageller pour son insensibilité.

— Jamais, affirma-t-il, retirant sa main de celles de Phoebe pour lui caresser la joue. J'ai une très haute opinion de toi, maintenant, plus que jamais. Ce que tu fais... ce que tu as fait... demande du courage.

— La plupart des gens auraient moins de respect pour moi. C'est le cas depuis que j'ai quitté Sainsbury.

— J'aimerais le jeter du haut d'une maudite falaise.

Et il était possible qu'il le fasse. Phoebe sourit doucement, brièvement.

— Pourrai-je t'aider ?

— Bien sûr ! Je le traînerai là-bas, et tu pourras le pousser, répondit-il, s'accrochant à l'humour et à la gratitude de son regard. Continue. Si tu en as envie.

Elle hocha la tête une fois, et il remit sa main dans les siennes.

— Il m'a montré son pénis. Il était long, dur et... poisseux.

Marcus étouffa un ricanement.

— Il a affirmé que nous devrions nous toucher. Je lui ai répondu que j'ignorais comment faire, alors il m'a montré comment le caresser. Lorsqu'il a été satisfait de ma façon de procéder, il a touché mes seins. Il... m'a fait mal. Je lui ai demandé d'arrêter, et il m'a dit qu'il le ferait bientôt. Puis il m'a ordonné de bouger ma main plus vite, prétendant que si je le faisais, il s'arrêterait.

Marcus allait vraiment le tuer.

— Donc, tu l'as fait.

— Oui, et il a cessé de me toucher. Mais ensuite… il a dit qu'il voulait se mettre en moi, que c'était normal, puis que nous allions bientôt nous marier, dit-elle, puis elle fit une pause pour respirer. Je ne voulais pas. Ni à ce moment-là, ni jamais. J'ai commencé à paniquer. J'ai voulu m'éloigner, mais il m'a attrapée. Il… m'a menacée. Il a affirmé que si je ne le laissais pas faire ce qu'il voulait, il annulerait le mariage et que je serais déshonorée. J'ai compris à cet instant-là que je préférais qu'il le fasse.

La poitrine de Marcus se comprima sous la pression combinée de la fierté et de la fureur.

— Tu as été très courageuse.

— Je ne l'ai pas été. J'aurais voulu l'être. Un valet de pied est entré à ce moment-là, nous interrompant. Sainsbury est devenu… mou. Je me suis éloignée de lui et j'ai crié au valet de pied de me tenir la porte. S'il n'était pas entré…

Sainsbury l'aurait violée. *Bon sang!* Marcus avait du mal à croire qu'elle l'avait laissé fleureter avec elle, sans parler de l'embrasser. Il se faisait l'effet d'une bête sachant ce qu'il savait maintenant.

Il saisit l'une des mains de Phoebe et la regarda dans les yeux.

— Je suis vraiment désolé.

— Plus tard, après avoir passé un temps considérable dans la salle de repos, je l'ai vu dans la salle de bal. Il m'a dit que je n'aurais pas dû partir, que je serais de toute façon à lui bientôt.

Le mariage devait avoir lieu deux jours plus tard. Je ne pouvais pas aller jusqu'au bout. Pas après cela. Je savais que notre mariage ne serait qu'une série de batailles dont je ne sortirais jamais victorieuse. Mais j'imagine que c'est le cas de la plupart des mariages.

Marcus l'ignorait, mais il ne pouvait pas la contredire, surtout lorsqu'il pensait à certains des hommes de sa connaissance.

— Les hommes sont des brigands égoïstes.

— Es-tu sûr de ne pas avoir moins d'estime pour moi ?

— Mon Dieu, non ! C'est pour moi que j'ai moins d'estime. Quand je pense à la façon dont je me suis comporté avec toi… Pourquoi ne m'as-tu pas jeté dehors ce soir-là ? Le jour de notre rencontre ?

Elle réfléchit un instant à sa question, tout en dessinant des cercles sur sa main avec son pouce.

— Je t'ai apprécié. Tu étais… tu es différent de Sainsbury. Dans tous les sens du terme. Il ne m'a jamais fait rire. Il ne m'a jamais fait me sentir belle. Il ne m'a jamais amenée à penser que j'étais spéciale.

— Je vais le tuer.

Elle écarquilla les yeux et s'agrippa à la main de Marcus.

— Non, tu ne dois pas faire ça.

Pendant un long moment, il ne lâcha pas son regard, mais il finit par acquiescer.

— J'en ai pourtant envie.

— Et cela me touche plus que tu ne peux l'imaginer. Presque autant que le fait que tu m'aies écoutée et que tu ne te sois pas enfui dès que j'ai terminé mon histoire.

— C'est ce qu'a fait ta mère ?

— Non, mais j'ai été un peu moins explicite dans ma description, précisa-t-elle en tressaillant. Je voulais te parler en toute franchise parce que je ne sais pas si je peux faire… Est-ce que ce sont des choses normales que font les hommes et les femmes ?

Marcus expira fort et rajusta son poids sur le canapé.

— En grande partie, oui. En général, les femmes

éprouvent du plaisir à se faire caresser les seins, et les hommes à se faire caresser le sexe.

Il observa sa réaction, mais il ne vit rien de négatif. Elle écoutait attentivement. Il aurait pu être en train de discuter de n'importe quel sujet d'intérêt : les derniers modèles de chapeaux, les chevaux mis aux enchères chez Tattersall la semaine précédente ou les constellations qui se trouveraient dans le ciel cette nuit-là.

— Je n'arrive pas à imaginer qu'il soit agréable de se faire toucher les seins. Quant à l'autre chose, je ne saurais le dire, car je n'ai pas de pénis.

— Dieu merci ! dit-il avec un sourire.

— Cependant, je ne croyais pas non plus que les baisers procuraient du plaisir, et tu m'as montré à quel point je me trompais.

— Non, je t'ai montré à quel point Sainsbury est incompétent et pathétique. J'ai l'impression qu'il serait incapable de donner du plaisir à une femme, même si sa vie en dépendait.

— Pourrions-nous rayer Sainsbury de nos conversations ? Je préfère me concentrer sur ce que tu as fait pour moi. Et ce que tu pourrais faire ensuite.

Oh, bon sang ! Il comprit alors ce qu'elle recherchait en lui racontant cela.

— Qu'est-ce que c'est ? demanda-t-il prudemment, le cœur battant la chamade.

— Je veux avoir une liaison. Avec toi.

Le sang de Marcus rugit dans ses oreilles. Il n'était pas sûr d'avoir bien entendu, et, plus encore, il n'entendait plus rien pour l'instant.

— Marcus ?

Il était resté silencieux trop longtemps.

— Mes excuses. As-tu dit que tu voulais avoir une liaison ? Après tout ce que tu viens de me raconter ?

Elle se tourna vers lui, déplaçant sa cuisse plus loin sur le coussin.

— Oui. Je ne veux pas que le souvenir de Sains... du Brigand, c'est ainsi que je l'appellerai désormais, soit tout ce que j'ai. J'aimerais que tu l'effaces en créant quelque chose de nouveau. Avec moi, lui dit-elle, posant une main sur son genou. Le feras-tu ?

Qu'elle lui accorde une telle confiance, non seulement en lui racontant ce qu'elle avait enduré, mais aussi en lui demandant de l'aider à surmonter cette épreuve, était pour lui la plus grande leçon d'humilité qu'il avait jamais reçue.

— Tu es sûre ?

Elle acquiesça.

— Je n'ai jamais été aussi sûre de moi. Pourrais-tu venir samedi soir ?

Il avait envie de fleureter avec elle, de lui dire qu'il n'avait pas encore donné son accord. Mais y avait-il vraiment une question à se poser ? Elle savait bien que non.

— Oui. J'en déduis que tu as un plan ?

— J'en ai beaucoup, répliqua-t-elle.

La réponse de Phoebe l'intrigua, mais tout chez elle était si fascinant et remarquable qu'il n'en finissait pas de s'étonner.

— Tu viendras vers minuit. Tout le monde devrait être endormi, sauf le valet de pied.

Elle sourit, et ses fossettes apparurent pleinement. Il dut réprimer l'envie de l'embrasser sur-le-champ.

— Et moi. J'attendrai. Tu entreras par les portes du jardin, et ensuite par ici, dit-elle en pointant la porte que le major-dome avait fermée, et tu monteras les escaliers. Ma chambre se trouve au deuxième étage, à l'arrière, et donne sur le jardin.

— N'as-tu pas de treillage ou d'arbre que je pourrais esca-lader jusqu'à ta fenêtre ? s'enquit-il en souriant.

— Hélas, non. Dois-je en faire installer un ?

— Attends peut-être de voir si tu veux m'inviter une deuxième fois.

— Lord Ripley, où est passée votre confiance arrogante ? demanda-t-elle d'un ton grivois, les yeux pétillants. Maintenant, passons à mes autres projets. J'ai fait des recherches sur la façon d'éviter une grossesse et…

Il resta bouche bée quand il digéra enfin sa demande. Elle voulait avoir une liaison. Avec lui.

— Tu as quoi ?

— J'ai acheté des éponges.

— Je suis impressionné.

Et profondément et irrémédiablement choqué.

— Tu pourrais sans doute utiliser aussi des redingotes anglaises. Je suppose que tu sais ce que c'est ?

Il toussa.

— Euh, oui. Je peux en apporter une. En fait, elles doivent être trempées avant d'être utilisées, alors je pourrai t'en envoyer.

— Ah, oui. Je sais comment les préparer. J'ai fait pas mal de recherches, affirma-t-elle, au grand étonnement de Marcus. Que penses-tu que nous devrions utiliser ?

La verge de Marcus durcissait. Son cerveau essayait de suivre le mouvement, mais il n'avait pas encore assimilé le fait qu'*elle voulait avoir une liaison.*

— Je ne sais pas. Peut-être ni l'un ni l'autre. Nous n'aurons peut-être pas de relations sexuelles samedi.

Vraiment ? Il remettrait cela à plus tard alors qu'il n'avait qu'une envie, s'enfouir en elle ? Oui, vraiment. Il voulait y aller doucement. Elle ne méritait rien de moins.

Il lui caressa à nouveau le visage, passant ses doigts sur sa tempe et le long de sa pommette.

— Je veux que ce soit spécial.

Elle sourit, affichant un regard audacieux et confiant.

— Ce le sera. Je suis convaincue que tu feras en sorte que ce le soit, répondit-elle, inclinant la tête sur le côté. Peut-être devrions-nous utiliser l'éponge. La femme qui me l'a vendue m'a dit que la redingote anglaise pourrait atténuer un peu ton plaisir.

Il secoua la tête, stupéfait.

— Que tu t'inquiètes de mon plaisir après ce que tu as subi...

Phoebe posa un doigt sur les lèvres de Marcus.

— Chut. Ne parlons plus de lui.

Il embrassa la pulpe de son doigt et en suça légèrement le bout. Elle écarquilla les yeux, et ses lèvres s'entrouvrirent.

— Il y a beaucoup de choses que nous pouvons faire, et qui ne sont pas des rapports sexuels.

Elle reposa sa main sur ses genoux.

— Montre-moi.

— Maintenant ? demanda-t-il, jetant un regard à la porte derrière elle.

— Nous ne serons pas dérangés. J'y ai veillé.

— Un autre plan ? s'enquit-il, et, la voyant hocher la tête, il poursuivit. Eh bien, il y a les baisers, comme tu le sais.

— Oh, oui, je le sais. Montre-moi quelque chose de nouveau.

Le sexe de Marcus s'allongea sous l'effet de l'excitation.

— Puis-je te toucher ? lui demanda-t-il, et elle hocha la tête à nouveau. Tu dois me dire à tout moment si tu es mal à l'aise, ou si tu veux que j'arrête. Dis-moi *tout* ce que tu ressens.

— Tout ?

— Oui.

Il voulait tellement que ce soit bien pour elle. Non, pas bien : *parfait.*

— Puis-je te toucher ? s'enquit-elle timidement.

— Bon sang, oui ! Dans toutes les circonstances et de n'importe quelle manière.

— Tu me diras aussi ce que tu ressens ?

— Oui, répondit-il aussitôt, la voix si rauque qu'il eut l'impression d'entendre du gravier s'écouler d'un seau. Je sais que tu as dit que c'était répétitif, mais je vais t'embrasser maintenant, simplement parce que je *dois* le faire.

— Je n'ai pas dit que c'était répét…

Il la fit taire avec sa bouche, posant les mains sur ses joues, ses lèvres sur les siennes. Il la goûta, la taquina, l'attira, la séduisit. Phoebe haleta et Marcus glissa sa langue dans sa bouche, exigeant qu'elle fasse de même. Ce qu'elle fit, répondant à ses douces caresses par les siennes.

Il posa une main sur sa nuque et l'autre contre son flanc. Se laissant glisser au sol, il s'agenouilla à côté du canapé. Puis il déplaça les jambes de Phoebe sur les coussins et l'inclina vers l'arrière jusqu'à ce qu'elle s'allonge.

Il mourait d'envie de toucher ses seins, mais ce n'était pas le meilleur endroit pour commencer. Pas après ce qu'elle lui avait confié. Il passa la main de sa nuque à son buste, effleurant délicatement un sein avant d'arriver à son ventre. Puis il descendit plus bas et appuya sa main sur son pubis.

Rompant leur baiser, il murmura :

— Écarte les jambes. Dis-moi ce que tu ressens ici.

Il appuya à nouveau.

— Une sorte… d'éveil. Je veux… quelque chose.

Il sourit contre sa bouche et l'embrassa à nouveau, se perdant un instant dans les délices de ses lèvres et de sa langue. Puis il commença à tirer sur sa jupe, la faisant doucement remonter le long de ses mollets jusqu'à ses genoux, où il tendit la main pour attraper l'ourlet. Il exposa ses cuisses, lui arrachant un autre halètement.

Marcus s'écarta une fois encore.

— Veux-tu que j'arrête ?

— Non, il faisait juste un peu froid. Ne t'arrête pas, s'il te plaît. Je te promets de te dire si je veux que tu arrêtes.

La confiance que Phoebe lui accordait le remplissait d'admiration. Et peut-être d'appréhension. Il devait faire en sorte que tout se passe bien pour elle.

Gardant les yeux rivés sur ceux de la jeune femme, il fit glisser sa main le long de sa cuisse. Elle tressaillit légèrement lorsqu'il passa entre ses jambes. Il laissa sa robe sur ses hanches pour qu'elle soit couverte. Étant donné la façon dont elle avait été exhibée la dernière fois... La fureur le traversa, et il dut la repousser.

Plus tard, il y aurait des comptes à régler.

Il caressa délicatement sa chair, tandis que les yeux de la jeune femme s'illuminaient d'une lueur d'émerveillement.

— Ouvre davantage les jambes, murmura-t-il.

Elle fit ce qu'il lui demandait, lui donnant un meilleur accès. Il baissa la tête pour l'embrasser encore, doucement au départ, alors que ses lèvres et sa langue imitaient les douces caresses qu'il prodiguait à son sexe.

Il lui tint la tête et fit glisser sa bouche sur la sienne en même temps qu'il trouvait son clitoris. Elle émit un bruit, qu'il absorba. Il voulait tout ce qu'elle avait à lui donner. Plus encore, il voulait tout lui donner.

Il allait lentement, l'amadouant et la taquinant jusqu'à ce que ses hanches se mettent à remuer, d'abord légèrement. Il déposa des baisers sur sa joue, sa mâchoire, son oreille.

— Dis-moi ce que tu ressens.

— Je ne peux pas l'expliquer, répondit-elle, essoufflée. Là où tu me touches... c'est comme si tu allumais un feu. Les flammes sont là, mais j'ai besoin qu'elles prennent.

Il sourit à son tour.

— Voyons si je peux l'attiser.

Il lui mordilla le lobe de l'oreille, la faisant haleter. Son corps se souleva légèrement du canapé. Marcus glissa ses doigts plus bas et sentit la moiteur qui s'y trouvait.

— Tu es mouillée, dit-il contre sa peau. Comme il se doit.

— Pourquoi ?

— Pour faciliter le passage de mon sexe quand je viendrai en toi. Mais pas aujourd'hui.

Il fit lentement pénétrer son doigt en elle. Elle était étroite et chaude autour de lui. Il laissa échapper un souffle rauque. Il l'embrassa dans le cou, lécha sa peau. Elle se cambra, et il savoura la beauté de son visage : ses yeux clos, ses lèvres écartées, ses joues rougies par le désir. Il descendit jusqu'à trouver le creux de sa gorge.

Phoebe avait une main sur l'épaule de Marcus et l'autre sur sa nuque, les doigts plongés dans ses cheveux. Lorsqu'il enfonça son doigt profondément en elle, elle tira sur une mèche, tout en gémissant doucement.

Il voulait plus d'elle, tout d'elle, lui offrir une extase qu'elle n'oublierait jamais. Mais, pour l'instant, c'était suffisant. Cela devait l'être. Il sentit les muscles de Phoebe se contracter, en quête de sa libération.

— Laisse-toi aller, lui dit-il, ramenant sa bouche dans son cou avant de l'embrasser à nouveau.

Il la revendiqua avec une intensité sauvage. Partout où il la touchait, il se déversait en elle. Retirant son doigt, il se concentra sur son clitoris pour la pousser au bord de l'extase.

— Peux-tu lâcher prise ? demanda-t-il d'une voix rauque.

— Je ne sais pas…

Elle avait la voix tendue, comme un chasseur sur le point de frapper, mais la proie se déplaçait très vite.

Ses hanches se cambrèrent et il plongea à nouveau son doigt en elle, décrivant des cercles rapides avec son pouce sur son clitoris. Elle se contracta fort autour de lui, et il prodigua des caresses rapides sur son sexe avec sa main, pour prolonger son orgasme autant qu'il le pouvait.

Elle cria, et il observa son expression se fondre dans le ravissement. C'était la chose la plus magnifique qu'il avait jamais vue. Et ce fut presque suffisant pour le faire jouir à son tour.

Il l'accompagna jusqu'au bout de son orgasme, l'embrassant encore, chuchotant des mots d'apaisement et de vénération. Lorsqu'elle ouvrit enfin les yeux, elle lui demanda :

— Était-ce *normal* ?

Il lui sourit.

— Oui. Du moins, ce devrait l'être. Le plaisir n'est pas simplement pour les hommes. En fait, le sexe est meilleur quand une femme non seulement apprécie, mais en a envie.

Elle avait le regard sombre et embrumé par le contentement, mais elle le fixa tout de même sur lui.

— Je pense que je pourrais être l'une de ces femmes. Je ne l'aurais pas cru. Merci.

Marcus abaissa la robe de Phoebe et s'accroupit. Elle s'assit, basculant les jambes hors du canapé. Ses joues étaient rougies, sa poitrine se soulevait et s'abaissait régulièrement tandis que son pouls revenait lentement à la normale.

Le cœur de Marcus battait aussi la chamade, et son sexe palpitait. Il s'en occuperait en rentrant chez lui. Et il aurait un magnifique souvenir à évoquer à ce moment-là.

Cela venait-il réellement de se produire ?

Oui. Et elle voulait qu'il vienne samedi. Oserait-il l'emmener jusqu'au bout ? Il voulait procéder aussi lentement qu'elle en avait besoin.

— C'était vraiment magnifique, dit-elle. Que pouvons-nous faire d'autre que des rapports sexuels ?

Il se mit à rire.

— Rien aujourd'hui

— Samedi, donc. Et je veux me préparer à avoir des rapports sexuels. Je me rends compte que j'ai hâte d'essayer. Avec toi.

Il gémit en se relevant.

— Tu vas me tuer, Phoebe. Samedi, c'est dans deux jours.

Elle se leva du canapé, lissant calmement sa robe comme si elle ne venait pas tout juste de fondre dans ses bras.

— Tu devrais peut-être venir demain soir. J'avais l'intention d'assister à une soirée, mais cela me semble terriblement ennuyeux maintenant.

— À quelle heure seras-tu chez toi ? répondit-il si vite qu'elle éclata de rire.

— Disons une heure du matin… viens à ce moment-là.

— D'accord.

Il réduisit la distance entre eux et l'attira dans ses bras, l'embrassant avec force et rapidité. Lorsqu'il se retira, ils étaient tous deux à bout de souffle. Marcus posa son front contre celui de Phoebe.

— Rêve de moi.

— Je ne pourrai rien faire d'autre.

Avec un sourire, il lui caressa la joue, puis tourna les talons et s'en alla. Le majordome lui remit son manteau et ses gants en sortant, et lui souhaita une bonne journée. Marcus se dit que l'homme savait et lui reconnut le mérite de jouer la comédie de manière convaincante, comme s'il ignorait tout.

Dehors, sa joie s'estompa légèrement lorsqu'il repensa à Sainsbury. La rage envahit Marcus lorsqu'il se remémora ce que le Brigand lui avait fait. Oui, il aurait des comptes à rendre.

CHAPITRE 9

*R*êver de Marcus l'avait empêchée de bien dormir. Phoebe était assise à la petite table du salon jouxtant sa chambre à coucher. Elle y retourna en bâillant pour aller s'habiller. Sa femme de chambre, Page, avait déjà sorti sa robe.

— En fait, je prévois de sortir.

S'adaptant aussitôt, Page apporta une tenue différente et entreprit d'aider Phoebe à s'habiller. Puis cette dernière s'assit devant sa coiffeuse pour que la domestique puisse la coiffer.

Pendant que Page s'affairait, ce qui semblait toujours plonger Phoebe dans un état de détente, les pensées de cette dernière se tournèrent vers les nombreuses fois où elle s'était réveillée dans la nuit, le corps brûlant de désir. Elle mourait d'envie de savoir ce qu'il lui réservait. À tel point qu'elle envisageait de se mettre en quête d'un livre quelque part. Il devait bien y avoir quelque chose qui parlait de sexe en détail.

Lui parler de Sainsbury avait été plus facile qu'elle ne l'avait imaginé. Plus facile que de le raconter à sa mère. Mais Marcus s'était montré incroyablement attentionné et

sensible. La différence entre lui et Sainsbury était gigan-
tesque. C'était comme s'ils appartenaient à des espèces
différentes.

Une idée lui vint à l'esprit. Peut-être pourrait-elle rendre
visite à Lavinia. En tant que femme mariée et amie de
Phoebe, elle répondrait probablement à ses questions. Et
peut-être même pourrait-elle lui dire où trouver un tel livre.
Le mari de Lavinia, le célèbre duc Galant, devait tout
connaître des écrits sur le sexe.

Phoebe rougit. En l'espace d'une journée, Marcus l'avait
transformée en une véritable dévergondée. Et elle n'aurait
pas pu être plus ravie. Voilà ce que signifiait être indépendante, libérée des règles et des attentes stupides. C'était ce
que l'on ressentait quand on était un homme.

Elle ricana.

Page s'interrompit au milieu de sa tâche.

— Mademoiselle Lennox ? Vous ai-je fait mal ?

Elle était jeune, plus que Phoebe, et elle était parfois un
peu craintive. C'était ce trait de caractère qui l'avait poussée à
embaucher la jeune femme en tant que femme de chambre
personnelle après l'avoir rencontrée chez sa grand-tante.
Page s'était détendue au fil des mois passés avec Phoebe et
avait commencé à prendre confiance en elle.

— Pas du tout. Toutes mes excuses, je pensais juste à
quelque chose de frustrant.

Avec un hochement de tête, Page acheva la coiffure de
Phoebe et partit à la recherche d'un chapeau et de gants
pendant que cette dernière chaussait ses bottes de marche.
Elle jeta un œil dehors, et constata que le temps était gris.

— J'espère qu'il ne pleuvra pas.

Non pas qu'elle s'en souciait vraiment. Il pourrait bien y
avoir de l'orage et de la pluie, elle serait encore étourdie.

Page lui rapporta ses accessoires au moment où Phoebe
se leva.

— Vous êtes ravissante, mademoiselle.

Elle sourit à la femme de chambre.

— C'est uniquement grâce à vous.

Impatiente de rendre visite à Lavinia, Phoebe se hâta de descendre les escaliers, puis s'arrêta net en arrivant dans le vestibule. Culpepper était en train de refermer la porte, et sa mère, l'air pâle et désemparé, se tenait là.

— Maman, dit Phoebe en déposant son chapeau et ses gants sur une table. Qu'est-ce qui ne va pas ?

— C'est ton père. Nous avons eu une terrible dispute.

Voilà qui allait compromettre sa visite à Lavinia. Phoebe prit les gants et le chapeau de sa mère et les déposa à côté des siens.

— Culpepper, nous prendrons le thé dans la salle jardin.

Puis elle passa son bras dans celui de sa mère et la conduisit à l'arrière de la maison. Sa mère s'effondra sur le canapé. Celui sur lequel Marcus avait donné du plaisir à Phoebe la veille. Elle s'efforça de ne pas y penser. Elle s'installa dans un fauteuil proche et lui demanda ce qui s'était passé.

— Il a vendu le tableau.

Phoebe voyait bien qu'elle était bouleversée, et elle chercha à l'apaiser.

— Ce n'est rien. Je lui ai dit qu'il pouvait.

— Il se sert de l'argent pour faire un autre placement, expliqua sa mère.

Elle fronça les sourcils, et sa bouche se pinça.

— Je lui ai demandé de ne pas le faire, mais il se fiche de ce que je souhaite.

— Ce n'est peut-être pas si terrible, dit Phoebe. J'ai quelques placements, et jusqu'à présent, ils se sont révélés rentables. Papa a juste eu un peu de malchance.

Sa mère secoua la tête.

— Il en a déjà perdu deux, et je crois que c'était avec la

même personne. Il parle de « lui » quand il fulmine contre ses pertes.

— Qui ?

— Je l'ignore. Quelqu'un qu'il rencontre le soir à Leicester Square. Je ne le sais que parce que j'ai posé la question au cocher.

Sa mère tordit les mains l'une contre l'autre puis les posa sur ses genoux. Puis elle se leva brusquement et se dirigea vers les portes menant au jardin. Elle se tourna vers Phoebe et lui lança un regard hésitant.

— Pourrais-je rester chez toi quelques jours ?

— Ici ?

Phoebe avait du mal à croire que sa mère veuille rester avec elle, alors qu'elle s'était montrée si mécontente qu'elle ait acheté sa propre maison. Mais c'était plus que cela. Si elle restait ici, Phoebe ne pourrait pas recevoir Marcus pour entamer leur liaison.

— Si cela ne te pose pas trop de problèmes. Je suis tellement en colère contre ton père. Il doit apprendre à me prendre au sérieux.

Après plus de trente ans d'un mariage où c'était incontestablement lui qui commandait, Phoebe n'était pas sûre que son père allait apprendre quoi que ce soit, mais elle se garda bien de le dire.

Culpepper arriva avec le thé. Il déposa le plateau sur une table près des portes du jardin, et demanda s'il devait servir.

— Non, merci, répondit Phoebe.

Le majordome se retourna pour partir, et elle passa devant lui pour aller s'asseoir à la table.

— Culpepper, s'il vous plaît, faites préparer la chambre printemps pour ma mère. Elle restera avec nous pendant quelques jours.

Il inclina la tête.

— Bien sûr.

— Pourriez-vous envoyer un valet de pied chercher ma malle dans la calèche ? demanda sa mère.

C'était une bonne chose que Phoebe ait accédé à sa demande. Non pas qu'elle aurait refusé. Elle apporterait toujours son aide et son soutien à ses parents. Aussi frustrants soient-ils, elle les aimait. Elle était aussi tout à fait consciente qu'elle était le seul enfant qui leur restait et qu'elle les avait profondément déçus. Si elle ne regrettait pas ses choix, et qu'elle ne les aurait changés pour rien au monde, elle se rendait compte qu'elle voudrait toujours combler cette lacune.

Culpepper s'en alla et elles s'assirent. Phoebe versa le thé.

— Je t'ai empêchée de sortir, lui dit sa mère. Je ne veux pas te déranger.

— Ne t'inquiète pas. Je vais quand même sortir, un peu plus tard, précisa Phoebe en mettant du sucre dans leurs tasses. Tu dois t'installer.

— Je te remercie de ta compréhension, ma chérie.

Elle remua son thé, puis en but une gorgée. Lorsqu'elle regarda ensuite Phoebe, elle avait les yeux embués.

— J'ai beaucoup repensé à ce que tu m'as raconté l'autre jour. C'était… difficile à entendre.

Et Phoebe ne lui avait même pas révélé les détails, pas comme avec Marcus.

— C'était encore plus difficile à vivre, je te l'assure.

Sa mère tressaillit.

— Je voulais te demander si je pouvais en parler à ton père. Je pense qu'il devrait le savoir. Cela l'aiderait à comprendre, confia-t-elle en inclinant la tête sur le côté, avant de la redresser. Cela pourrait aussi l'inciter à se montrer violent, alors peut-être devrions-nous garder cela pour nous.

Phoebe songea à la réaction de Marcus. Elle avait ressenti

sa colère. Elle s'était réjouie de sa férocité. Pourtant, elle ne voulait pas qu'il passe à l'acte.

— Autant j'aimerais voir Sainsbury souffrir, autant je préférerais mettre toute cette affaire derrière moi. Si tu crois qu'en parler à papa pourrait aider à cela, alors dis-le-lui. J'aimerais qu'il cesse de parler de Sainsbury.

— Je vais tâcher de réfléchir à la manière de le faire. Quand je ne serai plus en colère contre lui, dit sa mère, scrutant sa tasse d'un air renfrogné. Veux-tu toujours aller à cette soirée ?

Elles avaient prévu d'y aller ensemble.

— Nous ne sommes pas obligées de nous y rendre.

Phoebe essayait de ne pas paraître désintéressée, mais elle était déçue que ses projets avec Marcus aient été anéantis. Elle allait devoir lui envoyer une note. Ou bien…

Phoebe prit une nouvelle gorgée de thé, puis se leva.

— Je vais sortir maintenant. Fais savoir à Culpepper si tu as besoin de quoi que ce soit. Je te verrai pour le dîner.

Sa mère lui prit la main et la serra brièvement.

— Merci, Phoebe. Je ne t'ai pas soutenue autant que j'aurais dû le faire. Je le ferai maintenant.

— Je t'en remercie.

Phoebe tourna les talons, impatiente de se mettre en route. Elle se rendit dans le vestibule et mit son chapeau.

— Culpepper, la calèche est-elle toujours dehors ?

Elle se rendit compte qu'elle n'avait pas donné de consignes, surprise par l'arrivée de sa mère.

— Oui.

— Parfait, merci.

Après avoir enfilé ses gants, elle quitta la maison. Dehors, elle indiqua l'adresse au cocher.

— Hanover Square, s'il vous plaît.

Ce n'était pas très loin, mais elle ne voulait pas qu'on la voie s'y rendre à pied. Elle n'allait pas voir Lavinia.

Peu après, la calèche s'arrêta devant l'une des plus grandes maisons de la place. De larges fenêtres encadraient la porte massive, qui se trouvait en haut d'un petit escalier de pierre.

Le cocher l'aida à descendre, et elle s'avança jusqu'à la maison. Elle n'eut pas besoin de frapper, car la porte s'ouvrit sur un grand majordome au nez pointu. Il était dans la force de l'âge et avait des yeux bienveillants. Elle s'en fit la réflexion à cause de ses rides qui montraient qu'il souriait souvent. C'était très particulier pour un majordome, car ils étaient souvent très austères. Mais ensuite, elle imagina sans mal que Marcus devait lui donner souvent l'occasion de sourire.

— Bonjour. Je suis Mlle Lennox, je viens voir Lord Ripley.

Le majordome ferma la porte lorsqu'elle entra dans le majestueux vestibule. Des escaliers montaient de chaque côté, se rejoignant au milieu au-dessus d'une arche qui menait directement au reste de la maison. Un paysage de Joshua Reynolds était accroché à droite sous l'escalier.

— Je vais vous conduire au salon, lui indiqua le majordome, faisant un geste vers l'escalier à droite.

Elle le suivit à l'étage, observant les peintures sur le mur. Une alcôve à mi-hauteur contenait un grand vase Wedgwood en porcelaine. Elle jeta un coup d'œil dans l'autre alcôve et vit qu'elle contenait la jumelle de l'urne.

Elle se demanda qui avait décoré la maison. Jamais elle n'aurait imaginé que le marquis de Ripley vivait dans une résidence aussi élégante.

Le majordome la fit entrer dans le salon situé à droite de l'escalier. La pièce était immense, assez grande pour accueillir un bal si l'on déplaçait les meubles. Restée seule, elle en profita pour faire le tour de la pièce. Il y avait cinq coins salons, avec beaucoup d'espace entre chacun. Deux se trouvaient devant les fenêtres donnant sur la place, un près de la porte, un grand au fond et au centre de la pièce, et enfin un plus petit et confortable devant l'âtre. Cet endroit réussissait à être spectaculaire et chaleureux à la fois.

— Mon Dieu ! Tu es *vraiment* là.

Elle se tenait près de l'âtre ; elle se tourna, et son corps réagit en le voyant, il devint chaud et tendu en un instant.

— Oui.

Il entra dans la pièce en souriant.

— Bienvenue chez moi.

— C'est magnifique, le complimenta-t-elle en balayant l'endroit du regard. As-tu choisi tous les meubles ? C'est tellement… de bon goût.

Il s'arrêta juste devant elle, les yeux brillants de malice.

— À quoi t'attendais-tu ? À des lits d'un mur à l'autre ? la taquina-t-il.

Il rit devant son expression de surprise horrifiée.

— Mes excuses. Je fais cette plaisanterie chaque fois que quelqu'un de nouveau vient me rendre visite, ce qui n'arrive pas souvent, expliqua-t-il, avant de se pencher plus près d'elle. Personne n'ose.

Le pouls de Phoebe s'emballa.

— J'ose.

— Je suis l'homme le plus chanceux du monde.

Il lui prit la main et la souleva, déposant un baiser prolongé sur son poignet. Puis il inspira.

— Tu sens divinement bon. Toujours.

La palpitation insistante qu'il avait fait naître dans son sexe la veille revint en force, la faisant frémir.

— Je suis venue te dire que nous devions annuler nos projets pour ce soir.

— Je suis navré de l'entendre, répondit-il, tirant le bord du gant de Phoebe pour embrasser sa main. Demain, alors.

Elle avait la voix un peu étranglée.

— Non. Non, essaya-t-elle encore. Je crains que cela ne

soit pas possible non plus. Ma mère va séjourner quelques jours chez moi.

Les lèvres de Marcus se figèrent contre sa chair, et il releva la tête, fronçant les sourcils.

— Eh bien, voilà qui est décevant.

Il semblait si désemparé que Phoebe éclata de rire. Qu'aurait-elle pu faire d'autre ?

— Plutôt, oui. J'espère qu'elle sera partie d'ici lundi ou mardi. Mon père ne tiendra pas longtemps sans elle. Ils se sont disputés pour des histoires d'argent.

— Cela n'a pas l'air bon.

Elle secoua la tête.

— Pourquoi t'es-tu arrêté ?

Il baissa les yeux sur sa main.

— Tu veux que je continue ?

Ils étaient seuls. Les plans qu'ils avaient pour plus tard avaient été déjoués. Pourquoi ne pas en profiter dès maintenant ?

— S'il te plaît. Si cela ne te dérange pas.

— Jamais.

Il garda les yeux rivés sur les siens pendant qu'il lui retirait son gant de la main, puis il embrassa sa paume, se servant de sa langue pour en tracer les lignes, l'observant pendant qu'elle le regardait.

Phoebe n'aurait jamais imaginé qu'un acte aussi simple puisse être aussi érotique. Il passa à son autre main, lui retira son gant et recommença à la séduire avec ses lèvres et sa langue. Lorsqu'il avait dit qu'il y avait d'autres choses à faire que des rapports sexuels, cette possibilité ne l'avait même pas effleurée. Et pourtant, elle était là, frémissante et avide de plus.

— Dois-je continuer ? demanda-t-il, le timbre profond de sa voix lui donnant des frissons de désir.

— Oui.

Elle jeta un regard vers la porte ouverte.

Il le remarqua. Lui prenant la main, il l'entraîna à travers la pièce jusqu'à une porte fermée qu'il ouvrit, puis il lui fit franchir le seuil. Il referma la porte avec un déclic sonore, les enfermant dans un espace beaucoup plus petit et plutôt sombre.

— C'est la salle de musique.

Elle regarda autour d'elle et vit un piano, quelques chaises dépareillées et une méridienne.

— Tu ne viens jamais ici.

— Jamais, non. Cette pièce sert de lieu de rangement, ce qui est idéal pour garantir une certaine intimité, lui expliqua-t-il.

Il haussa un sourcil brun en l'attirant contre lui.

— À moins que tu ne préfères que je te porte jusqu'à ma chambre ?

La palpitation dans le sexe de Phoebe s'intensifia. Avant qu'elle puisse répondre, il reprit la parole.

— Peut-être pas aujourd'hui. Après tout, nous prenons notre temps. De plus, je n'ai pas fait tremper de redingote anglaise. Je suppose que tu n'as pas apporté d'éponge ?

Elle secoua la tête, incapable de parler. Il était chaud et solide contre elle, et ses seins la picotaient là où ils se touchaient. Elle n'aurait jamais cru pouvoir ressentir un semblant de plaisir au niveau de ses seins, ou…

Non, elle ne penserait pas à cela.

Submergée, elle se dressa sur ses orteils, enroula ses bras autour de son cou et l'embrassa. Elle était terriblement novice, mais ce qui lui manquait en compétences, elle le compensait par son zèle. Mettant en pratique tout ce qu'elle avait appris de lui, elle ouvrit la bouche et approcha sa langue de ses lèvres. Il l'accueillit avec un doux gémissement, ses bras l'attirant plus étroitement contre lui.

La sensation dans ses seins s'accrut, les rendant lourds

et… sensibles. Elle voulait qu'il les touche. Presque autant qu'elle voulait qu'il touche à nouveau son sexe.

Elle colla sa poitrine contre le torse de Marcus et tira sur ses cheveux tout en inclinant la tête pour introduire sa langue plus profondément dans sa bouche. Il s'écarta, et elle craignit d'avoir fait quelque chose de mal.

— Mon Dieu, Phoebe ! souffla-t-il. Tu es divine. Es-tu prête pour la prochaine étape ?

— Oui. S'il te plaît. Dis-moi quoi faire, lui demanda-t-elle, puis elle jeta son chapeau sans se soucier de l'endroit où il atterrissait. Je veux faire ce que tu as fait pour moi l'autre jour.

Les yeux de Marcus s'assombrirent jusqu'à devenir presque noirs, ses pupilles se dilatèrent.

— Tu veux…, commença-t-il en secouant la tête. Plus tard. Il s'agit d'abord de toi. Toujours.

— Tu ne me touches pas, se plaignit-elle, impatiente de voir en quoi consistait cette nouvelle étape.

Il lui prit la main et la conduisit jusqu'à la méridienne.

— Mes excuses. Peux-tu t'asseoir ?

Elle lui obéit.

— J'aimerais que tu…

Elle s'interrompit. Il s'assit au bout de la méridienne, repliant une jambe sur le coussin pour lui faire face.

— Que veux-tu que je fasse ? Ne sois jamais gênée ou honteuse de demander ce que tu veux, surtout dans la chambre, dit-il, avant de jeter un œil à la pièce. Ou dans la salle de musique et d'entreposage inutilisée.

Elle sourit, puis trouva le courage de dire ce qu'elle désirait.

— Je n'arrive pas à croire que je demande cela, mais j'aimerais que tu touches mes seins. Ils semblent, euh… vouloir que tu le fasses.

Il cligna des yeux, surpris par cette demande.

— Eh bien, je ne voudrais pas te décevoir ni décevoir tes seins. Comment s'ouvre cette robe ?

Elle se retourna pour lui présenter son dos.

— Elle est nouée derrière. Détache-la.

Il tira sur le nœud et elle sentit la robe se détendre au niveau du corsage. Lorsqu'elle se retourna, elle ouvrit le tissu, dévoilant son corset et la chemise en dessous.

Lentement, Marcus leva la main et passa les doigts sur la courbe supérieure de son sein.

— Tu en es certaine ?

Le désir s'installa dans le sillage de son toucher, attisant le feu qu'il avait allumé la veille.

— Oui.

Phoebe leva les mains pour détacher son corset sous les seins.

— Puis-je ?

Il posa les mains sur les siennes et elle le laissa faire.

Il saisit les lacets et les dénoua. Il se pencha en avant et l'embrassa, lui volant son souffle et son équilibre à l'aide de ses lèvres et de sa langue. Elle se sentait à nouveau légère, prête à s'envoler à tout moment. Il tira sur sa chemise et en détacha le haut. L'air frais caressa sa peau nue, puis ses doigts firent de même.

Il caressa doucement sa chair, dessinant des cercles autour de son mamelon, tout en continuant son doux assaut sur sa bouche. Elle gémit de désir alors qu'il se rapprochait du sommet. Elle s'agrippa à ses épaules, le suppliant sans un mot de lui donner ce qu'elle ignorait vouloir.

Sa main se referma brièvement son sein, puis le saisit par en dessous, soulevant le lourd globe. Enfin, le pouce de Marcus glissa sur son mamelon. Elle haleta dans sa bouche, puis gémit lorsque son pouce et son index se refermèrent doucement sur elle. Lorsqu'il tira, tout doucement, elle crut devenir folle.

Soudain, sa bouche n'était plus sur celle de Phoebe. Il embrassait à nouveau sa mâchoire et son cou. Elle aimait le sentir ravir sa chair, comme s'il ne pouvait se rassasier d'elle. Elle remonta les mains dans les cheveux de Marcus, le serrant contre elle, savourant son contact. Il descendit plus bas encore, en léchant sa clavicule, puis en plongeant sur son sein.

Elle inspira brusquement et il s'arrêta. Phoebe resserra les doigts dans ses cheveux.

— Ne t'arrête pas.

Il prit son sein dans sa main et ses lèvres effleurèrent sa peau, laissant dans leur sillage une traînée de chaleur et de désir. Puis sa bouche se posa sur son mamelon, humide et aguicheuse tandis qu'il le suçotait.

Les sensations l'envahirent. Elle ferma les yeux. Une sensation de plénitude s'épanouit et s'étendit comme un champ de fleurs sauvages s'ouvrant au soleil. Le désir, pressant et irrésistible, affluait dans son sexe, grandissant à chaque coup de langue et à chaque caresse de ses doigts.

Elle le serra contre elle, se délectant du plaisir qui montait en elle. C'était exactement comme la veille, son corps se précipitait vers cette magnifique libération.

Il l'allongea sur la méridienne, la poussant doucement sur les coussins. Puis il libéra son sein. Elle ouvrit les yeux et constata qu'il la regardait fixement.

— Tu es d'une beauté insoutenable.

— Vraiment ? Tu ne peux pas le supporter ? demanda-t-elle en attrapant sa chemise. Dois-je me couvrir ?

Il sourit en voyant qu'elle plaisantait.

— Ne t'avise pas de faire ça. Je vais le supporter. Je veux en voir plus. Puis-je ? s'enquit-il en attrapant l'ourlet de sa jupe.

Elle agrippa les plis près de sa taille et remonta le tissu en réponse à sa question.

— C'est ce que tu veux ?

— Plus haut.

Agenouillé entre ses mollets, il scrutait ses jambes tandis qu'elle tirait sur l'étoffe. Comprenant qu'elle pouvait le narguer comme il le faisait avec elle, elle progressa lentement, se dévoilant peu à peu : ses genoux, ses cuisses, plus haut encore, jusqu'à ce que l'ourlet de sa robe lui arrive à la taille.

— Écarte tes jambes.

La voix de Marcus était devenue incroyablement grave, de sorte que ses mots sonnaient comme un ordre.

Elle écarta les cuisses, bougeant lentement à nouveau. Lorsqu'elle crut devoir s'arrêter, elle les ouvrit davantage, jusqu'à ce qu'elle se sente plus exposée qu'elle ne l'avait jamais été dans sa vie. La méridienne n'étant pas assez large, elle laissa ses jambes tomber sur les côtés.

— La perfection, murmura-t-il en se déplaçant entre ses jambes, le regard fixé sur son sexe.

Alors qu'elle le contemplait, encore tout habillé, une mèche sombre retombant sur son front, elle fut subjuguée par sa beauté masculine. Et par le fait qu'elle ne pouvait pas voir grand-chose de lui.

Replaçant la robe à sa taille et repoussant son poids sur le côté, elle se redressa et attrapa sa cravate et la tira de son gilet. Il leva les yeux vers elle tandis qu'elle dénouait la soie et la faisait glisser autour de son cou. Elle la porta à son nez et inspira. Elle sentait tellement comme lui qu'elle aurait voulu ne jamais la lui rendre. Elle la serra dans sa main, puis le regarda retirer sa veste et la laisser tomber sur le sol.

— Le gilet aussi.

À présent, elle parlait comme lui, elle lui donnait des ordres.

Il haussa un sourcil, mais ne dit rien en déboutonnant le

vêtement. Ce jeu était presque aussi excitant que lorsqu'il la touchait.

Le gilet suivit la veste sur le sol. Il grimpa sur la méridienne et elle s'allongea lorsqu'il arriva au-dessus d'elle. Il posa les mains de chaque côté d'elle et l'embrassa, explorant sa bouche avec passion et tendresse. Lorsqu'il s'éloigna, il tira sa lèvre inférieure avec ses dents.

— Est-ce que tu me fais confiance ?

— Oui.

— Bien, dit-il, posant sur elle un regard sombre et séducteur. Rappelle-toi que tout ce que tu ressens et fais est juste. *Tout.*

Il l'embrassa une fois encore avant de reporter son attention sur ses seins. Cette fois, il adopta un rythme fébrile, se servant de ses lèvres, de sa langue et de ses doigts pour taquiner ses mamelons et les transformer en bourgeons durs et douloureux. Elle rejeta la tête en arrière et ferma les yeux, s'abandonnant à son contact. Lorsqu'il la pinça, elle haleta, mais pas à cause de la douleur. Son sexe fut parcouru d'un désir intense.

Comme s'il savait ce qui venait de se produire, Marcus glissa la main entre ses cuisses. Il effleura sa chair brûlante, lentement, tendrement, puis avec plus de détermination, glissant les doigts dans ses boucles pour trouver son clitoris. Quand il appuyait à cet endroit, comme il le faisait maintenant, elle savait qu'elle pouvait s'envoler.

Ses hanches se soulevèrent de la méridienne, et elle gémit.

Puis quelque chose d'humide se posa sur elle. Elle ouvrit les yeux et baissa le regard… sur le sommet de sa tête. Oh, mon Dieu ! Il se servait de sa bouche ! Était-ce correct ?

Rappelle-toi que tout ce que tu ressens et fais est juste.

Elle en déduisit que cela incluait tout ce qu'il lui faisait. Et comment une chose aussi extraordinaire pourrait-elle être mauvaise ? Le désir la fit frémir tandis qu'il explorait son sexe avec sa langue, le léchant, le taquinant. Puis il plongea en elle, comme il l'avait fait la veille avec son doigt.

Elle se cambra, incapable de maîtriser sa réaction. Instinctivement, elle lui saisit la tête. Il agrippa l'une de ses cuisses.

— Enroule tes jambes autour de moi.

Elle ne pouvait pas… mais elle le fit. Ce ne pouvait pas être correct, sauf que ça l'était.

Incapable d'avoir une pensée cohérente, elle se cambra à nouveau ; elle voulait davantage de lui. Et il le lui donna, en plongeant son doigt dans son intimité. Il le fit entrer et sortir pendant que sa bouche conduisait Phoebe au bord de la folie. C'était familier. Le ciel l'appelait. Il lui suffisait de se laisser aller et de prendre son envol.

Il enfonça son doigt au plus profond d'elle, et elle céda, criant à mesure que sa jouissance inondait ses sens. Ses jambes tremblaient autour de lui alors qu'elle se laissait porter par la vague.

Elle ne sut pas combien de temps cela dura, mais il finit par détacher ses jambes de lui et il les étendit à plat sur la méridienne. Phoebe n'entendait plus que les battements de son cœur et de son sang, un rythme staccato de satisfaction et de joie.

— Je ne savais pas que c'était possible.

Elle ouvrit les yeux et le vit debout à côté de la méridienne. Son regard fut aussitôt attiré par l'épais renflement de son sexe qui se pressait contre son pantalon.

La vue du membre long et fin de Sainsbury lui revint à l'esprit. Elle ferma les yeux pour chasser cette image, puis les rouvrit.

— As-tu besoin d'aide pour tes vêtements ? s'enquit Marcus.

C'était un homme si attentionné. Si bienveillant et généreux. Phoebe se redressa et ramena ses jambes du même côté de la méridienne que lui. Puis elle se déplaça jusqu'à se trouver assise juste devant lui.

— Pas encore. Je préfère t'aider avec les tiens.

Il la regarda, fronçant les sourcils, l'air interrogateur.

— Je peux me débrouiller.

— Je sais, mais je crois que j'aimerais bien déboutonner ton pantalon moi-même.

Elle posa la main sur le vêtement et ouvrit le premier bouton.

— *Phoebe*, dit-il, les narines dilatées, posant la main sur la sienne. Pas aujourd'hui.

— Si, aujourd'hui, insista-t-elle.

Elle devait chasser le Brigand de son esprit pour de bon.

— J'ai besoin de le faire. Je me suis dévoilée à toi. Il est temps pour toi de faire de même pour moi.

— Bien, répondit-il d'une voix dure et tendue. Mais tu te contentes de regarder.

Marcus reposa la main de Phoebe sur ses genoux, puis il termina ce qu'elle avait commencé. À chaque bouton qu'il défaisait, le cœur de la jeune femme battait plus vite. Elle fut choquée de sentir le désir l'envahir à nouveau. Le pantalon de Marcus s'ouvrit, mais sa chemise couvrait ce qu'elle essayait de voir. Elle leva de nouveau la main pour déplacer le tissu, mais il le fit à sa place, soulevant la batiste pour exposer son sexe.

Il ne ressemblait en rien à celui de Sainsbury. Il était épais et long, avec un nid de boucles sombres à la base. Sa chair était comme du velours. Elle avait besoin de savoir si elle l'était vraiment.

Elle leva les yeux vers lui, sa voix exprimant une note d'excuse mêlée d'anticipation.

— Je crains de devoir te toucher.

CHAPITRE 10

*n éclair de plaisir traversa Marcus lorsque la main de Phoebe s'enroula délicatement autour de sa chair.

— Tu étais censée juste regarder.

Il articulait les mots avec difficulté, comme s'il était en proie à la torture. Et c'était sans doute le cas. Il s'était efforcé de se maîtriser, d'étouffer ses propres désirs, de les réserver pour une autre fois.

— J'ai essayé, mais tu me donnes bien trop envie de te toucher.

Il faillit rire, mais il ne le pouvait pas pendant qu'il tentait de garder la maîtrise de lui-même. Il avait essayé par tous les moyens d'y aller doucement avec elle.

— Tu n'es pas censée faire ça.

— Tu l'as déjà dit.

Elle fit glisser sa main le long de son sexe, entièrement concentrée sur lui. Il pensait à l'expérience qu'elle avait vécue avec ce brigand de Sainsbury et se sentait terriblement mal de prendre plaisir à cela. Elle n'aurait pas dû faire cela. Pas encore.

— Phoebe…

— Ne me dis pas de m'arrêter, l'interrompit-elle.

Elle marqua une pause en ramenant sa main jusqu'au sommet et posa sur lui ses yeux verts, sombres et magnifiques.

— À moins que tu ne veuilles vraiment que je m'arrête. Je veux te toucher. J'*aime* te toucher. En fait, j'envisage de poser ma bouche sur toi. Est-ce une chose qui se fait ?

Bon sang.

— Oui, cela se fait. Mais tu ne…

Il ne réussit pas à prononcer les mots suivants, car elle avait repoussé son prépuce et posé ses lèvres sur le sommet de son sexe, qu'elle embrassait. Puis sa bouche descendit sur le côté, laissant sa douceur le taquiner et l'amadouer. Comme s'il avait besoin d'aide pour atteindre le bord de l'extase.

— Tu devrais sans doute me dire quoi faire, lui dit-elle entre deux baisers. Sinon, je vais devoir inventer.

— Tu te débrouilles très bien jusqu'à présent.

Le corps de Marcus, tendu par le désir, frémit lorsqu'elle l'effleura timidement avec sa langue. Il lui caressa l'arrière de sa tête.

— Oui !

— Oui ? répéta-t-elle, puis elle se servit davantage de sa langue, pour lécher toute sa longueur.

Il gémit, ne sachant pas combien de temps il allait tenir. Et il ne voulait pas la surprendre ou la dégoûter, compte tenu de ce qu'elle avait enduré auparavant.

— Phoebe, à un moment donné, je vais jouir.

Elle bascula la tête en arrière et le regarda à nouveau.

— Dans ma bouche ?

Oh, bon sang ! Voulait-elle qu'il le fasse ? Non. Il en était absolument hors de question.

— Pas aujourd'hui, répondit-il, puis il repéra sa cravate à côté d'elle sur le sol. Donne-moi ma cravate.

Elle s'exécuta, puis le caressa en abaissant à nouveau la tête.

— Tu me diras quand ?

— Oui.

Sa réponse s'étira sur sa langue au moment où elle le reprenait dans sa bouche.

— *Phoebe.*

Il empoigna doucement les cheveux de la jeune femme, veillant à ne pas basculer les reins vers elle. C'était incroyablement difficile.

La langue de Phoebe tourbillonnait sur sa chair, et il faillit se perdre. Puis elle le suça, lui arrachant un gémissement sonore tandis que sa main caressait sa verge de haut en bas. Il n'allait pas tenir longtemps. Si elle le prenait plus loin dans sa bouche, il était fichu.

Elle le prit plus loin dans sa bouche.

Le tenant fermement, elle descendit ses lèvres sur lui, aplatissant la langue. Sa bouche et sa main se resserrèrent autour de lui. Ses bourses se contractèrent et il haleta.

— Phoebe. Bouge. Juste un peu.

Il ne pouvait s'en empêcher. C'était ce qu'il voulait d'elle. Il en avait besoin.

Elle remonta jusqu'à l'extrémité, puis redescendit sur lui, engloutissant sa chair. Il la regarda le sucer, la main autour de son sexe, et il sut que la fin était proche.

Il ferma les yeux et se laissa aller le temps d'un coup de reins ou deux. Trois… Quatre… C'était fini. Il se libéra de sa bouche et se tourna, s'enfouissant dans sa cravate qu'il tenait à la main au moment où son orgasme le submergeait. Il grogna, son corps tremblant sous la puissance de son extase.

Lorsqu'il parvint à reprendre ses esprits, il ouvrit les yeux. Il se nettoya puis roula la cravate en boule et la jeta sur l'une des chaises. Puis il reboutonna son pantalon avant de se retourner vers elle.

Phoebe était assise au bord de la méridienne ; elle avait remis sa robe en place et luttait pour nouer les liens dans le dos.

— Tiens, laisse-moi faire, lui proposa-t-il.

Elle se leva et lui présenta son dos. Il la rhabilla avec soin.

— C'est fait.

Elle se tourna vers lui, les joues rougies, le regard brillant de satisfaction.

— J'espère que ce que j'ai fait ne te gêne pas.

— Bien au contraire, je traverserais le feu pour revivre cette expérience.

Et pas seulement pour la satisfaction physique. Plus que cela, c'étaient sa générosité et sa douceur qui l'envoûtaient.

Elle éclata de rire.

— Je ne pense pas que cela soit nécessaire, répondit-elle, puis son regard se posa sur le col ouvert de sa chemise. La prochaine fois, tu devrais retirer ta chemise.

La prochaine fois…

— J'en serai heureux. Peu importe quand cela se produira.

— Avec un peu de chance, ma mère ne restera pas chez moi plus de quelques jours. Soit mon père revient à la raison et renonce à son projet de placement, soit ma mère s'avoue vaincue et rentre à la maison. J'espère que la première hypothèse se produira.

Marcus se pencha pour ramasser son gilet, puis l'enfila.

— Pourquoi cela ? Y a-t-il quelque chose qui ne va pas dans son projet ?

— Il a perdu de l'argent sur deux placements antérieurs avec cette même personne.

Phoebe commença à boutonner son gilet pour lui. C'était une tâche plutôt intime qu'aucune autre femme n'avait accomplie pour lui. Curieusement, il aimait cela.

— As-tu déjà entendu parler de rencontres nocturnes à Leicester Square dans le but de faire des placements ?

Marcus se figea. Il posa les mains sur celles de Phoebe tandis qu'elle attachait le dernier bouton.

— Leicester Square ?

Elle acquiesça.

— Ma mère m'a dit qu'il allait rencontrer un homme là-bas. Ce n'est absolument pas ainsi que je gère mes propres placements.

Il lui prit les mains et pinça les lèvres.

— Phoebe, cela ne semble pas être une bonne stratégie, surtout s'il a déjà perdu de l'argent sur des placements antérieurs. Tu as dit que c'était avec la même personne ?

Marcus devait retrouver son fichu cousin.

— Je crois que oui. Ma mère ne connaissait pas son nom, alors je ne peux pas l'affirmer.

Marcus la regarda avec insistance.

— Tu dois lui dire de ne pas investir.

— Je ne pense pas qu'il m'écoutera, répondit-elle d'un ton ironique. J'ai essayé de leur offrir mon aide quand j'ai appris qu'ils avaient des problèmes financiers. Sa fierté l'empêche d'accepter.

L'imbécile. Marcus ne pouvait pas rester sans rien faire pendant qu'il perdait encore de l'argent.

— Je crois que l'homme qu'il rencontre à Leicester, ou plutôt l'employeur de cet homme est un escroc.

Phoebe inspira brusquement.

— Tu as entendu parler de lui ? l'interrogea-t-elle, avant de plisser les yeux. Est-ce le même homme qui a dupé le père d'Arabella et l'ancien duc de Halstead ?

— Tu es au courant de cela ?

Il lâcha les mains d'Arabella et souffla. Puis il se tourna pour ramasser sa veste.

— Malheureusement, l'escroc est mon cousin.

Elle lui toucha le bras.

— L'homme avec qui tu t'es battu dans le parc le jour de notre rencontre ?

— Oui, confirma-t-il, puis il laissa échapper un petit rire ironique. C'est une vraie crapule, mais si je ne m'étais pas battu avec lui ce jour-là, je ne t'aurais pas rencontrée.

Ses lèvres se courbèrent en un sourire sensuel.

— Alors il n'est pas complètement horrible.

— Oh, je crains bien que si. Il a disparu. Je tente désespérément de le retrouver, de l'arrêter. Aujourd'hui, c'est plus important que jamais.

Elle se rapprocha de lui et passa les bras autour de sa taille.

— Merci. Je vais essayer de dissuader mon père de le faire.

Marcus détestait le fait qu'il ait déjà perdu de l'argent au profit de Drobbit. Il ne pouvait pas laisser une telle chose se reproduire. Seulement, cela semblait imminent. Ce qui voulait dire…

— Si ton père a l'intention de faire un autre placement, il saura où trouver mon cousin, ou au moins son assistant, Osborne.

Phoebe leva les yeux vers lui et haussa les épaules.

— Sans doute ? Je pourrais essayer de le découvrir, si cela peut t'aider.

— Oui, cela m'aiderait, merci. Je dois mettre un terme aux méfaits de Drobbit.

Phoebe ramena ses mains sur le torse de Marcus. Elle les glissa ensuite dans le col de sa chemise, pour que ses mains nues soient contre sa chair. Le désir monta à nouveau en lui. Il était navré qu'elle doive partir.

Pour accentuer ce sentiment, elle se dressa sur ses orteils et l'embrassa, ses lèvres et sa langue le taquinant jusqu'à ce qu'il atteigne une demi-érection, comme s'il ne venait pas de se délecter d'une puissante jouissance peu de temps avant. Ce fut elle qui mit fin à l'étreinte, s'écartant de lui, le regard brûlant de désir.

— Je dois rentrer chez moi.

Il n'avait qu'une envie : l'emmener à l'étage dans sa chambre et l'enfermer avec lui pour le reste de la journée. Pour toujours, peut-être. Il se pencha pour récupérer les gants de Phoebe qu'il avait laissés tomber après leur arrivée dans cette pièce. Puis il récupéra son chapeau.

— Oui. Tiens-moi informé de la présence de ton invitée.

Elle rit doucement.

— Je le ferai, le rassura-t-elle, puis elle jeta un coup d'œil à sa veste en lui prenant ses gants. Je ne crois pas que tu puisses t'habiller correctement vu l'état de ta cravate.

— Non.

Il sourit, puis se tourna pour ouvrir la porte du salon. Il la tint pour elle.

— Après toi.

Elle passa devant lui, puis attendit qu'il la suive.

— En voyant ton… état, tes domestiques ne vont-ils pas en déduire ce que nous venons de faire ?

Probablement, mais il s'en moquait.

— Peut-être. Ils sont incroyablement discrets.

— Parce que tu amènes régulièrement des femmes ici.

Les mots suffisaient à le refroidir, mais elle le dit de manière si pragmatique qu'il tressaillit.

Il se rapprocha.

— Non.

Il avait toutefois organisé à l'occasion des fêtes qui comportaient souvent des activités sexuelles. Quelques semaines plus tôt, il avait organisé une fête avec des courtisanes dans le but d'attirer Drobbit et Osborne. Cela avait fonctionné. *Bon sang !* Il serait prêt à recommencer, mais comme Drobbit savait qu'il était au courant de ses manigances, Marcus ne pensait pas que son cousin s'approcherait à moins de trente mètres de sa maison.

— Pour être juste, tu ne m'as pas amenée ici non plus.

Il lui prit la main.

— Phoebe, je ne peux pas prétendre que je n'ai pas été avec d'autres femmes. Tu connais ma réputation. Elle n'est pas infondée.

— Y en a-t-il maintenant ? D'autres femmes ?

— Non.

Et il n'y en avait jamais eu une comme elle. Une vierge avec laquelle il envisageait d'avoir une liaison. Mais, en réalité, n'avaient-ils pas déjà une liaison ? Il baissa les yeux sur elle, sans ciller.

— Il n'y a que toi.

Les yeux de Phoebe s'illuminèrent de plaisir.

— Tant mieux. Je n'aime pas partager.

Il l'attira contre son torse.

— Moi non plus.

Il l'embrassa, revendiquant sa bouche avec appétit et affirmant son intention de la prendre, elle, et personne d'autre.

Après plusieurs minutes, ils se séparèrent, et elle reposa sa tête contre sa poitrine en soupirant.

— Je dois vraiment y aller. Mon chapeau ?

Elle lui échangea ses gants contre son chapeau, et une fois ce dernier fixé sur sa tête, elle reprit les gants et les enfila rapidement. Il lui offrit son bras et la raccompagna dans le vestibule.

— Je te ferai savoir quand j'aurai parlé à mon père.

— D'accord.

Il résista à l'envie de l'embrasser à nouveau. Au lieu de cela, il l'observa pendant qu'elle partait et ne ferma pas complètement la porte jusqu'à ce qu'elle soit dans son carrosse et qu'il se soit éloigné.

Lorsqu'il se retourna, il vit Dorne qui l'observait avec une expression particulière.

— Quoi que vous pensiez, gardez-le pour vous.

Le majordome inclina la tête.

— Bien sûr, my lord. Puis-je dire que Mlle Lennox semble charmante ?

— Elle l'est.

Elle était également intelligente, pleine d'esprit, délicieuse, généreuse et c'était un vrai plaisir de passer du temps avec elle. Et les choses qu'elle pouvait faire avec sa langue…

Marcus se précipita dans l'escalier pour aller chercher ses vêtements abandonnés dans la salle de musique. Une fois là, il fut assailli par l'odeur musquée de leurs ébats. Il s'attarda.

Quand il sortit enfin, il pensa à Drobbit et à l'urgence qu'il y avait à l'arrêter. Il était temps de raconter tout ce qu'il savait à Harry. Et au diable son cousin.

Et quand il mettrait la main sur lui, il regretterait beaucoup d'avoir choisi le père de Phoebe comme prochaine victime.

~

*A*près trois jours passés avec sa mère à demeure, Phoebe était à bout de nerfs. Elle avait pris conscience que l'une des choses qu'elle aimait le plus dans sa vie indépendante était qu'elle n'avait pas à vivre avec ses parents.

Sa mère avait pris ses quartiers dans la salle jardin, l'endroit préféré de Phoebe. Elle y prenait son petit déjeuner, y lisait le journal, déjeunait, faisait ses travaux d'aiguille, écrivait sa correspondance et parlait. Et encore. Phoebe avait oublié à quel point sa mère aimait parler.

Et puis, il y avait le fait qu'elle ne pouvait pas poursuivre sa liaison avec Marcus. Elle avait envisagé de lui rendre une nouvelle visite, en racontant à sa mère qu'elle allait voir Lavinia. Mais cette idée était tombée à l'eau lorsque Lavinia avait commencé à accoucher l'avant-veille. Beck et elle étaient désormais les heureux parents d'un petit garçon.

Ensuite, Phoebe avait envisagé de dire qu'elle rendait visite à Jane. Avant qu'elle puisse le faire, cette dernière et sa mère étaient arrivées. Sa mère les avait conviées, à l'insu de Phoebe. Elle commençait à avoir l'impression que sa maison n'était plus vraiment la sienne.

Le pire, c'était que sa mère l'avait traînée à l'église la veille, dans l'espoir de voir son père. Il n'était pas venu. Cependant, beaucoup d'autres personnes étaient présentes, et Phoebe avait été très consciente des regards moqueurs et des murmures. Sa mère, pour sa part, n'avait pas paru s'en préoccuper, et sa fille lui en était reconnaissante.

Elle était donc là, dans la maison de ses parents, dans l'espoir de convaincre son père de faire amende honorable.

Foster l'accueillit et lui demanda aussitôt comment allait sa mère.

— Elle va très bien, dit Phoebe. Mais, mon père lui manque.

Bien qu'elle soit encore en colère, il était clair, au vu du temps qu'elle passait à parler de lui, qu'elle était prête à rentrer chez elle. Même si elle ne s'en rendait pas compte.

— Je suis venue voir si je ne pouvais pas trouver un moyen d'arranger les choses entre eux. Pourriez-vous dire à mon père que je suis ici ?

— Il est en réunion, mais je vais le prévenir, répondit Foster. Voulez-vous attendre dans le salon ?

— Oui, merci.

Avant qu'elle se tourne, Foster ajouta :

— Je sais que vous avez cherché à savoir comment Harkin et Meg s'en sortaient depuis qu'elles ont été congédiées. Toutes deux ont trouvé un poste. Harkin est devenue femme de chambre chez lady Knox, et Meg travaille chez… euh… M. Sainsbury.

Il détourna le regard, légèrement gêné, en prononçant le nom de Sainsbury. Le ventre de Phoebe se noua.

— Je suis heureuse de l'apprendre pour Harkin.

— Mais pas à propos de Meg ? demanda Foster, fronçant les sourcils. Devrions-nous nous inquiéter de son emploi ?

— Je suis sûre que tout va bien, répondit Phoebe, s'efforçant d'afficher un mince sourire

Elle s'en assurerait auprès de Meg.

Phoebe prit la direction du salon, l'esprit en ébullition. Elle faillit heurter un homme qui venait apparemment de quitter le bureau de son père. Il était très grand et portait une canne.

— Pardonnez-moi, dit-il d'une voix grave avant de poursuivre son chemin.

S'arrêtant sur le seuil du salon, elle le regarda se diriger vers le hall d'entrée. Puis elle se retourna et fit le tour de la pièce en attendant son père. À mi-parcours, elle fronça les sourcils, remarquant qu'il manquait quelques objets.

Son père entra, donnant l'impression qu'un nuage sombre le suivait. Son front était marqué de plis profonds, et ses sourcils formaient un angle net au-dessus de ses yeux noisette.

— Ta mère est-elle avec toi ?

— Non. Papa, as-tu vendu certains objets, comme la boîte en argent qui se trouvait sur le manteau de la cheminée ?

— Cela ne te regarde pas.

Phoebe croisa les bras.

— Qui était l'homme que j'ai vu sortir de ton bureau ?

— Cela ne te regarde pas non plus.

Elle fronça les sourcils.

— Je m'inquiéterai toujours pour toi. Et pour maman. Elle doit rentrer à la maison.

— En a-t-elle envie ?

— Bien sûr, répondit Phoebe, qui en était intimement convaincue. Tout comme tu as envie qu'elle revienne.

— Va-t-elle me sermonner sur ce que je fais de mon argent ?

Phoebe décroisa les bras et fit quelques pas vers lui.

— Serait-ce si terrible qu'elle le fasse ? Papa, elle craint de perdre encore de l'argent dans ce projet de placement fou.

— Elle a dit que c'était fou ?

— Non. J'ai exagéré.

Et elle n'aurait pas dû. Pas avec lui, et pas maintenant.

— Elle a le droit d'être inquiète. Deux de tes placements ont échoué, tu vends des choses, et tu as dû te séparer de certains domestiques. Il n'y a pas de honte à admettre que les choses ne se sont pas déroulées comme prévu. Si tu dois faire un placement, fais quelque chose de différent. Ne fais pas appel à cette même personne.

Les yeux de son père brillaient de colère.

— Je ferai ce que je veux.

Phoebe savait que l'homme qu'elle avait croisé n'était pas le cousin de Marcus. Elle l'avait vu dans le parc le jour de leur rencontre, et si elle se souvenait bien, Drobbit était petit et trapu.

— Le nom de cet homme était-il Osborne ? Si c'est le cas, il travaille pour un homme appelé Drobbit. Je sais de source sûre que c'est un escroc.

Les yeux de son père s'écarquillèrent brièvement, puis son masque morose reprit sa place.

— Non. Comme je l'ai dit, rien de tout cela ne te concerne. Dis à ta mère que je fais un autre genre de placement… avec l'homme que tu as vu. Il est plus sûr et ne peut pas échouer.

Phoebe savait qu'elle ne devait pas le croire, mais aussi qu'il ne servait à rien de continuer à discuter avec lui.

— D'accord. Je le lui dirai.

Cela suffirait à la persuader de rentrer à la maison.

— Elle ne te manque pas, papa ?

Il grogna, mais elle vit son expression s'adoucir.

— C'est calme ici.

— Je n'en doute pas, dit-elle avec humour. Au contraire de ma maison.

— Est-ce la raison pour laquelle tu vis seule ?

Elle nota la pointe d'humour dans la question et fut si heureuse de l'entendre qu'elle crut qu'elle allait éclater de rire.

— C'est un secret que je ne révélerai jamais, dit-elle en souriant, lui adressant un clin d'œil. Et si je demandais à la cuisinière de préparer son dessert préféré ? Je l'amènerais à temps pour le dîner.

— Resteras-tu aussi ? Pour le dîner, j'entends.

Phoebe savait qu'il espérait qu'elle rentrerait à la maison et qu'elle resterait, jusqu'à ce qu'elle se marie. Mais peut-être, juste peut-être, commençait-il à accepter les choix qu'elle avait faits. Pendant un bref instant, elle se demanda si sa mère ne lui avait pas parlé du Brigand, mais elle se rendit compte qu'il ne l'aurait pas bien pris.

— Bien sûr. Je vais aller voir la cuisinière.

Son père sembla soulagé, ses épaules s'affaissèrent et son corps se détendit. Phoebe s'arrêta en passant à côté de lui, lui touchant doucement le bras. Puis elle poursuivit son chemin et descendit aux cuisines pour parler à la cuisinière.

Peu de temps après, alors qu'elle montait dans sa calèche, elle se laissa aller contre la banquette avec un sourire. Sa mère allait sûrement rentrer chez elle. Marcus pourrait donc venir ce soir-là. Elle lui enverrait une note dès son retour chez elle.

Elle songea à l'homme à la canne et se demanda s'il pouvait s'agir d'Osborne. Elle poserait la question à Marcus.

Phoebe serait en mesure de le décrire : l'homme était presque anormalement grand.

En supposant qu'il s'agisse d'Osborne, elle pourrait essayer d'aider Marcus à le retrouver. Son père devait sûrement être en mesure de communiquer avec lui. Elle pourrait lui raconter qu'elle souhaitait rencontrer cet homme au sujet de placements. Si c'était sûr et garanti, il ne verrait aucun inconvénient à l'aider. Et si ce n'était pas le cas ?

Elle pinça les lèvres en réfléchissant à la manière d'aider Marcus. Peut-être y avait-il quelque chose dans le bureau de son père qui pourrait les mener à Drobbit ou Osborne. Elle trouverait sûrement l'occasion d'aller fouiller… oui, cela semblait être la meilleure chose à faire. Elle espérait seulement dénicher quelque chose d'utile pour Marcus.

Il serait ravi. Elle mourait d'impatience de le voir.

CHAPITRE 11

*U*ne vague d'énergie traversa Marcus lorsqu'il entra chez White. Il venait rarement, mais c'était la quatrième soirée consécutive qu'il se retrouvait là. Il espérait sincèrement que Sainsbury se présenterait enfin.

Une fois son but atteint, Marcus passerait à quelque chose d'encore mieux : aller chez Phoebe.

Sa note reçue dans l'après-midi avait été une bonne surprise. Enfin, sa mère rentrait chez elle. Il sourit en pensant à ce qu'elle avait écrit : *Tu es cordialement invité à me rejoindre à minuit à des fins de ravissement.*

Il avait du mal à se concentrer sur son affaire, mais il était assez motivé par sa cause. Il entra dans la salle principale et chercha sa proie du regard. L'apercevant près du centre de la pièce, Marcus sentit son pouls s'emballer. *Enfin, bon sang !*

Marcus entreprit de se frayer un chemin parmi les gentlemen rassemblés, avançant lentement pour échanger des politesses, de peur qu'il ne devienne évident qu'il était investi d'une mission bien précise. Il était là pour punir Sainsbury de toutes les manières possibles. Il aurait défié le Brigand en duel si cela n'avait pas eu de conséquences pour Phoebe.

Quelle raison Marcus pourrait-il invoquer pour exiger satisfaction, à part la venger ?

Il lutta de toutes ses forces pour ne pas foncer vers Sainsbury et le mettre à terre. Le frapper si fort qu'il ne pourrait plus jamais se relever.

Pendant un instant, Marcus se figea. Autour de lui, l'agitation de la salle s'arrêta et le son disparut. Ce n'était pas lui. Il ne laissait pas ses émotions le dominer. Jamais.

Tout se remit en marche dans un tourbillon de bruits et de lumières. Il s'approcha de Sainsbury, assez près pour l'entendre parler.

— J'aimerais qu'elle ait plus de choses à empoigner, si vous voyez ce que je veux dire.

Sainsbury, un homme de taille moyenne avec un petit nez et un menton prononcé, leva les mains et mima le geste d'attraper les seins d'une femme pour préciser sa pensée, sous les ricanements de ceux qui l'entouraient.

— Néanmoins, elle est particulièrement docile, ce qui est un trait de caractère bien plus important.

Il repoussa une mèche de cheveux blond foncé sur le côté de sa tête. Sa remarque fut accueillie par des hochements de tête dans son petit cercle. Marcus serra les poings. Il resta en retrait et écouta.

— Je suis d'accord, dit un autre homme.

— Ma femme est bien élevée, elle fait exactement ce qu'elle doit faire.

— Vas-tu lui faire ta demande, alors ? s'enquit un deuxième homme, qui regardait Sainsbury avec impatience.

— Pas encore, mais j'y pense, répondit-il avant de jurer à mi-voix, puis de rire. Maintenant, vous allez tous répandre des rumeurs, et je vais être traîné devant l'autel.

Marcus ricana intérieurement. C'était sans doute le seul moyen pour lui d'y aller. Si quelqu'un était assez stupide pour en prendre la peine.

— Nous ne dirions jamais rien qui puisse te faire passer la corde au cou, dit le premier homme en posant la main sur l'épaule de Sainsbury. Surtout après la façon dont tu as été lamentablement maltraité la dernière fois. Tu dois veiller à choisir judicieusement.

Marcus fut pris d'une envie irrésistible de frapper cet homme pour avoir simplement parlé de Phoebe comme d'un choix peu judicieux. Bon sang ! Ce n'était pas qui il était. Peut-être devrait-il s'en aller. Elle l'attendait... ou elle l'attendrait bientôt.

— *Effectivement*, j'ai été maltraité, mais ne vous inquiétez pas. J'ai obtenu au moins un petit quelque chose d'elle.

Sainsbury s'esclaffa, une lueur de fierté écœurante dans le regard. Marcus avait hâte de la ternir. C'était son moment. Il fit semblant de trébucher, tombant sur l'un des compagnons de Sainsbury. Ce qui attira l'attention de tous ceux qui se trouvaient à proximité.

Marcus se redressa.

— Mes excuses. Vous ai-je entendus parler des fiançailles prochaines de Sainsbury ? demanda-t-il tout fort.

— Non, dit Sainsbury, haussant les sourcils au-dessus de ses yeux plissés.

— Je me suis trompé, dit Marcus avec un sourire neutre. Vous discutiez donc de vos prouesses en matière de séduction ?

L'un des hommes ricana. Les lèvres minces de Sainsbury se relevèrent en un sourire.

— Oui, c'était ça.

Marcus adopta une expression pensive.

— Comme c'est curieux. J'ai cru comprendre que vous n'étiez pas capable de faire vos preuves dans certains des meilleurs bordels de Londres.

Les yeux de Sainsbury s'assombrirent et devinrent presque noirs lorsqu'il lança un regard meurtrier à Marcus.

— C'est un foutu mensonge, Ripley !

— Comment pourriez-vous le savoir ? s'enquit l'un des autres hommes en se tournant vers Marcus.

Il était très jeune et ne se rendait sûrement pas compte de la stupidité de sa question. En riant, Marcus lui donna une tape dans le haut du dos.

— Vous ne devez pas connaître ma réputation. Je connais bien les meilleurs bordels de Londres. Qui leur rend visite et à quelle fréquence, et si les invités sont appréciés, expliqua-t-il en adressant un clin d'œil au jeune homme. Je suis *très* apprécié et j'entends donc de nombreuses comparaisons.

Autour du cercle intérieur, les hommes ricanèrent. Quelqu'un poussa l'épaule de Marcus, hilare.

— Alors, Sainsbury a une branche cassée ? demanda quelqu'un derrière l'homme en question.

Marcus haussa une épaule.

— Cela semble être le cas d'après ce que j'ai entendu, de plusieurs sources d'ailleurs.

Les lèvres de Sainsbury blanchirent et disparurent pratiquement dans son menton trop long.

— Soyez maudit, Ripley. C'est un foutu mensonge ! Je devrais vous défier en duel !

Marcus fit un pas vers lui, sans prendre la peine de masquer la haine dans son regard.

— Faites ce que vous avez à faire.

S'il te plaît, fais-le. Il retint son souffle.

Plutôt que d'exiger satisfaction, Sainsbury s'avança et balança son poing vers la joue de Marcus. Celui-ci leva le bras pour se défendre et tourna la tête, mais l'autre était rapide, et il toucha sa chair en lui assénant un coup près de l'œil.

Tournant sur lui-même, Marcus passa à l'offensive et planta son poing dans le ventre de Sainsbury, avant de lui asséner un coup à la mâchoire. L'autre homme tenta d'esquiver, mais, cette fois, Ripley fut plus rapide.

Les gentlemen autour d'eux s'écartèrent, leur laissant un large espace. Avec un cri, Sainsbury se rua sur Marcus, l'entoura de ses bras et le fit tomber au sol.

Ce dernier, plus grand et plus fort, roula pour se retrouver sur son agresseur. Sous le manteau de l'homme, une forme volumineuse se pressait contre la jambe de Marcus. Était-ce un pistolet ?

Pris au dépourvu, il ne bloqua pas le coup de son adversaire, dont le poing l'atteignit dans le flanc. En grognant, il se dégagea de lui et Sainsbury en profita pour lui porter un autre coup sur la tempe.

Une vague de fureur submergea Marcus. Serrant les dents, il tourna sur lui-même et frappa Sainsbury dans le nez. Un claquement satisfaisant se fit entendre, et du sang jaillit du visage de l'homme.

Des mains tirèrent Marcus sur ses pieds.

— Viens.

La voix était familière. Marcus tourna la tête et vit Anthony qui le regardait d'un air sombre. Son ami l'entraîna à travers la foule et hors du club.

— D'habitude, ce n'est pas moi qui te sauve.

Respirant fort, Marcus s'efforça de retrouver son calme tandis qu'ils remontaient St James Street en s'éloignant de chez White. Tout ne s'était pas déroulé comme il l'avait prévu, mais il ressentait une satisfaction euphorique. Pendant un instant, il avait cru devoir se battre en duel à l'aube. Il était légèrement déçu que ce ne soit pas le cas.

— Je suis heureux que tu me parles à nouveau, dit Marcus. T'ai-je souvent secouru ?

— Il y a eu le bal masqué, et oui, au moins deux autres occasions où tu m'as tiré d'une situation qui aurait pu se détériorer.

Oui, quand il était bien trop ivre.

— Apparemment, c'est à ton tour, constata Marcus.

— Je suis ravi de te rendre la pareille. Puis-je te raccompagner ?

— Non. Mais j'ai besoin d'un fiacre.

— Je vais en héler un, lui proposa Anthony.

Il s'exécuta, puis regarda Marcus.

— Où vas-tu ?

— Cavendish Square.

Anthony donna l'adresse au cocher, puis monta dans le véhicule à la suite de son ami.

— Pourquoi viens-tu ? s'enquit Marcus.

Anthony haussa les épaules en s'adossant au siège.

— Je suis curieux de savoir où tu vas. Enfin, pas vraiment. Mais si, quand même. Mais ce n'est pas pour cela que je suis là. Qu'est-ce que c'était que ça ?

— Sainsbury m'a attaqué

— Parce que tu as dénigré sa virilité. La plupart des hommes t'auraient attaqué.

Les endroits où Sainsbury l'avait frappé commençaient à lui faire mal, en particulier le premier coup près de son œil. Il leva la main et toucha l'endroit avec une légère grimace.

— Attention, tu saignes.

Vraiment ? *Bon sang !* Phoebe allait devoir le soigner à nouveau. Cela lui rappela leur rencontre et à quel point elle l'avait enchanté à ce moment-là.

— C'était étrange de ta part de faire une chose pareille, constata Anthony, attirant de nouveau l'attention de Marcus sur l'altercation. Et même, il est étrange que tu sois allé chez White.

— Tu n'as pas non plus l'habitude de t'y rendre, remarqua Marcus.

— Pas souvent, mais de temps en temps.

Il sembla vouloir ajouter quelque chose, mais regarda par la vitre à la place.

White était le club du père d'Anthony. C'était peut-être pour cette raison qu'il s'y rendait encore à l'occasion. Marcus n'allait pas lui poser la question : ils réussissaient très bien à esquiver toute discussion sérieuse sur ses parents.

Alors qu'ils remontaient Bond Street, Anthony reprit la parole.

— Sainsbury saignait bien plus que toi. Tu as dû lui casser le nez.

— Oui. Il le méritait.

Et plus encore. Anthony lui lança un regard provocateur.

— Cela aurait-il un rapport avec Mlle Phoebe Lennox, qui était autrefois fiancée à Sainsbury ? Et qui habite Cavendish Square ? ajouta-t-il en constatant que son ami ne répondait pas.

Marcus reporta son attention sur les boutiques qui défilaient derrière la vitre pendant que le fiacre roulait.

— Et avec qui as-tu pique-niqué à Richmond ? insista Anthony.

— Qui dit que nous avons fait cela ?

— Tu ne prêtes vraiment pas attention aux commérages, n'est-ce pas ? Tu devrais peut-être le faire. Tout le monde sait pour votre pique-nique.

Tout le monde ? Si tout le monde le savait, ils allaient devoir faire preuve d'une grande prudence dans leur liaison. Sinon, tout le monde l'apprendrait aussi. Il fixa un regard insistant sur son ami.

— Ne dis à personne où je me rends ce soir.

— Je ne ferai jamais une chose parcille. Avez-vous une liaison ?

Marcus ignora la question et regarda par la vitre.

— Je ne dirai pas un mot, le rassura Anthony. J'espère que tu ne t'es pas fait un ennemi de Sainsbury. Il a un méchant caractère. Je l'ai vu perdre aux cartes il y a quelque temps. C'était moche. Il a même brandi un pistolet avant qu'un de ses camarades ne l'éloigne.

Il avait aussi un pistolet à l'époque ? Cet homme était dangereux.

— Il s'est déjà fait un ennemi de moi. Et puisque je lui ai cassé le nez, je m'attends à ce qu'il se tienne à l'écart de moi.

Le véhicule s'arrêta à Cavendish Square.

— Il le fera s'il possède ne serait-ce qu'une once d'intelligence, ajouta-t-il.

— Malheureusement, tu le surestimes peut-être.

Marcus ouvrit la portière du fiacre.

— Je peux prendre soin de moi, dit-il, puis, une fois dans la rue, il leva les yeux vers Anthony. Merci pour ta discrétion.

Anthony inclina la tête et Marcus referma la portière. Il entendit le fiacre s'éloigner alors qu'il se dirigeait vers l'allée qui le mènerait à l'arrière de la maison de Phoebe.

Comme prévu, la porte du jardin n'était pas verrouillée. Il se glissa à l'intérieur et referma derrière lui. Il prit une bougie sur une table et grimpa l'escalier aussi silencieusement que possible. Il arriva au deuxième étage et trouva facilement sa chambre, dont la porte était légèrement entrouverte, comme il s'y attendait.

Il franchit le seuil et elle le rejoignit immédiatement, son visage s'illuminant d'un sourire éclatant. Qui disparut sitôt qu'elle s'approcha.

Elle inspira brusquement et fronça les sourcils, les yeux rivés sur sa tempe.

— Pourquoi saignes-tu encore ?

~

*D*u sang s'écoulait d'une petite blessure sur sa tête. Ou avait coulé. Il semblait à peu près sec maintenant.

— Viens t'asseoir.

Elle lui prit la main et le conduisit à travers le salon jusqu'à sa chambre à coucher.

— C'est très… rose, remarqua-t-il en regardant autour de lui.

— C'est ma couleur préférée.

Elle le poussa gentiment sur un fauteuil près de l'âtre, où brûlaient quelques braises. Puis elle se tourna et se dirigea vers la commode sur laquelle se trouvaient une aiguière et une bassine. Elle prit un linge dans le tiroir du haut, versa de l'eau dans la bassine et le mouilla avant de revenir auprès de lui.

— Avec qui t'es-tu battu cette fois ? lui demanda-t-elle en nettoyant le sang séché.

— Personne. Je me suis cogné la tête en entrant dans un fiacre.

Elle recula et le fixa du regard un instant, comme si elle essayait de déterminer s'il disait la vérité. Sans rien dire, elle se remit à s'occuper de sa tête. Elle appuya fort, et il grimaça.

— Ça s'est remis à saigner, dit-elle d'une voix douce. Je vais garder le linge ici un moment.

— Tu es une excellente infirmière.

— Tu saignes trop.

Il éclata de rire.

— Peut-être que je me blesse volontairement pour obtenir tes attentions.

— C'est insensé, je ne vais donc même pas y répondre.

Elle retira le linge et examina sa tête.

— De quoi cela a-t-il l'air ? s'enquit Marcus.

— Ce n'est pas aussi terrible que la première fois.

— Parfait. Non pas que j'aurais laissé cela me freiner ce soir.

Elle rapporta le linge vers la commode et le posa à côté de la bassine. Lorsqu'elle se tourna, elle le regarda retirer ses bottes et les poser à côté de la chaise. Ses chaussettes suivirent, elle fut récompensée par la vue de ses pieds nus, plutôt grands. Soudain, sa chambre rose lui parut rétrécir. Et se réchauffer.

Il se leva et retira sa veste, qu'il déposa sur le dossier du fauteuil. Ensuite, il déboutonna son gilet, son regard s'attardant sur celui de Phoebe tandis qu'il enlevait le vêtement et le posait sur la veste. Levant les mains, il dénoua sa cravate, ses longs doigts se déplaçant avec une rapidité et une précision expertes. Il retira la soie avec un bruit alors qu'elle glissait le long du tissu de sa chemise. Elle rejoignit les vêtements sur le fauteuil.

Sa chemise s'ouvrit au niveau du cou, dévoilant un V séduisant de la partie supérieure de son torse. Phoebe lécha sa lèvre supérieure.

— Recommence, lui intima-t-il. Plus lentement.

Elle fit ce qu'il lui demandait et vit les yeux de Marcus se plisser. Son corps frémissait d'une conscience accrue, d'une soif du plaisir qu'il pouvait lui donner.

— Tu as dit que tu voulais que je retire ma chemise cette fois-ci. Veux-tu le faire ?

Elle fut devant lui en un clin d'œil.

— Oui, s'il te plaît.

Tirant l'ourlet de son pantalon, elle fit remonter le tissu le long de son ventre, dévoilant centimètre après centimètre sa chair dure. Les muscles ondulaient sous sa peau tendue, et elle fit glisser son pouce sur l'un d'eux.

Il inspira brusquement puis acheva de retirer sa chemise, qu'il jeta négligemment sur le sol. Elle leva les mains vers sa poitrine et aplatit ses paumes contre lui, explorant sa chaleur et sa force. Elle suivit le contour de ses clavicules et le creux de sa gorge du bout des doigts. Poursuivant plus bas, elle glissa sur ses mamelons, qu'elle sentit durcir à son contact. Se sentant audacieuse, elle se pencha en avant et en lécha un, ce qui le fit haleter.

Avec un sourire, elle l'éloigna du fauteuil pour pouvoir passer derrière lui et admirer son dos. Ses larges épaules plongeaient vers des omoplates saillantes. Son regard se porta sur sa taille, puis, plus bas, elle admira la courbe de ses fesses. À tel point qu'elle le caressa avant d'achever de faire le tour de lui.

— Tu aimes ce que tu vois ? s'enquit-il d'une voix chaude et profonde.

— Oui. Beaucoup.

— À mon tour, dit-il, saisissant le lien de sa robe de chambre.

Phoebe essaya de ne pas rougir. Mais il était sur le point de voir…

— Tu ne portes rien !

La robe de chambre s'ouvrit et, non, elle ne portait rien en dessous.

— Je ne voyais pas l'intérêt de porter quoi que ce soit.

Il repoussa le vêtement de ses épaules et la contempla tandis qu'il glissait sur le sol, entourant ses pieds. Il la dévora de son regard bleu foncé, la réchauffant comme le feu dans l'âtre.

Il tendit la main vers elle, glissant les doigts dans ses cheveux, qu'elle avait laissés détachés sur ses épaules. Il s'empara de sa bouche dans un baiser brûlant. Phoebe sentit le désir jaillir en elle. Elle ne s'était pas rendu compte à quel point elle avait attendu ce moment, à quel point elle avait désespérément besoin de son contact.

Elle s'agrippa à lui comme lui s'agrippait à elle. Avec leurs mains, leurs doigts, leurs corps se touchaient avec un abandon sauvage.

Il recula brusquement, la respiration courte et forte.

— Pourquoi t'arrêtes-tu ?

— J'ai juste…, dit-il avant d'inspirer profondément. J'ai besoin d'un moment.

Elle se rapprocha de lui et posa la main sur les boutons de son pantalon.

— J'ai besoin que tu sois aussi nu que moi.

Il gémit.

— Phoebe, tu vas me tuer, vraiment. Je suis un homme qui sait garder le contrôle, qui a une attitude équilibrée. Mais tu menaces ma santé mentale.

Elle acheva de déboutonner son pantalon ; ses paroles la faisaient vibrer et trembler de désir.

— J'espère que cela signifie que ce soir, nous serons enfin réunis.

Elle fit descendre le pantalon de Marcus sur ses hanches et tendit la main vers son sexe. Elle enroula ses doigts autour de lui, et se hissa sur la pointe des pieds pour l'embrasser dans le cou.

— Ou bien as-tu une autre étape de prévue ?

Il bascula la tête en arrière en la serrant contre lui, passant les mains autour de sa taille ; l'une d'elles glissa vers le bas pour caresser ses fesses. Marcus plaqua le bassin de Phoebe contre le sien, collant son membre contre le sexe de la jeune femme. Elle fit tourner ses hanches, aspirant à cette jouissance qu'elle savait imminente et curieuse de savoir ce qu'elle ressentirait avec lui à l'intérieur d'elle.

Il remonta une main sur la nuque de Phoebe et passa ses doigts dans ses cheveux, tirant doucement sa tête vers l'arrière pour pouvoir la regarder dans les yeux.

— Il n'y a plus d'étapes. Ce soir, tu es à moi et je suis à toi.

— Rien que ce soir ? le taquina-t-elle.

Une ombre passa dans le regard de Marcus. Il répondit avec sa bouche, l'embrassant jusqu'à ce qu'elle n'ait plus les idées claires. Puis il la souleva dans ses bras et la porta jusqu'au lit, la déposant avec précaution sur la couverture.

Il jeta un coup d'œil vers la table de chevet.

— Je vois que tu as fait tremper la redingote anglaise.

— Comme tu l'as demandé, dit-elle. L'éponge est là aussi, dans l'autre bol, trempée et prête.

— Je pense qu'il est préférable d'utiliser la redingote pour ta première fois.

Marcus abaissa la tête et prit le sein de Phoebe dans sa bouche. Elle se cambra avec un gémissement tandis que la sensation se répandait en elle.

Pendant qu'il léchait un sein, il caressait l'autre, ses doigts faisant rouler son mamelon, avant de le pincer légèrement. Elle bascula la tête en arrière, les yeux fermés, et s'abandonna à son contrôle. Plus il la touchait, plus le plaisir était intense, menant droit à son sexe. Il passa la main sur son ventre, augmentant l'impatience au plus profond d'elle. Lorsqu'il la posa enfin sur son intimité, elle se cabra, avide de lui.

— Je t'en prie, gémit-elle.

Il tira fort sur son mamelon avant de le libérer totalement. Il lui écarta les cuisses, l'exposant, ce qui ne fit qu'attiser son désir. Puis elle sentit qu'il posait les deux mains sur son sexe ; l'une pressait et massait son clitoris pendant que l'autre explorait ses replis intimes, avant que son doigt ne finisse par s'enfoncer en elle.

Elle ignorait ce qu'il faisait réellement, mais chaque caresse, chaque pression, chaque poussée lui paraissait meilleure que la précédente. Elle ouvrit les yeux et le regarda juste au moment où il abaissait sa tête et léchait sa chair, plaçant sa langue sur son clitoris tandis qu'il introduisait son doigt, ou plutôt ses doigts, en elle. Elle se souleva du lit, se plaquant contre sa bouche et ses mains, son corps se précipitant vers l'extase.

La tempête s'abattit sur elle et elle cria son nom, fermant les yeux une fois encore. Elle appuya sur sa tête, tira sur ses cheveux, et se plaqua contre lui, ses muscles se contractant désespérément. Il la fit basculer et la guida dans l'abîme réconfortant, puis il disparut.

Elle le vit s'agenouiller entre ses jambes et tendre la main vers la table de chevet. Fascinée, elle le regarda enfiler la redingote anglaise et la nouer autour de la base de son sexe. Il se pencha et l'embrassa pendant qu'il caressait à nouveau son sexe.

Son corps frémissait encore sous l'effet de sa libération. La faim familière qu'il éveillait en elle, et qui palpitait toujours au creux de son ventre, jaillit à nouveau lorsqu'elle sentit son sexe toucher son intimité. Marcus éloigna sa bouche de celle de Phoebe, et la regarda dans les yeux.

— Prête ?

Elle acquiesça. Il ne cilla pas, soutenant son regard alors qu'il s'enfonçait lentement en elle. Cela n'avait rien à voir avec ce qu'ils avaient fait auparavant, et pourtant, c'était similaire. Il l'emplissait, étirant ses muscles et déclenchant une légère douleur. Elle grimaça légèrement et Marcus lui embrassa le front.

Il passa son pouce sur sa pommette.

— Ma magnifique et courageuse Phoebe.

À lui.

Elle aimait comment cela sonnait.

— Enroule tes jambes autour de moi, murmura-t-il près de son oreille, ses lèvres effleurant sa chair.

Phoebe fit ce que Marcus lui demandait, et ce geste l'attira plus profondément en elle ; elle fit basculer son bassin. Cette sensation la fit haleter, et elle ressentit une pointe de plaisir au milieu de l'inconfort.

Il commença à bouger, entrant et sortant lentement.

— La prochaine fois, la rassura-t-il d'une voix douce, ce sera beaucoup mieux. La prochaine fois, je lâcherai prise et je m'enfoncerai si fort en toi que tu crieras de plaisir. La prochaine fois, j'irai lentement, puis rapidement, puis lentement encore, jusqu'à ce que nous soyons tous les deux à bout de nerfs. La prochaine fois, tu exploseras si violemment qu'il me faudra toute la nuit, et peut-être même le lendemain, pour t'aider à te remettre.

Les mots de Marcus la faisaient vibrer, exacerbant sa passion.

— Mais je veux tout cela maintenant.

Il rit doucement et s'enfonça en elle.

— Patience. La fois suivante, tu pourras me chevaucher, si tu le veux, et tu pourras alors contrôler chaque caresse. Ce pourra être rapide ou lent, dur ou doux. Tu décideras de tout.

Il accrocha ses dents au lobe de son oreille et commença à accélérer le mouvement. Phoebe gémit, son inconfort disparaissant à mesure que son plaisir s'intensifiait. Elle resserra les jambes autour des hanches de Marcus, et elle bougea avec lui, s'agrippant à son dos.

Il glissa la main entre eux et appuya sur son clitoris, passant son pouce sur lui, l'entraînant dans une spirale de ravissement. Un tourbillon de lumière jaillit derrière les paupières de Phoebe qui se cambra contre lui, le serrant avec ses jambes et ses muscles. Il poursuivit ses coups de reins sans relâche, jusqu'à ce qu'il crie sa jouissance. Puis il l'embrassa à nouveau. Leurs souffles rauques se mêlèrent alors qu'ils flottaient depuis le paradis.

Lorsqu'ils s'immobilisèrent, Marcus se détacha d'elle et quitta le lit. Il lui tourna le dos, mais elle comprit qu'il était en train de retirer la redingote anglaise.

Elle s'assit contre la tête de lit et se glissa sous les draps.

— J'ai parlé à mon père aujourd'hui, au sujet de son placement, annonça-t-elle alors que Marcus se débarrassait de la redingote. Il n'investira plus jamais avec la même personne. En fait, il y avait un autre homme là-bas aujourd'hui… un grand homme avec une canne.

Marcus, qui revenait vers le lit, s'immobilisa. Il fixa sur elle son regard brillant.

— C'est Osborne.

— Ah oui ? Je me posais la question. Mon père a refusé de me répondre, sauf pour me dire que ce n'était pas Drobbit. Je craignais qu'il ne soit pas tout à fait honnête quant à ses projets, alors je suis allée dans son bureau ce soir.

Marcus grimpa de l'autre côté du lit où il s'assit, la couverture autour des hanches. Il se tourna vers elle.

— As-tu trouvé quelque chose ?

— Je crois que oui. Il avait écrit quelque chose : mardi soir, Horn Tavern, Russell Street. Et il y avait un nom. Tibbord.

Elle avait froncé les sourcils en voyant ce nom écrit.

— Je n'ai pas pu m'empêcher de remarquer que c'était Drobbit épelé à l'envers.

Il posa les mains sur son visage et l'embrassa, puis il lui sourit.

— Tu es brillante, évidemment. Oui, c'est mon cousin. Il se sert du nom de Tibbord.

— Il n'est pas exceptionnellement intelligent, n'est-ce pas ?

Marcus recula et ricana.

— Assez intelligent pour avoir escroqué plusieurs personnes, répliqua-t-il, l'embrassant rapidement. Merci. Maintenant, je sais où le trouver, et quand.

— Et tu peux empêcher mon père de faire un autre investissement voué à l'échec, ajouta Phoebe avant de secouer la tête. Peut-être n'ira-t-il pas. Je lui ai dit que Drobbit est un escroc.

— Comment a-t-il réagi ? s'enquit Marcus, s'adossant à la tête de lit, attirant Phoebe dans le creux de son bras.

Elle réfléchit à la question.

— En fait, il n'a pas réagi. Il paraissait mal à l'aise, mais je pense que c'est parce qu'il était gêné. Il n'aime pas que je sache qu'il a perdu de l'argent. Et s'il l'a perdu à cause d'une escroquerie, son orgueil sera méchamment malmené.

— Il ne perdra plus rien, je te le promets. Je m'occuperai de tout demain soir.

Marcus l'embrassa sur la tempe tandis que ses doigts caressaient son bras et son épaule. Phoebe se blottit contre son flanc, et passa un bras autour de son ventre. Il sentait bon, et sa peau était ferme et chaude, ses muscles tendus. Elle avait envie de passer des jours dans ce lit à explorer chaque partie de lui. Hélas, ils n'étaient pas mariés, et il ne vivait pas ici.

Mariés ?

Ce n'était pas un mot auquel elle voulait penser. Pas maintenant, pas avec Marcus. Elle avait voulu une liaison, et elle en avait une. C'était plus que ce qu'elle aurait jamais imaginé, en particulier avec un homme comme Marcus. Elle inclina la tête pour le regarder : l'arc puissant de sa mâchoire, la courbe sensuelle de ses lèvres, les ridules en éventail autour de ses yeux qui s'approfondissaient lorsqu'il lui souriait, le cobalt de ses yeux qui étincelaient de désir et de séduction. Elle n'arrivait pas à croire qu'il était à elle, même pour une courte période.

Oui, c'était plus que suffisant.

CHAPITRE 12

*L*e majordome des Lennox était un homme d'âge
mûr à l'allure affable. Marcus lui sourit en lui
tendant sa carte.

— Entrez, my lord.

Le majordome ouvrit largement la porte, et Marcus
pénétra dans le vestibule, petit, mais élégant.

— Si vous voulez bien attendre ici.

Marcus inclina la tête et observa le majordome qui passait
devant l'escalier pour se rendre à l'arrière de la maison.
Pendant son absence, Marcus imagina une jeune Phoebe
vivant ici. Avait-elle dévalé les escaliers dans son enfance,
laissant ses boucles sombres se balancer ? Il sourit à cette
image.

Quelques instants plus tard, le majordome revint.

— Suivez-moi, s'il vous plaît

Marcus le suivit jusqu'à une porte où le domestique
annonça son arrivée et s'écarta pour lui permettre d'entrer.
Lorsqu'il franchit le seuil, il vit M. Lennox debout près d'un
fauteuil placé devant l'âtre. Manifestement, cette pièce était
son bureau.

— Bonjour, monsieur Lennox, le salua Marcus en lui tendant la main.

Lennox la lui serra et lui indiqua un autre fauteuil.

— My lord, voulez-vous vous asseoir ?

— Brièvement. Je ne prévois pas de rester longtemps. Je suis sûr que vous vous demandez pourquoi je suis venu, répondit Marcus en s'asseyant.

Lennox prit place en face de lui.

— Oui.

— Il a été porté à mon attention que vous avez réalisé des placements avec mon cousin. Vous le connaissez peut-être sous le nom de Tibbord, mais il s'appelle en réalité Drobbit. Le fait qu'il utilise un pseudonyme devrait vous dire tout ce qu'il y a à savoir à son sujet, expliqua Marcus, croisant les jambes. Pour le dire clairement, c'est un escroc.

Lennox tenta tant bien que mal de maîtriser son expression, mais la lueur d'inquiétude dans son regard ne trompait pas.

— Même si je comprends bien votre inquiétude, je vous assure que je ne suis pas impliqué dans cette histoire de quelque manière que ce soit.

Marcus n'avait pas vraiment imaginé la réaction de Lennox, mais il ne s'était pas non plus attendu à un déni total. Cependant, il ne pouvait pas l'accuser de mensonge sans révéler qu'il savait qu'Osborne était venu. Et seule Phoebe aurait pu le mettre au courant d'une telle chose. Lennox exigerait certainement de savoir comment Marcus avait pu obtenir de telles informations, et ce n'était pas une conversation qu'il souhaitait avoir.

Au lieu de cela, il joua le jeu et tenta de lui adresser un avertissement.

— C'est… bon à savoir. Si, par hasard, vous envisagiez de faire des placements auprès de Tibbord, que ce soit directement ou par l'intermédiaire de son assistant, Osborne, je suis là pour vous dire que ce n'est plus une option. Mon cousin ne prendra plus d'argent à personne. Par conséquent, si vous aviez des projets avec lui, ne vous souciez plus de les réaliser. Il a fini de jouer.

Avec un peu de chance, Lennox comprendrait. Marcus ne voulait pas mentionner en particulier le rendez-vous auquel il envisageait peut-être de se rendre ce soir-là. Cela risquait de compromettre Phoebe, et il ne ferait pas une telle chose.

— Comment savez-vous que c'est un escroc ? s'enquit Lennox. Êtes-vous mêlé à cette affaire ?

— Non, répondit froidement Marcus. Je ne prendrais jamais part à un tel crime. Il a dupé des gens que je connais, et je suis en train de mettre un terme à ses agissements. Je ne peux pas permettre qu'un membre de ma famille, si éloigné soit-il, se comporte de telle manière. Vous le comprendrez certainement.

— Effectivement. Vous devez être félicité pour votre intervention. Je suis convaincu que ceux qu'il a volés vous en sont reconnaissants.

Essayait-il de remercier Marcus sans en avoir l'air ? Ou se montrait-il simplement poli tout en tentant d'indiquer qu'il ne faisait pas partie de ceux susceptibles d'avoir besoin de son aide ? Marcus n'aurait su le dire.

Il ne pouvait rien révéler d'autre sans être trop explicite. Il se releva.

— J'en ai donc terminé avec ma mission ici. Je vous souhaite bonne chance, monsieur Lennox.

Celui-ci se leva.

— Merci, my lord. Bonne journée.

Marcus s'en alla, espérant pour le bien de Lennox qu'il ne lui mentait pas, ni à sa fille sur d'éventuels nouveaux placements avec Drobbit. S'il le faisait, il était irrécupérable. Il restait donc à souhaiter que ce ne soit pas le cas, car Marcus ne voulait pas voir le père de Phoebe ruiné.

Alors qu'il montait dans sa calèche, il tâcha de ne pas réfléchir à la raison pour laquelle il s'en souciait.

Parce que tu as une liaison avec sa fille.

Cela n'a rien à voir, protesta-t-il intérieurement. Il voulait empêcher son cousin de faire du mal à quelqu'un d'autre, qu'il s'agisse ou non du père de son amante.

Ce mot flottait dans son esprit tandis qu'il retournait à Hanover Square. Il n'en avait jamais eu auparavant. Cela le mettait légèrement mal à l'aise et le rendait incroyablement possessif. C'était un véritable problème.

Phoebe ne lui appartenait pas, et il ne lui appartenait pas non plus. Ils s'amusaient ensemble, et rien de plus. Il avait trente et un ans. Peut-être était-il simplement arrivé à un stade de sa vie où il voulait quelque chose de différent. Sans être permanent, au moins plus qu'éphémère. Et Phoebe l'était, sans le moindre doute.

La question était de savoir si elle était plus que cela. Marcus n'avait pas de réponse, et il n'en voulait pas.

~

*L*e lendemain après-midi, Jane entra dans la salle jardin de Phoebe, une expression renfrognée sur son visage habituellement enjoué. Après avoir retiré sa coiffe et ses gants et les avoir jetés sur le canapé, elle rejoignit Phoebe à la table, près de la porte donnant sur le jardin.

— Je suis maudite.

Phoebe lui versa une tasse de thé.

— Pourquoi ?

— Mes parents ont invité M. Brinkley à dîner dans deux semaines. J'ai juste le temps de trouver quelqu'un, de le payer pour qu'il m'enlève et m'emmène en Écosse.

— En Écosse ? Pourquoi ? Vas-tu te marier à Gretna Green[1] ?

— S'il est beau, intelligent et gentil, oui, répondit Jane en prenant son thé. À bien y réfléchir, il n'a pas vraiment besoin d'être beau s'il est intelligent et gentil. Il ne doit pas être ennuyeux, et il ne peut en aucun cas être quelqu'un que j'ai déjà décidé de ne pas épouser.

— Comme M. Brinkley, conclut Phoebe avant de boire une gorgée de thé, puis de reposer sa tasse. Quel est le problème avec lui, exactement ?

Jane se renfrogna.

— Que mes parents l'ont choisi ? Oh, il est assez agréable, je suppose. Mais je ne me vois pas mariée à un banquier, pas plus que je ne me vois devenir mère du jour au lendemain.

— Avec qui te vois-tu mariée ? s'enquit Phoebe.

Elle se rendit compte qu'elle n'avait jamais vraiment réfléchi à la question. Elle savait simplement qu'elle épouserait la personne que ses parents jugeraient appropriée. Mais il s'avérait que leur choix ne l'était pas.

— Oublie cela, tu as raison. N'épouse pas quelqu'un que tes parents ont choisi.

Jane but un peu de thé, puis elle échangea sa tasse contre un gâteau qu'elle grignota un instant.

— Exactement. C'est le problème. Je ne suis pas sûre de me voir mariée à quelqu'un. Plus je te vois ici, à profiter de ton indépendance, plus j'ai envie de la même chose pour moi.

— Eh bien, tu es un membre officiel de la Société des Femmes de tête.

— D'ailleurs, à ce sujet… je pense que nous devrions envisager d'augmenter le nombre de nos membres. J'ai rencontré une femme charmante qui vient d'arriver en ville. Sa sœur et elle sont déjà indépendantes. Elle est veuve.

— La meilleure forme d'indépendance, dit Phoebe avec mélancolie.

Ensuite, elle gloussa.

— C'est une chose tellement morbide à dire !

Jane haussa une épaule.

— Tu sais bien que je ne suis pas offensée. Peut-être vais-je quitter Londres un moment, puis je reviendrai en prétendant être veuve. Comment les gens pourraient-ils le savoir ?

Phoebe éclata de rire.

— Si quelqu'un est capable de faire ça, je parierais que c'est toi.

— Je vais devoir y réfléchir longuement, dit Jane en s'asseyant, l'air pensif, avant de terminer son gâteau. Réfléchis, en tant que veuve, je pourrais même avoir une liaison.

— Tu n'as peut-être même pas besoin d'être veuve...

Phoebe avait prévu de parler de Marcus à Jane. C'était l'occasion rêvée. Elle prit sa tasse de thé et en but une gorgée.

Jane se pencha en avant, et ses yeux couleur sherry pétillèrent.

— Ripley ?

Phoebe acquiesça par-dessus le bord de sa tasse.

— Raconte-moi tout.

— Peut-être pas *tout*, la corrigea Phoebe avec un rire, puis elle posa sa tasse. J'ai décidé que cela n'avait aucun intérêt d'être vieille fille si je n'en profitais pas pleinement. Tu as contribué à me convaincre. Je confirme que tu as une très mauvaise influence. C'est comme si tu étais déjà une veuve scandaleuse.

Jane éclata de rire.

— Je suis ravie de t'aider. Ripley ! Est-il merveilleux ?

— Comme tu le sais, je n'ai guère de points de comparaison avec lui. Rien que Sainsbury, que j'appelle désormais le Brigand, expliqua-t-elle avec un sourire. Je n'arrive même pas à les classer dans la même espèce.

— Eh bien, c'était une évidence.

— Je lui en ai parlé... à Marcus. Je lui ai dit ce qu'a fait le

Brigand.

La surprise se lut dans le regard de Jane.

— Vraiment ? Qu'a-t-il dit ?

— En fait, il était très en colère. Je me suis demandé s'il n'allait pas faire du mal au Brigand, mais cela ne ferait qu'attirer l'attention, et j'espère sincèrement qu'il ne le fera pas.

Pourtant, elle éprouvait un plaisir pervers à imaginer Marcus réduisant Sainsbury en bouillie.

— En parlant de Sains… je veux dire, le Brigand, dit Jane avec dégoût. Il est officiellement de retour sur le marché du mariage. Il a même eu le culot de m'inviter à danser l'autre soir.

Phoebe fut parcourue d'un frisson de dégoût. Refuser de danser avec quelqu'un était un événement notable ; elle imagina donc que Jane avait dansé avec lui.

— Il sait que toi et moi sommes bonnes amies.

— Évidemment, répondit Jane avec un ricanement. J'ai invoqué un mal de ventre, et j'ai même fait comme si j'allais vomir mes tripes sur lui. Il a filé à toute allure.

Soulagée, Phoebe sourit.

— J'en suis vraiment ravie… pour ton bien.

— Je ne pourrais jamais danser avec lui. Je serais même capable de m'évanouir sur le sol au milieu d'une salle de bal, s'il le fallait. Ma mère était contrariée, mais c'est souvent le cas avec moi ces derniers temps. Heureusement, elle a pu reporter son attention sur Anne, qui continue d'être plus populaire que je ne l'ai jamais été. J'ignore toujours de qui elle est amoureuse. En fait, elle nie aujourd'hui l'avoir jamais été, raconta Jane, levant les yeux au ciel. Elle est volage.

— Peut-être a-t-elle changé d'avis après avoir appris à mieux le connaître, dit Phoebe avec un frémissement. C'est ce que j'ai fait.

Mais elle n'avait jamais prétendu aimer Sainsbury. Elle n'était même pas sûre de savoir ce que l'on ressentait.

Peut-être ce que tu éprouves pour Marcus ?

Quelle idée saugrenue ! À laquelle elle n'avait pas envie de réfléchir. Marcus l'enthousiasmait. Il lui faisait sentir qu'elle était une femme désirable, et il respectait ses opinions et ses choix. Ce n'était pas de l'amour. Il s'agissait d'admiration et de respect mutuels, ainsi que d'attirance.

Qu'était-ce alors que l'amour ?

— Il est absolument odieux que Sainsbury… je suis désolée, *le Brigand*, puisse faire ce qu'il a fait et être invité à des événements auxquels tu n'es pas conviée. C'est lui qui devrait être mis au ban, dit Jane avant de poser un regard d'excuse sur Phoebe. Non pas que tu sois mise au ban.

— Je le suis, en grande partie, confirma Phoebe. Ou du moins, je suis ignorée, ce qui me convient. Qu'ils concentrent leur attention sur le Brigand et celle qui sera assez folle pour l'épouser. J'ai pitié de cette femme.

D'ailleurs, Phoebe allait devoir la prévenir le moment venu. L'idée qu'une femme se retrouve entre ses griffes, en tant que son épouse, l'emplissait de colère. Cela lui fit penser à Meg, l'ancienne femme de chambre de ses parents, qui était *en ce moment* à son service. Phoebe devait faire en sorte qu'elle trouve un autre emploi immédiatement, loin de lui. Elle parlerait avec sa gouvernante dès que Jane serait partie, pour déterminer la meilleure façon d'y parvenir.

— C'est tellement injuste, dit son amie, s'adossant à sa chaise. Tout cela. Comment nous sommes censées nous comporter, notre manque de choix et de contrôle. Même nos vêtements sont plus frustrants. Les hommes ne portent pas autant de sous-vêtements.

— Certains d'entre eux, si, répondit Phoebe avec un sourire malicieux. Certains hommes portent des corsets.

Jane haussa l'un de ses sourcils blonds.

— Ne me dis pas que Ripley en fait partie !

Phoebe hoqueta.

— Seigneur, non ! Il est… il est parfait.

— Je bous de jalousie ! s'exclama Jane en plissant les yeux. Je crains de devoir trouver mon propre gentleman avec qui avoir une liaison. Après avoir affirmé mon statut de vieille fille, bien sûr.

— Et quand cela se fera-t-il ? s'enquit Phoebe en prenant un biscuit sur le plateau.

— Bientôt, répondit son amie en attrapant un biscuit à son tour. Bientôt.

La conversation tourna ensuite autour du bébé de Lavinia, puis d'Arabella et du fait que Graham et elle partaient rendre visite à Fanny et David le lendemain. Quand Jane s'en alla, Phoebe se rendit compte qu'elle était très satisfaite de sa vie : ses amis, sa liaison avec Marcus. Même la situation avec ses parents semblait s'améliorer.

Elle espérait que Marcus parviendrait à ses fins avec son cousin et qu'il éviterait à son père de perdre encore de l'argent. Phoebe les soutiendrait, s'ils la laissaient faire, mais elle savait que la bataille serait rude.

Elle découvrirait ce qu'il en était plus tard, car Marcus avait prévu de revenir ce soir-là après avoir rencontré son cousin. Phoebe sourit intérieurement, impatiente.

❦

*R*ussell Street s'étendait de Covent Garden à Drury Lane et regorgeait de boutiques et de tavernes, dont la Horn Tavern, plus proche de Drury Lane. Marcus arriva vers dix heures et ne savait pas trop à quoi s'attendre.

Drobbit serait-il dans la salle commune ? S'il ne l'était pas, et que Marcus demandait après lui, aurait-il besoin de prononcer un certain mot comme il était nécessaire de le faire à Leicester Square ?

Se dirigeant vers une table dans le coin arrière qui lui

permettait de voir les gens entrer ainsi que l'escalier qui menait à l'étage, certainement vers des chambres à louer, Marcus s'assit et commanda une bière. La serveuse qui la lui servit lui proposa ses services en termes clairs, ce qu'il refusa poliment.

— J'ai d'autres engagements.

C'était la raison qu'il invoquait souvent puisqu'il allait presque toujours chez Mme Alban. Mais, cette fois-ci, c'était différent, car il prévoyait de rejoindre Phoebe. Pour la deuxième fois en autant de nuits. C'était sans précédent. Sans parler des autres moments qu'ils avaient déjà passés ensemble, et il n'y avait pas que le sexe.

Il se targuait de ne pas avoir d'attaches. Son père le lui avait inculqué dès son plus jeune âge, et comme il l'admirait par-dessus tout, Marcus avait vécu sa vie de cette manière.

Il ne s'agissait pas d'une attache. C'était une liaison. Phoebe n'attendait rien de lui. Elle n'avait jamais évoqué l'avenir. Tous deux semblaient vouloir exactement la même chose, et, pour le moment, il était content de laisser leur lien suivre son cours.

Un lien.

Ce mot était terriblement proche du mot « attache ».

Marcus ricana avant de boire une longue gorgée de sa bière. Il avait bien trop pensé à elle, à *eux deux*, aujourd'hui. *Ça suffit.* Il observa attentivement la salle, en quête de quelqu'un qu'il reconnaîtrait. Drobbit n'était pas là, pas plus qu'Osborne. Le père de Phoebe non plus, heureusement.

Terminant sa chope, Marcus réfléchit à ses options : continuer à attendre en observant la salle, ou essayer de découvrir si quelqu'un ici connaissait Drobbit. Impatient, il héla la serveuse.

Il lui adressa un sourire.

— Tilly, c'est ça ?

Elle hocha la tête, et ses lèvres s'entrouvrirent légèrement pour laisser apparaître un espace entre ses dents de devant.

— Vous avez changé d'avis ?

Il ignora sa question.

— Je suis à la recherche de quelqu'un qui pourrait venir ici de temps en temps. Un homme de petite taille et de corpulence moyenne. Les cheveux foncés, mais les yeux gris clair… On les remarque lorsqu'on fait attention.

— Je ne prête pas beaucoup d'attention aux gentlemen de petite taille. À moins qu'ils ne me paient, ajouta-t-elle avec un rire.

Elle se pencha sur la table, le corsage de sa robe s'écartant de sorte qu'il avait une vue imprenable sur ses seins.

— Vous n'êtes pas petit. Et vous n'avez pas à me payer.

— C'est très généreux de votre part, Tilly. Comme je l'ai dit, j'ai d'autres engagements ce soir, mais si je pouvais trouver ce gentleman, qui sait ?

Il fit glisser une pièce sur la table vers elle. Elle s'en empara.

— Je vais demander à Mary. Elle pourrait vous aider, dit-elle.

Elle posa sa main sur sa cuisse et la remonta jusqu'à son entrejambe, son pouce frôlant son sexe, qui n'était pas du tout intéressé par cette attention.

— Rappelez-vous qui vous a aidé en premier.

Avec un clin d'œil, elle se retira. Marcus soupira. Il prit sa chope et se rendit compte qu'elle était vide. Quelques instants plus tard, une serveuse plus jeune vint à sa table. Elle était plutôt menue, avec des cheveux blond foncé et un large sourire contagieux.

— Bonsoir, my lord. Tilly m'a dit que vous cherchiez quelqu'un.

Marcus décrivit à nouveau son cousin et perçut immédiatement la lumière de reconnaissance dans les yeux de la jeune femme, alors même que son sourire s'estompait.

— Je ne crois pas le connaître, my lord. Désolée.

Elle commença à se retourner, mais Marcus lui agrippa le coude. Faisant descendre sa main le long de son avant-bras, il ouvrit la main de la serveuse et y déposa plusieurs pièces. Il referma les doigts de la jeune femme sur elle, et prit sa main.

— Je dois le voir. Est-il ici ?

Il la sentit serrer les pièces dans sa main. C'était plus que ce qu'elle gagnait en un mois.

Elle acquiesça.

— À l'étage, murmura-t-elle. Mais il ne sort pas. Je lui apporte son dîner tous les soirs et je vais chercher ses vêtements à la blanchisserie.

Il retira sa main de celle de la jeune femme.

— Où, en haut ?

— Dernière chambre à droite au deuxième étage. Ne lui dites pas que je vous l'ai dit.

Elle était très sérieuse.

— Il ne vous a pas menacée, si ?

— Il a dit que si je révélais à quelqu'un qu'il était ici, il veillerait à ce que je sois jetée dehors.

Marcus se leva, vibrant d'impatience maintenant qu'il avait enfin trouvé Drobbit.

— Je ne lui dirai rien, Mary. Je vous le promets.

Elle inclina la tête.

— Merci.

Ensuite, elle récupéra sa chope vide sur la table, et Marcus traversa la salle commune pour se diriger vers les escaliers.

Il monta au premier étage, puis au second, où régnait le calme. Il y avait deux portes de chaque côté du couloir. Il s'avança jusqu'à la dernière à droite, comme l'avait indiqué Mary. Au lieu de frapper, il essaya d'entrer. Malheureusement, la porte était verrouillée.

Alors il tapa sur le bois. En l'absence de réponse, il tapa

plus fort. Après un autre long moment, il frappa du poing.

— Je vais entrer, que tu ouvres la porte ou non. Et je ne paierai pas pour les dégâts.

Marcus attendit, guettant en silence tout signe de mouvement. Enfin, il entendit des pas, suivis par le bruit de la porte qui s'ouvrait en grinçant. Drobbit passa une main dans ses cheveux ébouriffés, les décoiffant davantage.

— Bon sang ! Comment as-tu fait pour me trouver ?

Marcus poussa la porte, obligeant Drobbit à reculer même s'il gardait une prise sur le bois.

— Cela m'a pris un certain temps. Manifestement, tu ne souhaitais pas être retrouvé.

Il passa rapidement la pièce en revue. Elle était petite et meublée de façon spartiate, avec un lit étroit dans un angle et un coin salon décrépit devant un foyer froid.

— C'est exact, répliqua Drobbit en refermant la porte. Ne devrais-tu pas être dans une maison de débauche à cette heure de la nuit ?

Marcus se retourna.

— Ne fais pas comme si tu me connaissais.

— Comment le pourrais-je ? grogna Drobbit. Ton père a veillé à ce que tu ne côtoies pas notre côté de la famille.

Il lança un regard noir à Marcus et s'approcha d'une petite table placée sous une fenêtre. Il se versa un verre de cognac.

Ce n'était vrai qu'en partie. La mère de Marcus s'était mariée au-dessus de sa condition en épousant un marquis, mais elle était restée dévouée à sa famille. Cependant, sa sœur et son mari, les parents de Drobbit, avaient manifesté de la jalousie et de la colère à l'égard de la bonne fortune de la mère de Marcus. La situation avait abouti à une altercation physique entre l'oncle de Marcus et son père.

— Après que ton père l'a attaqué. Et c'est ma mère qui a demandé à ne plus côtoyer sa sœur et son mari, précisa-t-il.

Peut-être que Drobbit l'ignorait.

Celui-ci but quelques gorgées, son regard noir toujours rivé sur Marcus.

— Tu n'as qu'à croire aux mensonges que ton père t'a racontés. Je suis certain que tu n'as aucun souvenir de ce qu'a dit tante Helena.

Car Marcus n'avait que quatre ans lorsque sa mère, Helena, était morte. Il afficha un sourire condescendant.

— Au contraire. Je me souviens de beaucoup de choses, mais rien qui concerne ta famille ou toi, sans doute parce que ce n'était pas important. Et oui, je crois mon père, tout comme tu crois le tien, apparemment. Je ne suis pas venu ici pour régler les différends de ceux qui nous ont précédés. Je suis venu mettre un terme à ton comportement criminel.

Drobbit grogna avant de vider son verre qu'il reposa sur le buffet avec un claquement.

— Tu es aussi froid que ton père l'était... peut-être même davantage. Tu ne peux rien.

— En fait, si, je peux. Tu tentes en ce moment même d'escroquer quelqu'un, et je suis persuadé qu'il fournira des preuves contre toi et Osborne. Où est-il d'ailleurs ? Ne l'attendais-tu pas ?

Marcus regarda autour de lui, mais il n'y avait pas d'endroit où se cacher. Drobbit grinça des dents, ce qui agaçait son cousin.

— Je n'escroque personne. Je fais des placements pour les gens.

— Des placements dans quoi ? s'enquit Marcus.

Comme Drobbit ne répondait pas, il fit un bruit de gorge.

— Ne perds pas de temps à me mentir. Je t'ai dit dans le parc d'arrêter de duper les gens. Tu m'as ignoré, et maintenant, tu vas récolter ce que tu as semé. Les coureurs de Bow Street seront là dès que je les avertirai.

Des rides se creusèrent sur le large front de Drobbit.

— Ne fais pas ça. S'il te plaît.

Marcus fit le tour de la pièce et en dressa l'inventaire.

— Tu as volé beaucoup d'argent. Il est évident que tu dois payer pour cela, dit-il, adressant un regard moqueur à Drobbit. Qu'en as-tu fait ?

— Rien, parce que je ne l'ai pas volé, aboya son cousin. Je l'ai perdu dans un placement.

— Peu probable. Tu as dû le cacher quelque part… Je sais que tu aimes vivre avec prodigalité, affirma Marcus qui se retourna et inclina la tête sur le côté. Ou, du moins, tu aimais cela. As-tu vraiment tout dépensé ?

Drobbit leva les bras et la voix.

— Regarde autour de toi ! Où est ma cache de richesses ? Je n'ai rien.

Marcus s'avança vers lui, sa patience s'amenuisant. Il s'arrêta à quelques centimètres du petit homme et ne prit pas la peine de moduler son ton.

— Ne nous fais pas perdre notre temps à tous les deux en prétendant que tu n'es pas coupable. Outre Lennox, que tu es en train d'escroquer, Halstead a des preuves. Si tu crois qu'un duc et un marquis, car je l'aiderai, ne peuvent pas te mettre hors d'état de nuire, tu vis dans un monde imaginaire.

Il croisa le regard de Drobbit, observant attentivement l'âme de l'homme en train de s'étioler.

— Tu vas rendre tout l'argent que tu pourras, et tu vas me fournir une liste de tous ceux que tu as dupés. Et je la veux *maintenant*.

— Je… je ne peux pas. Il n'y a vraiment pas d'argent. J'ai tout dépensé.

Sa voix, si forte qu'elle emplissait la pièce avant, s'affaiblit jusqu'à devenir presque inexistante. Il tourna la tête, et, pour la première fois, Marcus constata la ressemblance entre son cousin et sa mère, ou du moins le petit portrait de sa mère que son père avait conservé dans sa bibliothèque privée.

Drobbit et elle avaient le même nez. À cet instant, alors qu'il regardait son cousin, Marcus la vit. Le parfum des roses et du thé sucré surgit d'un passé lointain.

Marcus jura et éleva la voix.

— Tu as failli mettre des gens en faillite ! En réalité, tu l'as sans doute fait. Dis-moi qui d'autre tu as escroqué.

— Est-ce important ? Ils ne voudront pas que cela se sache et il n'y a rien à faire maintenant. L'argent que j'ai doit servir à rembourser une dette.

Il jeta un coup d'œil craintif à Marcus.

Bon sang ! Celui-ci se souvint qu'Harry avait dit que Drobbit était impliqué dans une affaire douteuse.

— Dans quoi t'es-tu fourré ?

— Moins tu en sauras, mieux tu te porteras.

Drobbit repartit vers la table pour se servir un autre verre de cognac. Toutefois, le liquide ne remplit pas plus que la moitié du verre, car la bouteille était vide.

Marcus regagna le centre de la pièce.

— Je ne peux pas croire que tu aies soudain commencé à te préoccuper de mon bien-être, surtout après avoir tenté de m'ouvrir le crâne.

— Au final, nous sommes une famille, n'est-ce pas ?

Certes, mais Marcus n'éprouvait aucune sympathie pour lui.

— Si tu me dis qui tu as volé, je ferai de mon mieux pour que tu ne sois pas puni trop sévèrement.

— Je te donnerai une liste… demain. J'ai mal à la tête.

— Tu m'as déjà prouvé que tu n'étais pas digne de confiance. Bow Street est au coin de la rue. Je devrais aller les chercher maintenant.

La sueur perla sur le front de Drobbit.

— Je t'en prie, ne fais pas ça. Je te promets de venir chez toi demain matin.

Il s'approcha de la commode près du lit. Il ouvrit un tiroir et en retira une petite pochette, puis revint vers Marcus.

— Tiens. C'était à ma mère. Je jure sur sa tombe que je viendrai chez toi dans la matinée.

Marcus ouvrit le cordon et vida le contenu dans sa main. Un collier s'en échappa et il le reconnut immédiatement. Il s'agissait d'un camée sculpté dans de la cornaline.

— C'est ma mère, dit Marcus, passant le bout de son doigt sur le profil en relief.

— Oui. As-tu celui qui représente la mienne ? s'enquit Drobbit.

Leurs parents leur avaient offert des camées représentant l'autre quand elles étaient jeunes.

— Oui.

Marcus se souvint que sa mère le portait même après s'être éloignée de sa sœur. Il se rappelait s'être assis sur ses genoux et avoir tracé la silhouette du bout des doigts, comme il le faisait maintenant.

Il ne devait pas faire confiance à cet homme. Levant les yeux du camée, il posa sur Drobbit un regard sérieux.

— Tu me jures que tu seras chez moi demain matin ? J'ai toujours l'intention de t'amener à Bow Street. Ces crimes ne peuvent rester impunis. L'avantage, c'est que la situation dans laquelle tu es impliqué ne sera plus un problème. Je suis sûr que les coureurs seront très heureux de poursuivre les criminels qui t'ont obligé à prendre des mesures aussi radicales.

— Merci. Sincèrement, lui dit Drobbit, qui semblait se flétrir sous ses yeux. Je ne veux pas continuer comme cela. Nous sommes une famille après tout.

— Une famille qui se jette des pierres, chuchota Marcus.

Le souvenir de sa mère persistait dans sa tête. Cet escroc était de sa famille, ils partageaient le sang qui avait coulé dans les veines de la mère de Marcus. En réalité, Drobbit était le seul lien qui lui restait avec elle. Et c'était un lien auquel il n'avait jamais réfléchi. Peut-être que s'il l'avait fait, l'homme ne se serait pas tourné vers le crime. Marcus n'était pas responsable de ses transgressions, mais il pouvait peut-être le remettre sur le droit chemin.

Drobbit se tourna vers lui, ses épaules se détendirent, mais sa mâchoire resta tendue.

— De toute façon, pourquoi veux-tu une liste ?

— Il doit y avoir des réparations.

— Mais je t'ai dit que je n'avais pas d'argent.

Marcus, lui, en avait. Il possédait plus d'argent qu'il ne pourrait jamais en dépenser, et même s'il ne pouvait pas rendre tout ce que Drobbit avait volé, il allait au moins veiller à ce que personne ne soit dans la misère. Il l'avait déjà fait pour son ami Graham, et il le ferait pour tous ceux qui avaient besoin d'aide.

Mettant le camée dans sa poche, Marcus se prépara à partir.

— Pourrai-je avoir le sien ? s'enquit Drobbit alors que son cousin atteignait la porte. Le camée avec ma mère dessus ?

Marcus lui jeta un coup d'œil par-dessus son épaule.

— Bien sûr. Je te le donnerai demain matin... histoire de t'inciter à venir.

— Nous nous verrons demain matin.

Refermant la porte derrière lui, Marcus descendit les escaliers et sortit de la taverne. Il s'arrêta à l'extérieur et leva les yeux, inquiet à l'idée que Drobbit pourrait disparaître avant l'aube. Il se rendit compte qu'une partie de lui s'en moquait, du moment qu'il cessait d'escroquer les gens.

Il rejoignit sa calèche qui l'attendait à Covent Garden. Il s'efforça de chasser de son esprit cette soirée déplaisante. Phoebe l'attendait, et il mourait d'impatience de se perdre en elle.

Il ne voulait pas penser à Drobbit. Ni à Bow Street. Ni au père de Phoebe. Ni en particulier à la façon dont il venait de céder à la sentimentalité.

CHAPITRE 13

*P*hoebe enroula sa robe de chambre autour d'elle en regardant Marcus s'habiller. Le soleil émergeait à peine de l'horizon, ce qui signifiait qu'il partait un peu tard. Non pas qu'elle s'en soucie : son retard valait tous les instants qu'ils avaient passés pour le provoquer.

Son corps était encore rougi par le plaisir, et elle savait qu'elle aurait à moitié le tournis tout au long de la journée, comme la veille. Les liaisons, décida-t-elle, étaient excellentes pour le bien-être d'une personne.

Marcus était totalement habillé, à l'exception de sa cravate et de ses bottes. Alors qu'il s'asseyait pour enfiler ces dernières, il lui demanda si elle savait où la première avait échoué.

Phoebe repensa à la soirée de la veille, lorsqu'il était arrivé. Elle avait insisté pour le déshabiller entièrement.

— Tu as menacé de me bander les yeux avec.

Sauf qu'elle n'avait ressenti aucune menace. Sa suggestion l'avait excitée et elle attendait avec impatience le moment où il le ferait.

— N'oublie pas, tu as promis de le faire la prochaine fois.

Discuter de « la prochaine fois » était devenu l'un des passe-temps favoris de Phoebe. Elle s'agenouilla et repéra la cravate sous le lit. Se penchant en avant, elle tendit la main vers le morceau de soie.

Marcus lui caressa les fesses.

— Cette vue est remarquable. Je crois que la prochaine fois, je devrais aussi te prendre par-derrière. Ou peut-être que ce sera la fois d'après.

Le désir jaillit au creux du ventre de Phoebe qui s'assit, la cravate à la main. Marcus l'aida à se relever. Il l'attira doucement contre son torse.

— Dis-m'en plus, insista Phoebe d'une voix rauque.

Elle passa la cravate autour du cou de Marcus et en tint les extrémités, abaissant sa tête vers elle.

— Toi, à quatre pattes. Moi, derrière toi. Mon sexe plongé en toi, et ma bouche sur ta nuque pendant que tu cries mon nom.

Une vague de chaleur inonda l'intimité de Phoebe. Elle aimait la façon dont il lui parlait lorsqu'ils étaient seuls.

— La prochaine fois pourrait-elle avoir lieu maintenant ?

Il rit.

— Tu es insatiable.

Puis il l'embrassa, dans une longue et délicieuse exploration de sa bouche qui ne fit qu'attiser son désir. Il recula et sourit en saisissant les pans de sa cravate pour la nouer.

— Et toi, tu es provocateur.

— Pas plus que toi, répliqua-t-il, posant le regard sur elle. À te pavaner avec presque rien sur toi et à mettre les fesses en l'air.

Elle se retourna et agita le derrière, ce qui le fit rire.

Un coup frappé à la porte les fit sursauter tous les deux. La femme de chambre savait qu'elle avait un invité : il avait fallu lui demander de rester à l'écart. Phoebe alla ouvrir et se retrouva face à une Page visiblement inquiète.

— Je suis désolée de vous déranger, mademoiselle, mais je crains qu'il y ait quelqu'un ici.

— À cette heure-ci ? s'enquit Phoebe, consciente que Marcus, qui se tenait hors de la vue de Page, avait fait un pas vers elles.

La femme de chambre hocha la tête.

— C'est un *coureur de Bow Street*, confirma-t-elle, l'air pétrifié.

— Merci, Page. J'arrive tout de suite.

Avant que Phoebe puisse refermer la porte, Page ajouta :

— Il n'est pas là pour vous. C'est *lui* qu'il est venu voir. Lord Ripley.

Le ventre de Phoebe se noua violemment. Elle s'agrippa à la porte d'une main ferme.

— Je vois. Alors, *nous* descendons tout de suite.

— Voulez-vous que je vous aide à vous habiller ? demanda Page.

— Non, merci, répondit Phoebe qui referma la porte et fixa Marcus du regard. Comment sait-il que tu es ici ? Et pourquoi te cherche-t-il ?

Marcus fronça les sourcils.

— C'est sans doute à propos de mon cousin. J'ai demandé à un ami, qui est coureur à Bow Street, de le chercher.

— Mais tu l'as retrouvé.

— Certes. Cependant, je ne lui ai pas dit d'arrêter ses recherches. Je suis venu ici juste après avoir vu Drobbit hier soir.

— Alors, le coureur a dû le trouver.

— Sans doute, soupira Marcus. Veux-tu t'habiller ? Il peut attendre quelques minutes.

— Je suppose.

Avec l'aide de Marcus, elle revêtit une simple robe de jour et se fit une coiffure tout aussi simple. Ils descendirent peu de temps après, et entrèrent ensemble dans la salle jardin, où le coureur les attendait.

— Je suis surpris de te voir ici et à cette heure, constata Marcus. Phoebe, permets-moi de te présenter mon ami, Harry Sheffield. Harry, voici Mlle Phoebe Lennox.

Sheffield, un homme au torse large, aux cheveux auburn et aux yeux fauves perçants, s'inclina.

— Je suis heureux de faire votre connaissance, mademoiselle Lennox. Pardonnez mon intrusion à cette heure peu courtoise.

— Je suis certaine que la raison de votre venue est importante, répondit Phoebe. Devrions-nous nous asseoir ?

— Ce ne sera pas nécessaire. J'ai peur d'être porteur de mauvaises nouvelles, annonça-t-il en se tournant vers Marcus. Ton cousin a été retrouvé mort il y a quelques heures.

Même si elle ne touchait pas Marcus, celui-ci était suffisamment proche d'elle pour que Phoebe le sente se crisper.

— Comment est-il mort ? demanda-t-il d'une voix calme, dépourvue d'émotions.

— On lui a tiré dessus… en pleine poitrine.

— Où cela s'est-il passé ?

— À la Horn Tavern, l'informa Sheffield, qui fronça brièvement les sourcils. Je crois que tu sais où c'est.

Quelque chose passa entre les deux hommes, une communication tacite. Bien sûr que Marcus savait où cela se trouvait, il s'y était rendu la veille au soir. Phoebe commença à s'inquiéter.

Marcus inclina la tête.

— Oui, je sais.

— Tu y étais hier soir, poursuivit Sheffield.

Ce n'était pas une question. Il *savait* que Marcus était là.

— Tu l'as vu.

Le cœur de Phoebe s'emballa tandis qu'une vive appréhension s'emparait d'elle. Elle n'appréciait pas le regard de Sheffield, empreint de doute et de suspicion.

— Oui, je l'ai vu, et il était vivant quand je suis parti.

La voix de Marcus était toujours aussi calme, tout comme son expression. On aurait dit qu'ils discutaient du temps qu'il faisait !

— Quelle heure était-il ? s'enquit Sheffield.

— Entre onze heures et minuit.

Le coureur hocha la tête.

— Tu ne m'as pas dit que tu l'avais retrouvé.

— J'avais prévu de le faire aujourd'hui. Il était assez tard hier soir.

— Et pourtant, la Horn Tavern n'est pas si loin de Bow Street.

Marcus afficha un sourire où ne transparaissait pas son charme habituel.

— Comme tu peux le voir, j'avais des engagements bien plus intéressants.

Sheffield adressa un petit sourire à Phoebe, puis reporta son regard sur Marcus.

— Drobbit était-il seul ?

— Oui. Il était aussi un peu ivre.

— As-tu vu quelqu'un dans sa chambre ? Quelque chose qui aurait pu attirer l'attention ou les soupçons ?

Marcus secoua la tête.

— Non, l'étage était vide. Je n'ai vu personne, ni en montant ni en descendant.

— Quelqu'un t'a-t-il vu partir ?

Marcus haussa les épaules.

— Je ne saurais le dire. Je n'ai parlé à personne en sortant.

Sheffield se tut, et Phoebe aurait pu jurer entendre les rouages de son esprit tourner. Elle avait envie de dire que Marcus ne pouvait pas avoir tué Drobbit. Il ne l'aurait pas fait.

— Tu devrais rentrer chez toi, lui conseilla Sheffield.

— Il se trouve que j'étais justement sur le départ.

— Bien. Reste là-bas. Je reviendrai plus tard te poser quelques questions supplémentaires.

Marcus lui adressa un signe de tête.

— Tu es le bienvenu à toute heure.

Il semblait très tranquille, très calme, alors que Phoebe avait envie de crier. Sheffield s'en alla, et elle attrapa la main de Marcus qu'elle serra en se tournant vers lui. Il secoua vivement la tête et porta un doigt à sa bouche. Il lui lâcha la main, puis s'approcha de la porte où il s'arrêta, l'oreille tendue.

Phoebe écouta aussi, et lorsque la porte d'entrée se referma, Marcus se détendit visiblement. Et il jura violemment, avant de lui lancer un regard d'excuse.

— Il était vivant quand tu es parti, affirma Phoebe.

— Oui, répondit Marcus, sortant quelque chose de sa poche pour le regarder dans le creux de sa paume. Il m'a donné ceci.

Phoebe s'avança près de lui et vit le camée dans sa main.

— Il est magnifique. Pourquoi te l'a-t-il donné ?

— C'est ma mère. Le bijou appartenait à celle de Drobbit. J'en ai un qui la représente, et qui appartenait à ma mère. Je devais le lui donner ce matin, quand il serait venu chez moi.

Marcus lui avait raconté leur conversation la veille. Il lui avait expliqué que l'escroquerie de Drobbit était terminée, mais il n'avait pas mentionné les camées.

Elle lui toucha le bras et se rapprocha de lui.

— Je suis tellement désolée.

Il inspira brusquement.

— Je ne suis pas triste. Comment pourrais-je l'être alors que je le connaissais à peine ?

— N'était-il pas ta seule famille ?

— Oui, mais il aurait pu être n'importe qui.

Sa voix était étrangement froide et la fit frissonner. Il ne ressemblait en rien à l'amant ardent qui venait dans son lit.

Ils restèrent silencieux un moment, puis il se tourna vers elle.

— Mon majordome a dû lui dire où j'étais.

— Tes domestiques savent que tu as passé la nuit ici ?

— Juste mon majordome et mon valet de chambre. Ils sont incroyablement discrets. Comme ta femme de chambre, la rassura-t-il, fronçant les sourcils en lui prenant la main. Je dois rentrer chez moi, et nous ne pourrons pas nous voir pendant quelques jours. Je vais être au centre des ragots, plus que d'habitude.

Il afficha un sourire qui ne contribua pas à apaiser le trouble qui agitait Phoebe.

— Nous ne devons rien faire qui puisse attirer l'attention.

Les commérages. Ils allaient être affreux. Et en parlant de ragots…

— Tu t'es battu avec Drobbit dans le parc. Pire encore, on raconte que tu as menacé de le tuer. Maintenant les gens vont dire que tu l'as fait.

— Si quelqu'un est au courant de sa mort. Ce n'est pas comme si Drobbit était un membre connu de la bonne société.

— Je pense que les gens savent qui il était depuis l'incident du parc, insista Phoebe. N'y a-t-il pas eu des paris pour savoir si tu allais le défier en duel ?

Le visage de Marcus tressaillit, et ce fut la première émotion qu'elle vit chez lui.

— Oui, mais ce ne sont que des commérages. Mais, tu le sais, nous ne pouvons pas nous laisser atteindre par cela. N'est-ce pas ?

Il lui serra la main et la regarda dans les yeux. Elle savait que c'était vrai. Cela ne rendait pas les choses plus faciles pour autant.

— Bien. Mais je ne veux pas que les gens pensent que tu es un meurtrier. *Tu n'en es pas un.*

Marcus sourit et déposa un baiser sur la main de Phoebe.

— Du moment que toi, tu ne le penses pas, et que Bow Street non plus, c'est tout ce qui m'importe.

— J'ai l'impression que tu es terriblement blasé à ce sujet.

— Comment pourrait-il en être autrement ? Je ne l'ai pas tué. Je ne suis pas triste qu'il soit mort. La seule chose qui me chagrine un peu, c'est le fait qu'Harry ait dû se présenter ici et gâcher notre charmante matinée.

Phoebe haussa un sourcil.

— C'est tout ce qui te préoccupe ?

Il l'attira dans ses bras et l'embrassa fougueusement.

— Cela, et le fait que je ne pourrai pas te voir pendant quelques jours.

— Ne puis-je pas me faufiler à l'arrière de ta maison comme tu le fais ici ?

— J'ai beau en mourir d'envie, nous devons nous tenir éloignés. Ce n'est l'affaire que de quelques jours.

Elle lui lança un regard espiègle.

— Et si je me moque que tout le monde sache que nous avons une liaison ?

— Et si je m'en soucie ?

Il rit doucement, puis l'embrassa à nouveau. Les lèvres de Marcus s'attardèrent contre celles de Phoebe, et lorsqu'il s'éloigna, il lui caressa la joue.

— J'enverrai un message quand je pourrai revenir.

— Tu ferais bien d'envoyer un message avant cela. Je veux des nouvelles régulières.

Il la dévisagea un bref instant avant de déposer un baiser sur sa joue.

— À bientôt, murmura-t-il.

Il tourna les talons et s'en alla.

Phoebe se mit à faire les cent pas dans la salle jardin. Elle n'arrivait pas à croire qu'il prenait cette nouvelle avec autant de désinvolture. Un coureur de Bow Street l'avait débusqué juste après l'aube pour l'interroger sur le meurtre de son cousin, alors que tout le monde savait qu'il ne l'aimait pas et le soupçonnait d'avoir proféré des menaces à son endroit.

Elle allait être dans tous ses états jusqu'à ce que tout cela soit derrière eux. Elle s'arrêta près des portes menant au jardin. À quoi s'attendait-elle, à ce qu'il aille en prison ? Ou pire, à ce qu'il soit pendu ?

Songer à l'une ou l'autre de ces possibilités l'emplissait d'effroi. Elle ne voulait pas le perdre, pas même pour quelques jours, ce qui était apparemment nécessaire.

Elle se laissa tomber sur l'une des chaises autour de la table, près de la porte. Elle ne pouvait pas penser ainsi. Ils avaient une liaison, rien de plus.

Soudain, elle songea à son expression lorsqu'elle lui avait dit vouloir des nouvelles régulières. Il n'avait pas acquiescé et il avait semblé… ennuyé. Puis, quand elle avait suggéré qu'elle se moquait peut-être que les gens découvrent leur liaison, il avait plaisanté en disant que lui, peut-être, s'en souciait. Était-ce vraiment une plaisanterie ? Ce n'était pas un homme connu pour ses liaisons. Il était réputé pour passer du temps avec des courtisanes et dans des bordels, et pour ne *pas* avoir de maîtresse.

Peut-être cela le dérangerait-il que les gens sachent pour elle. Pour *eux*.

Un sentiment de trouble l'envahit. Elle n'avait pas eu l'intention de s'attacher à lui, de nourrir des sentiments à son égard. Et pourtant, comment aurait-elle pu faire autrement ? Il la comprenait comme jamais personne ne l'avait fait. Il la soutenait, il s'occupait d'elle.

Elle pourrait très facilement tomber amoureuse de lui, si ce n'était pas déjà fait. Et s'il l'apprenait ? Et si cela lui offrait l'occasion de mettre un terme à leur liaison avant qu'elle ne le mette mal à l'aise ?

Et s'il lui demandait de rester à l'écart parce qu'il était déjà prêt à passer à autre chose ? Deux nuits avec elle, c'était déjà une nuit de plus que ce à quoi elle aurait dû s'attendre.

Elle ne pouvait rien faire d'autre qu'attendre. Ou peut-être devrait-elle renoncer à lui avant qu'il ne lui brise le cœur.

～

*P*our la troisième journée consécutive, Marcus errait dans sa propre maison. Ce n'était pas qu'il ne pouvait pas partir ; il n'en avait pas envie. Comme Anthony l'en avait informé la veille, les ragots allaient bon train, surtout depuis que des coureurs de Bow Street avaient élu domicile devant chez lui peu de temps après son retour de chez Phoebe. Il avait commencé à les inviter à manger le même jour.

Dorne entra, porteur d'une lettre.

— Ceci vient d'arriver, my lord.

Marcus se demanda si elle venait de Phoebe. Elle lui avait écrit la veille pour lui dire qu'elle pensait à lui. Elle lui avait offert des paroles de soutien et d'encouragement, lui disant que tout cela serait bientôt derrière eux.

Mais cette missive ne venait pas d'elle. Il y avait là une facture des pompes funèbres et la confirmation que Drobbit serait enterré le lendemain matin. À moins que Bow Street ne décide de réexaminer le corps.

Marcus jeta le parchemin sur son bureau et alla se servir un verre de porto. Il avait bu plus que de raison ces deux derniers jours, mais qui aurait pu lui en vouloir ? Il était le suspect d'une enquête sur un meurtre. Ce qu'il voulait maintenant, c'était sortir et trouver qui avait vraiment tué son cousin. Il était sur le point de le faire, et de laisser le coureur à l'extérieur le suivre.

Dorne revint et annonça qu'Anthony était de retour. Marcus lui demanda de le faire entrer. Il versa un autre verre de porto et le tendit à son ami dès qu'il arriva.

Anthony accepta la boisson.

— Ah, tu me connais si bien ! Mais il me semblait que tu m'avais dit d'arrêter de boire.

— Je t'ai dit d'arrêter de boire *autant*. C'est une occasion spéciale, répondit Marcus qui but une gorgée.

— Tu donnes l'impression qu'il s'agit d'une question importante et non d'une question délicate.

Marcus se dirigea vers son fauteuil préféré et s'y installa en étirant ses jambes.

— Les deux. Je dois sortir avant de devenir fou.

— Tu n'en as pas le droit ? s'enquit Anthony qui s'installa sur un autre fauteuil.

— Je peux sortir, mais le coureur qui se trouve dehors me suivra.

Anthony haussa une épaule.

— Est-ce vraiment important ? À moins que tu n'aies l'intention de tuer quelqu'un.

Marcus lui lança un regard noir.

— C'est encore trop tôt pour plaisanter ? Mes excuses, lui dit Anthony, qui but une gorgée de son porto. Où veux-tu aller ? À Hyde Park ? À Bond Street ? Chez Brooks ?

Marcus frémit.

— Rien de tout ça. Les ragots sont-ils moins graves que tu le disais hier ?

Anthony grimaça.

— Je crains que ce ne soit pire. La plupart des gens sont convaincus que tu as tué Drobbit. Cependant, il apparaît maintenant que c'était peut-être un escroc. Certains présument qu'il a tenté de te flouer et que tu l'as abattu.

Cela n'aurait pas dû surprendre Marcus, et, en réalité, ce n'était pas le cas.

— La plupart des gens ?

Il se moquait de savoir qui, à l'exception d'une personne. Phoebe pensait-elle qu'il avait tué son cousin ? Elle ne lui en avait pas donné l'impression.

Il se secoua mentalement. Cela n'avait pas d'importance.

— Je n'ai pas fait de décompte officiel, lui dit Anthony. Tu t'en moques, n'est-ce pas ?

— Oui. Cependant, je préférerais ne pas être poursuivi pour le meurtre.

— Y a-t-il une chance que cela arrive ?

Marcus but une autre gorgée. Il n'y avait pas pensé, mais Harry ne lui avait pas dit qu'il n'était plus suspect ni qu'il y en avait d'autres.

— Il n'est pas possible qu'ils enquêtent uniquement sur moi. Je pense à plusieurs gentlemen qui auraient une raison de le tuer.

— Parce qu'il les dupait. Des hommes comme Halstead, intervint Anthony, sourcils froncés. Était-il déjà parti pour Huntwell ?

— Je n'en suis pas sûr. Je crois qu'ils sont partis mercredi matin.

— Alors non.

Marcus regarda fixement Anthony.

— Tu ne peux pas sérieusement penser que Graham a quelque chose à voir avec cela.

Son ami secoua la tête et s'adossa à son fauteuil en soupirant.

— Non. Je réfléchis simplement à voix haute.

— Je veux retourner à la Horn Tavern et fouiller, poser des questions.

Il souhaitait en particulier discuter avec Marie, qui lui

avait été d'une grande aide. Quelqu'un avait dû voir quelque chose cette nuit-là.

— Bow Street l'a probablement déjà fait, non? s'enquit Anthony.

— Et où en sont-ils? Harry ne m'a pas tenu au courant de leur enquête.

Dorne apparut dans l'embrasure de la porte.

— Un autre message est arrivé pour vous, my lord. Le garçon qui l'a livré a dit que c'était urgent.

Le ventre de Marcus se noua. Il leva la main et Dorne lui remit la missive. Après avoir incliné la tête, il tourna les talons et sortit.

Retournant le papier entre ses doigts, Marcus contempla le courrier.

Une sensation d'effroi l'envahit. Il ouvrit le parchemin et en parcourut rapidement le contenu; son appréhension se confirma.

— Il s'agit d'une note de courtoisie de la part de mon ami le coureur, pas de Bow Street. Un témoin s'est présenté pour dire qu'il m'avait entendu menacer Drobbit l'autre soir à la Horn Tavern, puis qu'il avait entendu un coup de feu.

Marcus laissa retomber son bras, tenant la lettre sur ses genoux.

— Je vais être arrêté.

Anthony blêmit.

— Bon sang! Quand?

— Je l'ignore, mais je ne vais pas attendre ici.

Marcus se leva et jeta la lettre sur son bureau, puis termina son porto. Il posa le verre vide sur le buffet.

— Je me rends à la Horn Tavern.

Il était encore tôt dans l'après-midi, mais, avec un peu de chance, il apprendrait quelque chose. S'il était coincé à Bow Street, il ne pourrait rien faire. Anthony vida le reste de son porto et se leva d'un bond.

— Je viens avec toi.

— Je pense qu'il vaut mieux que j'y aille seul. Tu n'as pas besoin d'être impliqué dans cette affaire.

— Je suis ton ami. Dis-moi ce que je peux faire pour t'aider.

— Reste ici, et si Bow Street vient m'arrêter, dis-leur que je serai bientôt de retour.

Marcus n'essayait pas de leur échapper. Cela ne servirait à rien.

— Tu es marquis, dit Anthony avec une grande assurance. Tu seras jugé par les Lords, et tu invoqueras ton immunité.

— Seulement s'ils me déclarent coupable d'homicide involontaire.

S'il était reconnu coupable de meurtre, il serait pendu. Marcus se renfrogna.

— Mais je n'ai rien fait.

Marcus appela Dorne et l'envoya chercher son chapeau et ses gants. Quelques minutes plus tard, une fois qu'Anthony lui eut souhaité bonne chance, Marcus quitta la maison par l'arrière pour se rendre dans l'allée. Il se faufila rapidement jusqu'à Oxford Street où il prit un fiacre jusqu'à Russell Street.

Les gens qui circulaient dans la rue pendant la journée étaient bien différents de ceux qui s'y trouvaient tard dans la nuit. Les commerçants et les acheteurs se côtoyaient. Marcus se hâta de rejoindre la Horn Tavern et se glissa dans l'intérieur obscur de l'établissement.

L'endroit était différent, lui aussi, plus calme et bien moins bondé. Marcus se dirigea droit vers le bar et fit signe à l'employé. L'homme s'approcha en traînant les pieds.

— Vous voulez une bière ?

— En fait, je voudrais parler à Mary. Est-elle ici ?

— Qui veut savoir, s'enquit l'homme d'un ton bourru.

Marcus déposa quelques pièces sur le comptoir.

— Où puis-je la trouver ?

L'employé ramassa les pièces et fit un signe de tête vers le plafond.

— Dernier étage. Elle partage sa chambre avec une autre fille.

— Merci.

Marcus partit à grands pas vers les escaliers et grimpa les marches deux à deux. Il hésita brièvement sur le deuxième palier, jetant un coup d'œil vers la chambre de Drobbit. Il était vraiment navré que la vie de cet homme se soit achevée de cette manière. Mais qui était derrière tout cela ?

Arrivé en haut, Marcus vit plusieurs portes. Résigné à devoir deviner, il commença par la première porte à gauche. Il lui fallut attendre la troisième pièce pour la trouver. Il n'eut pas besoin de toquer, car elle sortit la tête dans le couloir lorsqu'il frappa à la deuxième.

L'apercevant, Marcus se précipita vers sa porte.

— Puis-je vous parler ?

Elle jeta un coup d'œil à l'intérieur de la chambre, puis sortit en refermant derrière elle. Calant une de ses boucles sur son oreille, elle leva les yeux vers lui avec une lueur d'incertitude dans le regard.

— Je suis désolée d'avoir parlé de vous à Bow Street.

Marcus serra les dents. C'était elle qui leur avait dit l'avoir entendu se disputer ?

— Que leur avez-vous dit ?

— Que vous avez posé des questions sur M. Tibbord et que je vous ai indiqué où le trouver.

— C'est tout ce que vous avez raconté ?

Elle acquiesça. Marcus souffla, la frustration lui rongeant les entrailles.

— Vous n'avez rien vu d'autre ? Personne n'a rendu visite à M. Tibbord ?

Elle se mordit la lèvre, et Marcus décela une pointe d'hésitation dans son attitude lorsqu'elle détourna le regard.

— Mary, pouvez-vous me dire quelque chose d'autre sur cette nuit-là ? Quelque chose qui m'empêcherait d'être pendu ?

Elle écarquilla les yeux juste avant que son front ne se plisse d'inquiétude.

— Il y avait un autre homme, mais je ne suis pas censée parler de lui.

Une étincelle d'espoir jaillit au creux de la poitrine de Marcus.

— Pourquoi pas ?

— Certains gentlemen viennent voir M. Tibbord, mais, contrairement à vous, ils savent qu'ils doivent aller directement voir Scog, au bar. Ils lui disent un certain mot, et il les envoie directement en haut, parce qu'il sait alors que M. Tibbord les a invités. Nous sommes censés ignorer ces gentlemen, et garder leurs visites secrètes, expliqua-t-elle.

Elle s'interrompit pour reprendre son souffle, le visage toujours empreint d'inquiétude.

— Je ne veux pas que vous soyez pendu, my lord.

Ces gentlemen avaient tout l'air d'être ceux qui avaient « placé » leur argent auprès de Drobbit. Le pouls de Marcus s'emballa à la perspective de trouver un autre suspect.

— À quoi ressemblait cet homme ?

— Il était d'une taille supérieure à la moyenne, mais pas trop grand. Des cheveux foncés avec des reflets argentés. Il portait un gilet violet. Je m'en souviens parce que je l'ai trouvé joli.

Un souvenir surgit dans l'esprit de Marcus. Stewart Lennox portait un gilet violet lorsqu'il lui avait rendu visite ce jour-là. Et la description de Mary lui correspondait. Cet idiot était venu voir Drobbit alors que Marcus l'avait averti de ne pas le faire. Quel maudit imbécile !

Mary lui toucha le bras.

— S'il vous plaît, ne dites à personne que je vous en ai parlé, le supplia-t-elle, et son visage se décomposa. Mais, si vous ne le faites pas, vous serez pendu.

— Ne vous préoccupez pas de cela pour l'instant, lui dit Marcus, impatient de connaître les informations dont elle pourrait se souvenir. Avez-vous entendu le coup de feu ?

— Non. La salle commune est trop bruyante, à mon avis.

Elle n'avait pas tort. Marcus se demandait où ce supposé témoin qui s'était rendu à Bow Street avait bien pu se trouver pour l'entendre. Cela n'avait pas d'importance puisque le témoin mentait : il n'y avait pas eu de menaces et certainement pas de coups de feu avant qu'il ne s'en aille.

— À quelle heure avez-vous vu Lennox… ?

Marcus se maudit intérieurement d'avoir mentionné son nom.

— Le gentleman au gilet violet ? se corrigea-t-il.

— Minuit, peut-être ? répondit-elle en haussant les épaules. Je n'en suis pas certaine.

— Une dernière chose, dit-il. Je me demandais si vous saviez qui a dit à Bow Street qu'il m'avait entendu me disputer avec Drobbit juste avant qu'il soit abattu.

Surprise, Mary écarquilla les yeux.

— Quelqu'un a dit cela ? Il aurait fallu qu'il se trouve devant la porte ! s'exclama-t-elle avant de se taire, l'air consterné. Je ne me souviens pas avoir vu quelqu'un d'autre venir ici, mais j'ai pu passer à côté.

— Pensez-vous à autre chose qui se soit passé ce soir-là ?

Elle réfléchit à sa question pendant un long moment, puis secoua la tête.

— Je ne vois pas. Je ne connaissais pas très bien M. Tibbord, mais il a toujours été gentil avec moi. J'ai détesté le voir ainsi.

— Vous l'avez vu après qu'on lui a tiré dessus ?

— C'est moi qui l'ai trouvé. Je lui ai apporté son dîner vers une heure.

C'était terriblement tard pour dîner, mais peut-être avait-elle été occupée. Ou peut-être Drobbit avait-il tout simplement un emploi du temps très étrange.

Ce qui signifiait que Drobbit avait été tué peu après le départ de Marcus, mais avant une heure : un intervalle de temps assez étroit. Et Lennox était arrivé dans ce délai. Était-ce lui qui avait impliqué Marcus ? Cela semblait peu probable, mais qu'en savait-il ? *Quelqu'un* voulait faire porter le chapeau à Marcus.

Tout ce qu'il avait à faire, c'était se rendre à Bow Street et leur dire que Lennox était venu ici aussi. Sauf que Marcus ne ferait pas cela. Si Lennox l'avait tué, et il semblait que c'était le cas, il serait pendu. Il ne pouvait pas laisser faire une telle chose.

Marcus adressa un petit sourire à Mary.

— Je vous remercie pour votre aide.

Il fouilla dans sa poche pour lui donner une autre pièce, mais elle secoua la tête.

— Je ne vous prendrai plus rien.

Marcus ramena sa main contre son flanc.

— Je pense qu'il vaut mieux que vous ne parliez à personne de l'homme au gilet violet.

— Mais, cela n'aiderait-il pas votre cause si je le raconte à Bow Street ?

— Non, mentit Marcus.

Il ne pouvait pas laisser le père de Phoebe se faire pendre. Marcus avait beaucoup plus de chances de survivre à un procès et à une condamnation.

— De plus, je ne souhaite pas vous causer d'ennuis. Tout ira bien, je vous le promets.

Il inclina la tête, puis tourna les talons et s'engagea dans les escaliers. À mesure qu'il descendait, son esprit s'agita. S'il

tentait de se défendre contre l'enquête de Bow Street, ils fini-
raient par trouver le père de Phoebe. Marcus ne pouvait pas
non plus laisser faire cela.

Ce qui signifiait qu'il devait avouer. Les paroles d'Anthony lui revinrent en mémoire : *Invoque ton immunité.* Il
pourrait le faire s'il était coupable d'homicide involontaire,
ce qu'il pourrait plaider. Il prétendrait avoir agi en état de
légitime défense et échapper à toute sanction autre qu'une
amende. Il était révoltant de se dire que son immunité
pouvait le sauver de la potence, alors que n'importe quel
autre homme serait probablement pendu au bout d'une
corde.

Il n'y avait qu'une chose à faire, et plus vite il s'en charge-
rait, plus vite il pourrait mettre toute cette débâcle derrière
lui.

Mais, d'abord, il se devait de lui rendre visite.

CHAPITRE 14

*M*arcus n'avait pas répondu à la lettre qu'elle avait envoyée la veille. En fait, il n'avait pas du tout correspondu avec elle. Phoebe devait se rendre à l'évidence : leur liaison avait rapidement tourné court.

Sauf qu'elle n'était pas prête à l'accepter. Elle voulait se battre. Mais pour quoi ? Il s'agissait d'une liaison sans promesses, et par nature temporaire. Si elle n'était pas encore terminée, elle le serait à un moment ou à un autre, sans doute dans un avenir proche.

Ils n'avaient pas passé assez de temps ensemble. Sans le meurtre de Drobbit, Marcus et elle seraient encore ensemble. Elle en était sûre.

Vraiment ?

Phoebe cligna des yeux et se concentra à nouveau sur le livre qu'elle essayait de lire, en vain. Un frisson lui parcourut les épaules. Elle se tourna vers la porte du jardin au moment où Marcus la fermait.

Reposant le livre, elle bondit et le laissa tomber sur le fauteuil. Son cœur se mit à battre la chamade, et son souffle se bloqua dans ses poumons.

L'envie de courir vers lui et de lui passer les bras autour du cou était presque irrésistible. Elle résista quand même, alors qu'elle avait l'impression que son corps allait s'élancer de son propre chef.

Il jeta un regard vers la porte ouverte donnant sur le vestibule et l'escalier. Phoebe alla la fermer. Puis elle la verrouilla pour faire bonne mesure.

Lorsqu'elle se retourna pour lui faire face, il lui adressa un faible sourire.

— Je t'ai manqué ?

Elle s'approcha de lui à grands pas, s'arrêtant avant de le toucher.

— Oui. J'étais si inquiète !

Il jeta son chapeau sur une chaise et lui prit les mains. Il ne portait pas de gants.

— J'imagine bien, et je suis navré. Il n'y avait pas grand-chose à raconter.

Soudain, elle n'en put plus. Se hissant sur la pointe des pieds, elle posa les mains sur le visage de Marcus, faisant courir ses doigts sur les contours familiers de sa mâchoire et de ses pommettes. Puis elle l'embrassa.

Le résultat fut explosif et dévorant. Leurs bouches s'inclinèrent, leurs langues se heurtèrent. Elle s'agrippa à ses épaules, s'ancrant à lui et aux sensations qu'il lui procurait. Du désir, de l'exaltation, du manque.

Il empoigna ses fesses, la rapprochant de lui pour que leurs bassins soient alignés. Elle sentit son sexe raide contre son bas-ventre. Un désir désespéré l'envahit. Faisant tourner ses hanches contre lui, elle remonta ses doigts dans son cou puis dans ses cheveux.

Leurs baisers s'égarèrent, passant de leurs bouches à leurs mâchoires, à leurs cous et à leurs oreilles. Elle le mordilla, et il gémit.

— J'ai besoin de toi, gronda-t-il.

Elle empoigna ses cheveux.

— J'ai besoin de *toi*, dit-elle à son tour.

Il la fit tourner et les rapprocha du jardin. Elle sentit la table contre le haut de ses cuisses, puis il la souleva pour l'asseoir sur le bord. Lorsqu'il releva ses jupes, elles enveloppèrent ses hanches.

Elle abaissa les mains et ouvrit les boutons du pantalon de Marcus. Elle plongea pour enrouler ses doigts autour de son membre et tira sur sa chair. Il laissa échapper un gémissement guttural, un bruit sombre et grave qui l'inonda de désir.

Marcus lui écarta les jambes, et elle le plaça au niveau de son sexe. Puis il s'enfonça en elle, profondément.

Phoebe enroula ses cuisses autour de lui, plantant les talons dans ses fesses pendant qu'il la pénétrait. Elle tira sur sa nuque, attirant sa bouche vers la sienne. Leurs baisers étaient enivrants et sensuels, faisant monter la passion qui crépitait entre eux. Elle voulait que ce moment, cette union, dure éternellement, mais elle sentait déjà son extase approcher.

Il saisit sa tête et la tira en arrière pour exposer sa gorge à ses lèvres et à sa langue. Il laissa une traînée dévastatrice de désir et de ravissement de sa mâchoire à son corsage, sa bouche se refermant sur sa chair et la suçant avec force avant de la relâcher.

Elle explosa, ses sens se brisant à mesure que le plaisir l'engloutissait. Elle se cramponna à lui au milieu de son orgasme, comme s'il était la seule chose qu'elle comprenait, la seule chose qui avait un sens.

Ses hanches claquèrent entre les siennes, la pénétrant plusieurs fois avant qu'il ne grogne et ne s'enfouisse en elle. Avec ses jambes, elle le maintint fermement en elle, se délectant de la sensation qu'il lui procurait.

Elle reposa son front sur son épaule, le souffle court.

— *Oh, bon sang !*

Les mots de Marcus contrastaient avec la douceur avec laquelle il lui caressait le dos.

Sa question mourut sur les lèvres de Phoebe lorsqu'elle comprit pourquoi il jurait. Ils n'avaient pas utilisé d'éponge ni de redingote anglaise. Et il ne s'était pas retiré avant de libérer sa semence.

— *Bon sang*, en effet, murmura-t-elle.

Il rit doucement, puis plus fort. Puis il l'embrassa sur la tempe.

— Tu es un trésor.

Phoebe abaissa les jambes et il se retira. Avant qu'il aille trop loin, elle se servit de l'ourlet de son jupon pour essuyer Marcus. Les yeux de la jeune femme rencontrèrent l'intensité cobalt des siens.

— Merci, lui dit-il simplement avant de se détourner d'elle et de reboutonner son pantalon.

Elle savait qu'il voulait lui donner un peu d'intimité. C'était un amant exceptionnellement attentionné. Il était exceptionnellement prévenant dans tous les domaines.

Prenant un moment pour se nettoyer, elle descendit de la table et se rajusta. Elle replaça ses cheveux en arrière, ne sachant pas trop à quoi ils ressemblaient.

— Je n'avais pas l'intention que cela se produise, se justifia-t-il en se tournant pour la regarder à nouveau.

— Visiblement. Nous n'étions pas préparés, ni l'un ni l'autre.

— Et nous nous sommes totalement laissé emporter.

Il semblait regretter, mais une lueur dans ses yeux disait le contraire, comme une fierté satisfaite du fait qu'ils avaient été trop dépassés pour avoir les idées claires. Ou peut-être voyait-elle tout simplement le reflet de ce qu'elle ressentait.

— Pourquoi es-tu passé par la porte de derrière ? s'enquit-elle, appréhendant sa réponse.

Il inspira, et l'étincelle disparut de son regard. L'appréhension de Phoebe grandit.

— Je voulais veiller tout particulièrement à ne pas être vu. Il est plus que jamais essentiel de ne pas être trop étroitement liés. Je suis venu pour mettre fin à notre liaison.

Il fit un pas vers elle avec un petit sourire triste.

Pendant un instant, Phoebe eut l'impression que la pièce basculait. D'une certaine manière, elle s'y attendait. Il s'était tenu éloigné d'elle depuis la découverte du corps de Drobbit.

— Deux nuits, c'était une nuit de trop ? demanda-t-elle, s'efforçant de garder un ton léger. Sans compter aujourd'hui.

Penser qu'elle ne vivrait plus jamais cela avec lui… L'angoisse lui tenaillait le ventre, et elle dut serrer la mâchoire pour ne pas émettre un son.

Il inclina légèrement la tête.

— Tu n'es pas surprise ?

— Devrais-je l'être ? Tu n'es pas du genre à avoir des liaisons, et ton absence des derniers jours en disait long.

Le front de Marcus se plissa.

— Je ne voulais pas te contaminer avec le désastre qui m'entoure. Je ne le veux toujours pas.

— C'est donc pour cette raison que tu y mets un terme ?

Elle aurait préféré cette excuse.

— En partie. Mais, tu as raison. C'est trop. Pour moi.

Phoebe céda à son chagrin et fit un pas vers lui.

— Pourquoi ?

Marcus cligna des yeux et ne lui répondit pas immédiatement. Son regard vacilla, et il regarda le jardin derrière elle.

Il combla la distance qui les séparait et lui prit la main.

— Je ne suis pas fait pour ça. Tu es une femme belle, intelligente, et bienveillante, Phoebe. Je prie pour que tu ne restes pas seule. Contrairement à moi, je ne crois pas que tu sois faite pour ça. Tu devrais avoir un mari qui t'adore, et des enfants, si tu en veux. Tu mérites cela, et plus encore.

Marcus embrassa le poignet de Phoebe, ses lèvres semblaient douces et familières.

— Je pense que tu es un lâche.

Ses pensées avaient jailli de sa bouche sans qu'elle puisse se censurer. Elle vit une lueur de surprise dans son regard.

— Peut-être, répondit-il, lui lâchant la main. Je n'ai jamais prétendu être un héros.

Et il n'en était pas un. La colère prit le pas sur le désespoir de Phoebe.

— Et si je tombe enceinte ?

— Cela n'arrivera pas.

Phoebe lui jeta un regard noir.

— Quelle arrogance de ta part de dire une telle chose !

— Oui, eh bien, c'est un domaine pour lequel je suis plutôt doué.

— Tu excelles aussi dans l'art d'être éphémère, mordit-elle.

Elle voulait qu'il parte avant qu'elle fasse quelque chose de totalement humiliant, comme pleurer.

— Ne me laisse pas te retenir.

— J'espère que nous resterons amis, proposa-t-il.

Elle fut prise d'une envie de lui jeter son livre à la tête.

— Bien sûr.

Peut-être. Mais pas aujourd'hui.

Il eut l'air de vouloir dire quelque chose d'autre, mais finalement il se contenta d'attraper son chapeau et de repartir comme il était venu.

Phoebe le suivit du regard jusqu'à ce qu'il disparaisse. Se retournant, elle marcha d'un pas raide jusqu'à son fauteuil et prit son livre. Lentement, elle s'assit, l'ouvrage posé sur ses genoux.

Finalement, elle s'abandonna à l'émotion. Elle pleura, car elle venait de perdre son amour au moment même où elle s'était rendu compte de ce qu'elle éprouvait.

*H*arry fit entrer Marcus dans une petite pièce à Bow Street. L'espace était chichement meublé d'une petite table et de quelques chaises en bois dépareillées. Dans le coin se trouvait une cheminée étroite et froide, et une fenêtre située en haut du mur ne laissait passer qu'un peu de lumière par ce temps très couvert. Cet environnement lugubre s'accordait parfaitement avec la morosité de Marcus.

Harry montra une chaise du doigt.

— Je te prie de m'excuser pour le manque de confort. En général, c'est ici que nous interrogeons les gens. Je crains de ne pas avoir trouvé d'autre endroit où nous rencontrer.

Il s'assit, et lorsque la chaise grinça sous lui, Marcus se demanda si elle ne risquait pas de s'écrouler sous le poids de l'imposante carcasse de Harry.

Il prit place à son tour, mais son siège ne fit pas de bruit.

— C'est très bien. En fait, c'est sans doute approprié, parce que je suis venu me confesser.

Harry écarquilla les yeux, puis il fronça les sourcils.

— D'avoir tué Drobbit ?

Marcus hocha la tête.

— Oui.

— Tu lui as tiré dessus ?

— Oui.

Le mensonge lui brûlait la gorge, mais il était nécessaire. Il n'allait pas laisser le père de Phoebe se faire pendre.

Harry prit un moment avant de parler à nouveau. Il passa une main sur son front crispé.

— Pourquoi ne pas l'avoir avoué plus tôt ?

— J'étais bouleversé ; je n'ai jamais eu l'intention de lui faire du mal.

C'était vrai. Du moins, pour l'intention. Il n'avait pas été bouleversé, car cela lui arrivait rarement. Pourtant, il l'était maintenant. Vraiment ?

Oui. Il était agité, déstabilisé, frustré. Pas à cause de Drobbit, mais à cause de Phoebe. Son regard lorsqu'il l'avait quittée un peu plus tôt le hanterait longtemps. Pour toujours, peut-être. *Bon sang !*

Harry remua sur sa chaise, ce qui la fit gémir à nouveau.

— Tu dois savoir que ce n'est pas une bonne chose que tu aies attendu pour te confesser que le témoin soit venu nous parler de toi.

— J'imagine que ce n'est pas idéal. Cependant, c'est là que nous en sommes, dit-il, adressant à Harry un sourire triste. Je te remercie d'avoir envoyé un message. Cela m'a permis d'arranger certaines choses.

Harry haussa brièvement les sourcils, surpris.

— Comme quoi ?

— Des affaires personnelles.

— Rien à voir avec le meurtre, alors ? C'était une chose étrange à dire. Je dois poser la question.

Marcus ricana.

— J'ai mal choisi mes mots. Il fallait que je parle à quelqu'un, et j'ai pu le faire.

— Mlle Lennox ? s'enquit Harry.

Comme Marcus ne répondait pas, Harry poursuivit.

— J'ai appris que tu t'es battu avec Sainsbury chez White lundi. Lui as-tu brisé le nez ?

— Je n'ai pas consulté de médecin, mais j'en ai eu l'impression, oui, répondit Marcus qui s'adossa à sa chaise et croisa les jambes. Quel est le rapport avec Drobbit ?

— C'est un comportement violent récurrent. Tu t'es aussi battu avec Drobbit au parc il y a quelques semaines.

Bon sang. Cela non plus ne s'annonçait pas très bien pour lui. Pourtant, il ne le regretterait jamais, et il se fichait de qui le saurait.

— Sainsbury méritait les coups qu'il a reçus, et plus encore.

Harry appuya ses mains sur ses genoux, se penchant légèrement en avant.

— Tu dois te rendre compte que cela donne une mauvaise image de toi.

— Si l'on ajoute à cela ma réputation scandaleuse, j'imagine que cela ne se terminera pas bien.

Il l'avait dit avec une pointe d'humour, mais cela semblait néanmoins macabre.

Harry se renfrogna.

— J'espère que tu ne prends pas cela à la légère. Les preuves seront présentées au magistrat demain. Il y a suffisamment d'éléments pour que je m'attende à ce qu'il t'accuse de meurtre.

Meurtre. Le mot résonna dans le cerveau de Marcus. La pièce, déjà petite, sembla se refermer sur lui.

— Où serai-je emprisonné jusqu'à demain ?

— Nulle part. Je vais te permettre de rentrer chez toi pour ce soir. Mais des coureurs patrouilleront autour de chez toi.

Il ne put éviter de se montrer sarcastique, et pourquoi l'aurait-il fait ?

— Alors, ce sera simplement comme ces derniers jours ?

Harry se renfrogna davantage.

— Tu devrais au moins être inquiet. Après avoir vu le magistrat demain, tu seras emmené à la Tour, où tu resteras jusqu'au procès.

La Tour… Merveilleux. Marcus fut pris de nausée.

— Un procès de mes pairs à la Chambre des lords ?

— Bien sûr. Avec un peu de chance, ils t'acquitteront, mais tu devrais te préparer à être reconnu coupable d'homicide involontaire.

— Pas de meurtre ?

— Non, parce que tu vas plaider la légitime défense. Tu

viens de me dire que tu n'avais pas l'intention de faire du mal à Drobbit. Cet homme volait les gens, et tu essayais de mettre un terme à ses activités. Vous vous êtes disputés. Drobbit t'a attaqué, et tu lui as tiré dessus, expliqua Harry.

Il s'interrompit un moment, puis fixa Marcus d'un regard intense.

— Tu as apporté un pistolet ?

Bon sang ! Marcus n'y avait pas songé.

— Non. C'est Drobbit qui en avait un. Je l'ai jeté dans la Tamise.

Harry le dévisagea, l'air légèrement dubitatif. Il n'avait peut-être pas entièrement confiance dans les propos de Marcus.

— En supposant qu'ils te déclarent coupable d'homicide involontaire, tu devras invoquer l'immunité des pairs. Tu pourrais t'en sortir en ne payant qu'une amende. Ou même avec un acquittement : ne sous-estime pas le nombre de tes amis.

— Ou je pourrais être pendu. Je me rends compte que cela fait longtemps que le comte Ferrers a été exécuté pour meurtre, mais ce n'est pas *si loin*.

Cela faisait près de soixante ans, mais les gens se souviendraient qu'il était déjà arrivé qu'un pair soit emmené à Tyburn, le lieu d'exécution de la capitale du royaume.

— Tu ne vas pas être pendu, dit Harry. C'est pourquoi tu ne vas pas avouer.

— Je *vais* avouer, mais cela me touche que tu essaies de m'aider : tu es un bon ami.

Harry s'adossa à sa chaise et croisa les bras sur son large torse.

— J'aurais préféré que tu ne te sois pas battu avec Drobbit ou Sainsbury.

— Je regrette l'altercation avec mon cousin, mais c'est lui

qui a commencé. Cependant, je reconnais volontiers que j'ai provoqué Sainsbury.

Et il recommencerait. Avec joie.

— J'ai cru comprendre que tu l'avais diffamé ? s'enquit-il, et, voyant Marcus hocher la tête, il poursuivit. La rumeur dit que sa virilité a été mise en cause.

— C'est exact.

— Qu'a-t-il fait pour provoquer ta colère ?

— Il a insulté la mauvaise personne.

Insulté était loin de décrire les crimes de Sainsbury, mais Marcus ne voulait pas donner de détails.

— Es-tu sûr de vouloir avouer ?

— Oui.

Le ventre de Marcus se noua à nouveau. Il avait l'impression de tomber dans un abîme. Il regarda son vieil ami en hochant la tête.

— Tu ne crois pas que j'aie fait cela.

— Non, c'est vrai. Mais je pense que tu veux me faire croire que c'est le cas, répondit Harry en se levant. Demain, le magistrat dressera un procès-verbal du meurtre et t'accusera de l'avoir commis. Si tu choisis de plaider coupable à ce moment-là, je ne suis pas sûr de ce qui se produira. Je t'en prie, plaide non coupable pour te donner une chance.

Une chance de quoi ? Il ne savait pas vraiment s'il serait pendu, même s'il plaidait coupable devant le magistrat le lendemain. Il existait un privilège inhérent au fait d'être marquis, ce qui était ridicule. Il était venu au monde comme n'importe quel autre homme, et il le quitterait de la même manière. Pourquoi devrait-il tirer avantage d'une chose aussi arbitraire que le sang ?

Marcus se leva lentement.

— Je vois que tu y réfléchis, dit Harry. C'est bien. Je viendrai te chercher demain matin. À moins que je ne découvre ce qui s'est réellement passé avant.

Cela ne pouvait pas arriver. Il découvrirait que c'était le père de Phoebe le coupable. Marcus fit quelques pas vers son ami.

— Ne fais pas ça. C'est *moi* qui l'ai fait. Personne d'autre. Oublie ça. S'il te plaît.

Harry lui répondit par un regard noir, la mâchoire serrée.

— Alors, veux-tu signer des aveux maintenant ? Si tu le fais, je ne pourrai pas te laisser partir.

Bon sang ! La pièce sembla se rétrécir davantage. Marcus essaya de respirer profondément, mais en vain.

— Demain.

— Bonne décision.

Seulement, le ton bourru de Harry ne donnait pas du tout l'impression qu'il approuvait. D'un autre côté, pourquoi approuverait-il s'il croyait que Marcus mentait ?

— Ne t'inquiète pas trop pour moi, Harry. Je sais ce que je fais.

Son ami secoua la tête.

— J'espère que c'est le cas.

Il s'avança vers la porte qu'il ouvrit, indiquant d'un signe de tête à Marcus de le précéder.

Ce dernier quitta le bâtiment et monta dans sa calèche qui l'attendait. Il baissa les yeux sur ses mains, pour voir si elles tremblaient. Ce n'était pas le cas. Il considérait cela comme une victoire.

La vérité était que, s'il savait ce qu'il faisait, il n'était pas du tout sûr de la tournure que prendraient les événements. En outre, il n'était pas sûr que cela lui importait. Pour la première fois de sa vie, il se sentait vraiment abattu. Et cela le terrifiait au plus haut point.

CHAPITRE 15

près le départ de Marcus, Phoebe mit un certain temps à se ressaisir. Elle sortit dans le jardin et tailla vigoureusement deux arbustes. Lorsqu'elle eut terminé, elle espéra ne pas les avoir rabougris pour toujours.

Impatiente de se nettoyer après ses efforts, Phoebe attendait l'arrivée d'eau fraîche dans sa chambre. Elle fut ravie de voir que c'était Meg, la bonne que son père avait congédiée et qui avait fini par travailler chez Sainsbury, qui la lui apportait.

— Meg, vous êtes là !

Plongée dans le brouillard de sa tristesse au sujet de Marcus, Phoebe avait oublié qu'elle devait venir ce jour-là. La gouvernante avait tout arrangé l'avant-veille.

Meg, qui ne devait pas avoir encore vingt ans, sourit en versant l'eau fumante dans la bassine. Elle portait déjà les vêtements que Phoebe lui avait fournis, ce qu'elle faisait chaque fois que quelqu'un venait travailler chez elle. La couleur pêche foncée de sa robe faisait ressortir les tons chauds de ses cheveux blond foncé.

— Oui, mademoiselle. Je vous remercie pour la nouvelle robe.

— Je suis vraiment ravie qu'elle vous aille aussi bien.

— Oui, c'est vrai. Je ne vous remercierai jamais assez de m'avoir débauchée de chez M. Sainsbury.

Elle tressaillit en s'éloignant de la bassine, puis elle alla poser le seau vide près de la porte.

— Je suis vraiment ravie de vous avoir ici. Je suis juste navrée que vous ayez fini par vous retrouver chez Sainsbury.

Phoebe avait appris par sa gouvernante que Meg avait sauté sur l'occasion de partir. Elle lui avait avoué qu'elle était malheureuse de travailler pour Sainsbury, ce qui, bien entendu, n'avait pas surpris Phoebe.

— Je dois dire que je m'inquiète pour ceux qui restent, affirma Meg en joignant les mains, fronçant les sourcils.

Phoebe lui présenta son dos.

— Voudriez-vous bien détacher ma robe ? Page est sortie cet après-midi.

Meg desserra les liens, puis aida Phoebe à se déshabiller.

— Êtes-vous inquiète pour leur sécurité ? s'enquit-elle.

Elle se demandait si Sainsbury avait abusé de l'une de ses domestiques comme il l'avait fait avec elle.

Elle se plaça devant la bassine, puis se lava les bras, le visage et le cou.

— Oui, je crois que oui. Il ne nous a pas fait de mal physiquement, pas comme on pourrait le penser, en tout cas.

Phoebe, uniquement vêtue de son corset et de sa chemise, se tourna pour regarder Meg.

— Je comprends. Vous vous souvenez que j'étais fiancée à Sainsbury. Il ne m'a pas non plus fait de mal physiquement, pas dans le sens traditionnel où l'on peut se retrouver couvert de sang ou contusionné. Mais il a profité de son avantage physique, et il m'a fait du mal.

Des larmes se formèrent dans les yeux de Meg, mais elle

cilla pour les chasser avant qu'elles ne tombent. Phoebe lui prit les mains et les serra.

— Vous êtes en sécurité maintenant. Voyons ce que nous pouvons faire pour mettre également les autres à l'abri.

Meg hocha la tête.

— Merci, mademoiselle. Vous êtes tellement gentille ! Je redoute que M. Sainsbury ne finisse par faire du mal à quelqu'un. Il aime beaucoup ses pistolets, il est toujours en train de les nettoyer, de tirer avec, de jouer avec. Il en porte un sur lui presque en permanence. Cela nous rend nerveux. J'étais tellement soulagée lorsque Mme Tarcove est venue me voir, d'autant plus qu'il était arrivé à la maison tôt mercredi matin avec de la poudre sur ses vêtements. Nous avons pensé qu'il s'était peut-être battu en duel, mais nous n'avons rien entendu à ce sujet. Et vous ? s'enquit Meg, avant de grimacer légèrement. Je vous demande pardon, mademoiselle. Je ne veux pas faire de commérages.

Phoebe était intriguée par toutes ces informations sur l'homme à qui elle avait échappé. Elle ne s'était jamais sentie aussi chanceuse : il semblait encore pire que ce qu'elle avait cru.

— Je n'ai pas entendu parler d'un duel.

Mais cela ne signifiait pas que cela n'était pas arrivé. Elle imaginait sans mal Sainsbury s'attirer de tels ennuis.

— Nous nous sommes posé la question, car il est rentré à la maison lundi soir, furieux et couvert de sang, affirmant qu'il avait eu le nez cassé lors d'une bagarre.

Meg alla chercher un nouveau jupon dans l'armoire.

Une bagarre ? Lundi… Cette nuit-là était gravée dans son esprit pour toujours, car c'était la première fois que Marcus et elle avaient fait l'amour.

Le marquis saignait aussi, soi-disant parce qu'il s'était cogné la tête dans le fiacre.

— Savez-vous avec qui il s'est battu ? s'enquit Phoebe.

Meg revint et passa le vêtement par-dessus la tête de Phoebe avant de l'attacher.

— M. Sainsbury ne l'a pas dit, mais je me souviens qu'il a murmuré le nom de Ripley à plusieurs reprises. Il avait l'air très en colère. C'est peut-être contre lui ?

Évidemment que c'était contre lui. Phoebe n'avait aucun doute à ce sujet. Son cœur s'emballa, et elle inspira brusquement.

Pourquoi Marcus ne lui avait-il pas dit qu'il s'était battu avec Sainsbury ? Qu'est-ce qui avait provoqué le conflit ? Elle lui avait raconté ce que Sainsbury avait fait… Marcus avait-il déclenché une bagarre avec lui ? Pire encore, s'étaient-ils battus en duel ?

Non, cela n'avait pas pu arriver. Sainsbury serait probablement mort. Elle avait entendu dire que Marcus était un excellent tireur, cela faisait partie de sa réputation scandaleuse. Elle avait envie de lui poser des questions au sujet de cette bagarre, mais comment le faire à présent ? La colère qu'elle éprouvait à son égard refit surface. Il était tellement frustrant !

Maîtrisant ses émotions pendant que Meg lui enfilait une robe, Phoebe se concentra sur la question qui l'occupait : Sainsbury et la poudre sur ses vêtements. Quelque chose la troublait à ce sujet, et ce n'était pas parce qu'elle croyait que Marcus et lui s'étaient livrés à un duel dont ils étaient tous deux sortis indemnes. À moins que Sainsbury n'ait été blessé ?

— Lorsque Sainsbury est rentré chez lui avec de la poudre sur ses vêtements, était-il blessé ?

Meg secoua la tête.

— Pas du tout. En réalité, il était d'humeur plutôt joyeuse. C'était très étrange. Quoi qu'il se soit passé, il s'en réjouissait. Nous en avons déduit qu'il devait avoir gagné le duel.

Le sang de Phoebe se glaça. Avait-il… ? Non, ce n'était pas

possible. Pourtant, elle était obnubilée par la possibilité que Sainsbury ait tué le cousin de Marcus. Mais, pour quelle raison aurait-il fait une chose pareille ?

Pour faire croire que c'était Marcus le coupable.

Elle n'était pas sûre d'y croire. Sainsbury était méprisable, mais pourquoi chercherait-il à détruire complètement Marcus ? Il ne s'agissait même pas seulement de le détruire, mais de le voir pendu, puisque c'était le châtiment pour meurtre. Quelque part, cela semblait logique. Ou peut-être Phoebe essayait-elle simplement de trouver un moyen de sauver Marcus.

Il serait particulièrement satisfaisant de découvrir que Sainsbury était le méchant dans cette hypothèse, ce qui signifiait que ce n'était probablement pas vrai.

Phoebe adressa un petit sourire à Meg.

— Merci pour votre aide. Je suis vraiment heureuse que vous soyez là.

Meg fit une révérence avant de prendre la bassine.

— Moi aussi, mademoiselle.

Alors qu'elle versait l'eau usagée dans le seau, Phoebe enfila ses chaussures et se coiffa. Pendant tout ce temps, son esprit tourna autour de la possibilité que Sainsbury soit impliqué dans la mort de Drobbit.

Meg s'en alla, puis revint presque immédiatement.

— Quelqu'un est ici pour vous voir. M. Harry Sheffield de Bow Street.

Le sang de Phoebe se refroidit davantage.

— Merci, Meg. Faites savoir à Culpepper que je rejoindrai M. Sheffield dans la salle jardin.

Après avoir jeté un dernier regard dans le miroir, Phoebe lissa ses cheveux puis se hâta de descendre. Elle se calma et ralentit le pas en entrant dans la salle jardin.

M. Sheffield se tenait près des portes vitrées. Sa présence était imposante, il était à la fois plus grand et plus large d'épaules que Marcus, ce qui paraissait un exploit impossible aux yeux de Phoebe.

— Bonjour, monsieur Sheffield.

En réalité, c'était presque le soir. Il s'inclina.

— Bonjour, mademoiselle Lennox. J'espère que je ne vous dérange pas.

— Pas du tout. Voulez-vous vous asseoir ?

— Merci.

Il s'installa sur son fauteuil favori, ce qui incita Phoebe à en prendre un autre à proximité.

— J'espère que vous ne me trouverez pas trop direct et je veux que vous sachiez que je ferai de mon mieux pour protéger tout ce que vous me direz ici en ce qui concerne votre réputation.

Intriguée, Phoebe n'en restait pas moins agitée par ce qu'elle venait d'apprendre de Meg.

— Je vous remercie de dire cela.

— Pardonnez l'indélicatesse de ma question, mais est-il acceptable pour vous que je présume que, lors de ma visite en début de journée mercredi, lord Ripley avait passé la nuit ici ?

Elle ne voulait pas mentir, surtout pas au sujet de ce qui était arrivé au cousin de Marcus.

— Oui.

— À quelle heure est-il arrivé cette nuit-là ?

— Il était environ… une heure, je pense. Peut-être un peu avant.

Sheffield croisa les mains sur ses genoux.

— Comment était-il ?

Phoebe ne savait pas trop comment répondre à cette question. Elle repensa à cette nuit-là. Il était entré dans sa chambre, et elle lui avait servi un verre de porto. Il en avait à peine bu, parce qu'elle avait retiré sa robe de chambre presque aussitôt. Ils n'avaient que peu discuté.

— Bien, répondit-elle.

— Il ne vous a pas paru agité ou contrarié ?

Elle secoua la tête.

— Pas du tout. Il était comme il l'est toujours : en pleine possession de ses moyens et de ses désirs.

Elle rougit de son choix de mots embarrassant. De plus, ce n'était pas tout à fait vrai. Il avait failli perdre le contrôle, et elle avait dû lui rappeler de mettre la redingote anglaise.

— Pourquoi cette question ?

Elle voulait savoir, et elle ne voulait pas que le dernier mot qu'elle avait prononcé reste en suspens. Sheffield fronça les sourcils.

— Il est venu à Bow Street un peu plus tôt dans la journée, et il a avoué avoir tué son cousin.

— *Quoi ?* s'exclama-t-elle brusquement. C'est ridicule !

L'expression du coureur était lugubre.

— C'est aussi ce que je pense, pourtant il a insisté. Je n'arrivais pas à comprendre pourquoi il me mentait, alors je suis retourné à la Horn Tavern. J'y ai appris que quelqu'un d'autre avait rendu visite à Drobbit ce soir-là.

Ses paroles étaient empreintes d'une certaine tension.

— Qui ? l'interrogea Phoebe.

— Votre père.

Elle cramponna les accoudoirs du fauteuil, le ventre noué. Elle aurait voulu demander pourquoi, mais elle savait. Drobbit avait dupé son père. Marcus le savait aussi.

— Marcus savait-il que mon père était venu ?

— Oui. Une employée de la taverne, une serveuse, a dit qu'elle avait parlé à Ripley de votre père. Elle ignorait son identité jusqu'à ce qu'il l'appelle Lennox. Cette conversation a eu lieu juste avant que Ripley ne m'avoue sa culpabilité.

La pièce se mit à tanguer sous les yeux de Phoebe. Marcus avait avoué ce crime après avoir appris que son père l'avait peut-être commis…

— Vous ne croyez pas que Marcus l'ait fait.

— Non. Pas plus que Mary, la serveuse à qui j'ai parlé. Ripley lui a dit qu'il essayait d'éviter la pendaison, c'est pourquoi elle lui a raconté la visite de votre père. Elle m'avait déjà caché cette information à cause d'un arrangement entre Drobbit et son employeur, M. Scoggins. Il fallait garder le secret au sujet des gentlemen qui venaient voir l'escroc. Mary craignait pour son emploi, elle n'a donc rien dit jusqu'à ce qu'elle comprenne que Ripley pouvait être accusé d'un crime qu'il n'avait pas commis.

Si Marcus n'avait pas fait cela, et Phoebe était convaincue de son innocence… cela signifiait-il que son père avait perpétré ce crime ? Elle n'y croyait pas plus ; pourtant son père était terriblement en colère ces derniers temps.

Suffisamment en colère pour tuer quelqu'un ? Non, elle ne pouvait pas l'imaginer.

Cependant, elle avait une idée de qui aurait pu le faire. Quelqu'un qui, apparemment, portait en permanence un pistolet, et qui était revenu chez lui avec de la poudre sur ses vêtements cette nuit-là.

— Vous allez bien, mademoiselle Lennox ? s'enquit Sheffield qui la regardait avec une expression d'inquiétude sincère.

Elle n'allait pas bien, mais elle devait garder son sang-froid. Elle se tourna, prenant une profonde respiration pour tenter de ralentir son pouls.

— Je ne peux pas croire que Marcus ou mon père aient fait cela. Le coupable doit être quelqu'un d'autre. Et je crois savoir qui.

Surpris, le coureur cligna des yeux.

— Pourquoi ne pas l'avoir dit tout de suite ?

— Je n'avais pas compris jusqu'à présent. Je veux dire… j'avais un soupçon, mais qui me semblait tiré par les cheveux. Et c'est peut-être encore le cas, dit-elle, secouant la tête. Je suis en train de vous embrouiller. Laissez-moi commencer par le début. Apparemment, Marcus s'est battu avec M. Laurence Sainsbury lundi soir. Je crois qu'il lui a cassé le nez.

— J'ai entendu parler de cette bagarre. Cela n'augure rien de bon pour Ripley, car cela démontre qu'il a un côté violent.

— Cela montre aussi que Sainsbury est violent, répliqua Phoebe, qui croyait de plus en plus à sa théorie. Saviez-vous qu'il possède un pistolet ?

Sheffield fronça les sourcils et il se pencha légèrement en avant.

— Non ! Et vous, comment le savez-vous ?

— Je viens d'engager une bonne qui était à son service jusqu'à ce matin. Elle m'a informée qu'il était rentré chez lui tôt mercredi avec de la poudre sur ses vêtements. Les domestiques ont supposé qu'il s'était battu en duel et qu'il avait gagné, car il était inhabituellement heureux. Contrairement à la nuit précédente, où il était rentré chez lui en furie, le nez ensanglanté, en fulminant après Marcus.

Le coureur se leva brusquement et fit quelques pas. Il était silencieux, réfléchissant manifestement à ce qu'elle lui avait révélé. Puis, aussi soudainement qu'il s'était levé, il se tourna face à elle.

— Vous pensez que Sainsbury a tué Drobbit ?

— Je pense que Sainsbury est un brigand rancunier.

Il s'était démené pour fustiger Phoebe après qu'elle l'eut éconduit.

— Et s'il avait voulu s'en prendre à Marcus le soir suivant leur dispute et que, grâce à son pistolet, il ait trouvé l'occasion de le faire accuser d'un meurtre ?

— C'est possible…, répondit Sheffield qui fit quelques pas sur le côté, puis revint au même endroit. Puis-je parler à votre bonne ?

— Bien sûr.

Elle envoya chercher Meg, qui vint dans la salle jardin et

répéta timidement au coureur ce qu'elle avait raconté à Phoebe.

— Je suppose que personne chez M. Sainsbury n'a conservé les vêtements maculés de poudre ?

— Je ne sais pas, répondit Meg d'une voix hésitante.

Sheffield lui adressa un sourire rassurant.

— Tout va bien. J'aimerais aller discuter avec vos anciens compagnons de travail. Pensez-vous qu'ils accepteront de me parler ?

Meg se tordit les mains.

— Peut-être, mais seulement si M. Sainsbury n'est pas fâché. Il a un très mauvais caractère, monsieur.

— Je comprends, dit Sheffield d'un ton apaisant. Je veillerai à la sécurité et au bien-être de tous.

— Ils peuvent tous venir travailler ici, proposa Phoebe. Je le pense vraiment. Jusqu'à ce qu'ils trouvent un emploi ailleurs. Et je les aiderai pour cela aussi.

Ce n'était pas comme si Phoebe avait quelque chose d'autre à faire.

Sans Marcus, sa vie semblait incroyablement vide, ce qui était étrange, car elle ne l'avait jamais ressenti ainsi avant qu'il n'y entre.

— Vous êtes très gentille, mademoiselle, lui dit Meg, fixant sur elle ses yeux bruns emplis de gratitude.

Phoebe se tourna vers le coureur.

— Avez-vous encore besoin de Meg ?

— Non, répondit-il, se tournant à son tour vers la bonne. Je vous remercie de votre aide.

Meg fit une rapide révérence et s'en alla. Une fois qu'elle fut partie, Phoebe s'enquit :

— Vous pensez donc qu'il est possible que Sainsbury ait tué Drobbit ?

— C'est possible. J'aimerais seulement que Sainsbury ait le même historique de violence que Ripley.

Phoebe posa une main sur sa hanche.

— Marcus s'est battu avec Drobbit pour de bonnes raisons. Si vous pensez que cela constitue un passé violent en comparaison de ce que Sainsbury a fait...

Elle s'interrompit avant d'en révéler trop. Sheffield plissa les yeux en la regardant.

— Qu'a fait Sainsbury ?

Phoebe se rendit compte qu'elle allait devoir trop en révéler. Pour sauver Marcus. Alors elle raconta, en des termes moins précis que ceux qu'elle avait utilisés avec Ripley, ce que Sainsbury lui avait fait subir.

Au lieu de lui inspirer un sentiment de faiblesse et d'horreur, cette révélation lui insuffla de la force et quelque chose qu'elle avait cru avoir perdu : de la puissance. Elle conclut en disant :

— Lorsque vous interrogerez les femmes domestiques de Sainsbury, demandez-leur ce qu'il a fait. Je pense que vous constaterez qu'il adopte invariablement un comportement violent et répréhensible.

Il hocha la tête d'un air sinistre.

— Il me semble certainement capable de tuer Drobbit, alors que je ne pense pas que Ripley le soit. Cependant, après avoir entendu ce que Sainsbury vous a fait, je suis surpris qu'il ait survécu à son altercation avec Ripley.

— Pourquoi dites-vous cela ? s'enquit Phoebe.

— Parce que Ripley a dit que l'homme méritait ce qu'il avait eu, et plus encore, expliqua Sheffield, dont le regard se radoucit légèrement. Il est le genre d'homme qui protège les personnes auxquelles il tient. Je le connais depuis très longtemps. Vous pouvez penser qu'il est incapable de ressentir des émotions, et parfois je pense que lui-même se croit incapable d'en éprouver, mais ce n'est pas le cas.

Les paroles de Sheffield réchauffèrent le cœur de Phoebe, mais, ensuite, ce fut comme si on lui avait jeté un seau d'eau glacée : Marcus tenait peut-être à elle, mais pas assez pour construire un avenir ensemble. D'autant plus qu'il venait d'avouer un crime qu'il n'avait pas commis.

Pour sauver mon père.

Ce n'était pas le geste d'un homme qui se désintéressait de tout, qui ne ressentait aucune émotion. Phoebe n'était pas certaine de savoir ce qu'il éprouvait, mais elle connaissait son propre cœur, et elle savait qu'elle l'aimait.

Elle mourait d'envie d'aller le voir, mais elle s'inquiétait aussi pour son père. Et si sa théorie au sujet de Sainsbury était fausse ?

— Vous rendez-vous chez Sainsbury maintenant ? s'enquit-elle.

— D'abord, je vais aller rendre visite à votre père. J'aimerais lui parler de son entrevue avec Drobbit.

— Je suis sûre qu'il a laissé cet homme en vie, affirma Phoebe avec conviction.

— Avec un peu de chance, il pourra nous fournir des informations qui le corroboreront.

— Cela vous dérange-t-il si je viens avec vous ? Je peux partir immédiatement.

Il acquiesça, alors elle se rendit dans le vestibule et demanda à Culpepper d'envoyer quelqu'un chercher son chapeau et ses gants. Puis elle retourna dans la salle jardin.

— Qu'arrivera-t-il à Marcus si nous ne parvenons pas à prouver que Sainsbury, ou quelqu'un d'autre, est le véritable coupable ?

— Ripley doit comparaître devant le magistrat demain, et ce, sans aveux. Je l'ai convaincu de ne pas en faire pour l'instant. Ensuite, il se rendra à la Tour de Londres dans l'attente de son procès à la Chambre des lords. S'il avoue, il n'y aura pas de procès, rien qu'un châtiment.

Sheffield ne précisa pas de quoi il s'agissait, mais Phoebe l'imaginait sans mal. Le monde devint gris autour d'elle. Elle lutta pour garder ses esprits. Sheffield lui lança un regard qui avait sûrement pour but de lui remonter le moral.

— Ayez la foi. Même s'il plaide coupable d'homicide involontaire, et je recommanderai que ces charges soient retenues, il pourra invoquer l'immunité des pairs, et, avec un peu de chance, échapper au pire châtiment.

De la chance. Phoebe pria pour qu'il y en ait assez pour tout le monde.

CHAPITRE 16

*L*e crayon semblait voler sur le papier tandis que Marcus traçait les détails d'un nouveau dessin de Phoebe. Il en avait réalisé plusieurs au cours des derniers jours et n'avait pas l'intention de ralentir ni même de s'arrêter. Dans son esprit, il la voyait dans une myriade d'états et de positions, et il voulait les coucher sur le parchemin.

Peut-être en recouvrirait-il les murs de sa cellule dans la Tour.

La main de Marcus ne ralentit pas, même après cette pensée morose. Il allait sans doute devoir dire à ses domestiques qu'à partir du lendemain, il ne vivrait plus ici. Il le ferait après ce dessin.

Mais, une fois qu'il l'eut terminé, il ne put plus bouger. Il resta assis à contempler son image, avec l'impression que ses fossettes familières lui faisaient un clin d'œil. Elle avait l'air particulièrement espiègle sur ce dessin, avec une expression à la fois invitante et taquine.

Une douleur, sombre et profonde, le rongeait tandis qu'il la fixait. Il passa son doigt sur le papier, comme s'il pouvait vraiment toucher son visage. Il aurait tant aimé que ce soit possible !

— C'est magnifique.

Marcus releva la tête. Une onde de choc et d'exaltation le traversa, le poussant à se lever.

— D'où viens-tu ?

Phoebe fit un geste vers l'entrée de son salon privé.

— De la porte. Tu étais plutôt concentré sur ton travail.

Il s'imprégna de sa silhouette, de ses cheveux noirs coiffés sur le dessus de la tête. Une cape vert foncé l'enveloppait.

— Depuis combien de temps es-tu là ?

— Quelques minutes, en fait. Comme je l'ai dit, tu étais plutôt concentré.

Il n'arrivait pas à croire qu'il ne l'avait pas entendue arriver alors qu'il avait fantasmé sur elle. Il voulait se précipiter vers elle, la prendre dans ses bras.

Mais il s'était lui-même retiré le droit de le faire.

— Comment es-tu montée jusqu'ici ?

Elle haussa une épaule en retirant sa cape, qu'elle déposa sur le dossier d'une chaise.

— Dorne a eu la gentillesse de me dire où te trouver.

— Il ne t'a pas annoncée.

Marcus ignorait pourquoi il restait bloqué sur le comment de sa présence, mais son cerveau semblait figé. Il n'y avait en réalité qu'une seule question pour laquelle il attendait une réponse.

— Pourquoi ?

— Parce que je lui ai demandé de ne pas le faire.

Elle ouvrit le devant de sa robe, et le corsage tomba à sa taille, exposant ses sous-vêtements.

Les mots s'emmêlèrent dans la bouche de Marcus pendant un moment.

— Non, pas pourquoi Dorne ne t'a pas annoncée. Pourquoi es-tu *ici* ?

La robe de Phoebe se détendit et elle la retira, puis la posa sur sa cape. Ensuite, elle s'assit sur la chaise et entreprit de retirer ses bottes.

— *Pourquoi* est une très bonne question. Permets-moi de te la poser. Pourquoi as-tu mis fin à notre liaison ?

Bon sang ! Mais qu'était-elle en train de faire ? De se déshabiller, à l'évidence. Mais, *pourquoi* ? Oui, c'était sans nul doute la question la plus importante.

— Je t'ai expliqué pourquoi.

Elle découvrit ses genoux et ses mollets en retirant ses bas, et le corps de Marcus réagit, frémissant de désir.

— Je sais ce que tu as dit, mais je suis ici pour confirmer ce que tu voulais dire, affirma-t-elle.

Elle posa ses bottes sur le côté, puis se leva, posant les mains sur les liens de son jupon.

— As-tu mis fin à notre liaison parce que tu ne peux pas t'engager du tout ou parce que tu t'attends à être pendu ?

Elle retira le jupon, et le vêtement rejoignit les autres sur la chaise. Marcus jura. D'une manière ou d'une autre, elle avait appris qu'il serait arrêté le lendemain.

— Tu sais que je vais passer devant le juge demain ?

— Oui.

Elle semblait si calme, comme si sa vie entière n'était pas sur le point de changer radicalement. Comme s'il n'avait pas déjà gâché ce qu'ils avaient partagé. Et pendant ce temps, elle délaçait son corset.

— Je sais aussi que tu essaies de protéger mon père, ce qui n'est pas nécessaire. Il n'a pas plus tué Drobbit que toi.

Elle était *au courant*, bon sang !

— Comment… ?

Une fois qu'elle eut retiré son corset, elle ne portait plus que sa chemise. Elle s'avança vers lui avec une assurance toute féminine qui faillit anéantir ce qui restait de maîtrise à Marcus. Il avait les mains tremblantes lorsqu'elle s'arrêta devant lui. Elle tira l'ourlet de sa chemise pour la sortir de son pantalon ; il ne portait que ces deux vêtements.

— Harry s'occupe de tout. Il pense que tu n'auras pas besoin d'aller voir le magistrat demain. Cependant, je n'ai toujours pas obtenu de réponse à ma question. Pourquoi as-tu mis fin à notre liaison ? Si c'est parce que tu ne supportes pas le moindre lien, dis-le-moi maintenant, s'il te plaît, et je m'en irai.

— C'est la raison, oui.

Le regard de Phoebe, si audacieux et séduisant depuis qu'elle était arrivée, vacilla sous l'effet du doute. Quelque chose en lui explosa. Il l'attrapa par la taille et la plaqua contre lui.

— Mais j'ai changé d'avis.

Elle haussa un sourcil sombre, mince et ridiculement beau et lui lança un regard sarcastique qui fit bouillir son sang déjà échauffé.

— Parce que je suis ici et que je ne porte que ma chemise ?

— Parce que quand j'imagine le reste de ma vie sans toi, même pour une nuit encore, je n'arrive pas à respirer.

Phoebe posa les mains sur ses joues.

— Respire, mon amour. Je suis ici et je ne partirai pas.

Elle se dressa sur la pointe des pieds et l'embrassa. C'était plus que ce qu'il attendait, et bien plus que ce qu'il méritait. Il la serra à nouveau et se délecta de son goût, et de la sensation de l'avoir contre lui.

Comment avait-il pu imaginer qu'il pouvait s'éloigner d'elle ? Comme si elle n'était pas différente des femmes sans nom qui avaient réchauffé son lit pendant des années…

Elle était totalement différente. Elle était exceptionnelle. Elle était tout.

Elle était Phoebe.

Elle était *à lui.*

Il se tourna et la porta jusqu'au lit. Il s'apprêtait à l'y allonger, mais elle posa les pieds par terre et s'écarta de lui.

— *Je* suis venue ici. C'est moi qui commande.

Phoebe remonta la chemise de Marcus, et il passa le vêtement par-dessus sa tête. Elle l'effleura de ses mains, créant un chemin de désir brûlant à chaque caresse de ses doigts. Elle détacha les boutons de son pantalon et le fit descendre sur ses hanches. Ses paumes caressèrent son dos et envoyèrent une décharge de volupté directement à son sexe.

Marcus remua les hanches, envoyant le vêtement au sol, et il l'écarta d'un coup de pied. Il la regarda dans les yeux.

— Je suis à tes ordres.

Phoebe esquissa un sourire, et son regard s'enflamma.

— Sur le lit. Sur le dos.

Pressé de s'exécuter, il fit ce qu'elle lui demandait et la regarda grimper à ses côtés. Elle l'embrassa à nouveau, plongeant sa langue profondément dans sa bouche, lui arrachant un gémissement guttural. Après l'avoir laissé à bout de souffle, elle descendit le long de sa mâchoire et de son cou, se servant de ses dents et de sa langue avec un effet dévastateur.

Elle prit son temps, explorant chaque centimètre de son torse et de son ventre. Alors qu'elle faisait tourbillonner sa langue sur sa hanche, elle enroula la main autour de son membre, puis la descendit pour la poser sur ses testicules. Marcus souleva les hanches, incapable de s'arrêter, et laissa échapper un faible gémissement.

Elle glissa les mains autour de lui, prit son extrémité dans sa bouche, léchant sa chair. Un désir furieux le saisit alors qu'il enserrait la tête de Phoebe. Il lui dit en termes crus et obscènes les choses qu'il attendait d'elle.

Elle les fit toutes, le prenant profondément dans sa bouche tout en pressant ses bourses d'une main et sa hanche de l'autre. Il se souleva, glissant sur sa langue, l'emplissant jusqu'à sentir sa gorge.

Puis elle disparut, se retirant pour mieux l'engloutir à nouveau. Elle le suça, encore et encore. Il retira les épingles de ses cheveux et emmêla ses doigts dans la masse sombre et soyeuse, la tenant pendant qu'il s'enfonçait en elle, captif d'elle.

— Phoebe, je vais jouir. Dans ta bouche.

Elle le relâcha et remonta vers lui avec un sourire sensuel.

— La prochaine fois.

Elle s'installa à califourchon sur lui et passa sa chemise par-dessus sa tête, dévoilant son corps délectable centimètre par centimètre. Il tendit une main, mais elle secoua la tête.

— Contente-toi de regarder pendant un moment. Et écoute.

Elle s'empara du sexe de Marcus et le plaça devant son intimité. Il s'accrochait désespérément à ce qui lui restait de maîtrise.

— La prochaine fois, tu pourras jouir dans ma bouche. Cette fois-ci, je te chevauche, parce que j'ai plutôt aimé cette idée quand tu en as parlé l'autre matin, et, comme je l'ai dit, c'est moi qui commande. Compris ?

Il hocha la tête, incapable de parler au milieu de son nuage de volupté vertigineuse. Elle s'abaissa sur lui, accueillant son membre en elle avec facilité. Elle était si humide, si chaude, si incroyablement serrée autour de lui.

Phoebe resta ainsi pendant un instant, ses yeux se réduisant à des fentes. Puis elle remua les hanches, le faisant gémir à nouveau, et il ferma brièvement les yeux. Mais seulement brièvement. Il ne pouvait pas supporter de ne pas la regarder.

Elle commença à bouger sur lui, lentement au début, son corps ondulant avec une grâce élégante. Ses seins, si ronds et galbés, l'attiraient.

— Puis-je te toucher ? s'enquit-il, empoignant désespérément les draps.

— Oui.

Il posa les mains sur ses seins, les enveloppa et les pétrit, puis tira sur ses mamelons, lui arrachant un cri. Phoebe rejeta la tête en arrière et il eut la certitude qu'il n'avait jamais rien vu d'aussi érotique. Il la dessinerait ainsi, la ligne de sa gorge, la courbe de son sein avec sa main autour d'elle.

Il aplatit sa paume sur le haut de son sein, ses doigts effleurant le creux de sa gorge. Du bout des doigts, il mémorisa les contours de sa chair pour les reproduire sur un parchemin. S'il le pouvait.

Phoebe posa la main sur celle de Marcus et la fit descendre entre ses seins jusqu'à son sexe. Avec son pouce, il la taquina à cet endroit, lui arrachant des gémissements tandis qu'elle le chevauchait de plus en plus rapidement. Elle s'inclina légèrement vers l'avant à mesure que ses mouvements s'intensifiaient.

Marcus posa la main sur sa nuque et l'attira à lui pour pouvoir prendre son sein dans sa bouche. Il se régala de sa chair, se réjouissant de cette distraction qui consistait à lui donner du plaisir, de peur d'exploser avant d'être prêt.

Bon sang ! Une fois encore, ils avaient négligé de se préparer. Cette fois, il allait se retirer.

Il appuya sur son clitoris et le caressa jusqu'à ce qu'il sente les muscles intimes de Phoebe se contracter autour de lui. Elle cria, encore et encore, tandis que son corps frémissait. Les mouvements de la jeune femme devinrent saccadés sous l'assaut de son orgasme.

Marcus s'accrocha à elle jusqu'à ce que l'orage passe et qu'elle ouvre les yeux. Elle cilla, et appuya les mains sur son torse.

— Je peux te faire rouler ? s'enquit-il.

Phoebe acquiesça et Marcus la fit basculer sur le dos. S'installant entre ses jambes, il la pénétra, puis se releva sur les coudes. Il lui caressa le visage et l'embrassa.

— Je t'aime, lui avoua-t-elle entre deux baisers.

Il se figea, la fixant du regard. Elle leva vers lui ses magnifiques yeux verts et remua les hanches. Ses fossettes apparurent, et il fut subjugué.

— Ne t'arrête pas, lui intima-t-elle, la voix rauque, enroulant ses jambes autour de la taille de Marcus.

Il l'embrassa à nouveau, glissant les mains dans ses cheveux tandis qu'il s'enfonçait à nouveau en elle. Il ne voulait pas que cet instant de félicité parfaite s'achève. Mais ses bourses se contractèrent, et il sut qu'il allait jouir.

— Phoebe, je dois…

Elle appuya ses talons sur les fesses de Marcus et serra ses hanches avec ses mains.

— Ne me quitte pas.

Gémissant, Marcus balança les reins de manière frénétique, lui donnant tout ce qu'il avait. Il s'agrippa à elle quand il se déversa en elle, corps et âme. Elle jouit à nouveau avec lui, son sexe se contractant autour de lui et le projetant dans une sorte de pur néant.

Quand, épuisé, il roula sur le dos, haletant, il était encore si bouleversé qu'il avait du mal à penser. Avait-elle dit qu'elle l'aimait ?

Elle se colla contre lui et se souleva pour le regarder.

— M'as-tu entendue, Marcus ? Je t'aime. Je ne m'attends pas à ce que tu me dises la même chose. Je veux juste m'assurer que tu le saches. Je t'aime. Tu es peut-être un scandaleux séducteur, mais tu es *mon* scandaleux séducteur. J'ignore ce que l'avenir me réserve, mais tant que je t'ai, pour l'instant, pour un temps, je m'estime chanceuse. Je t'en prie, ne rejette pas ce que nous partageons à cause de la peur.

Avait-il peur ? Oui, mais pas d'elle. Il avait peur de la perdre, de ce qu'elle venait de dire… Il avait peur parce qu'il ne savait pas ce que l'avenir lui réservait. Il avait toujours vécu dans l'instant, dans un présent absolu. Ce n'était pas suffisant.

Marcus s'assit et prit le visage de Phoebe entre ses mains.

— J'ai peur. Je suis terrifié à l'idée d'une vie sans toi. Maintenant que je t'ai, je ne veux plus jamais te laisser partir.

Elle lui sourit, et ses fossettes se creusèrent profondément.

— Tu n'auras jamais à le faire. Soyons terrifiés, puis incroyablement heureux ensemble.

Ensemble. Il avait été seul, vraiment seul, pendant très longtemps.

— J'ignore comment être une famille, lui avoua-t-il, caressant sa joue et sa mâchoire. Mais je t'aime, Phoebe. Pour une raison inexplicable, impossible, je suis amoureux de toi.

Elle haussa à nouveau les sourcils d'une manière sacrément provocante.

— *Impossible ?*

Il éclata de rire.

— Je n'aime rien. Bon sang, je ne ressens même jamais rien très fort ! En tout cas… pas jusqu'à toi, avoua-t-il en la regardant, déconcerté. J'ignore comment tu as fait, mais, s'il te plaît, n'arrête pas.

— Jamais.

Elle l'embrassa, glissa les bras autour de son cou et s'installa sur ses genoux. Au bout de quelques instants, elle se laissa aller à son étreinte et posa la tête sur son épaule.

Marcus repoussa des mèches de son visage.

— Tu as dit que Harry, que tu appelles apparemment par son prénom, maintenant, s'occupait de tout. Que fait-il au juste ?

Il fut déçu de la voir descendre de ses genoux ; elle s'assit à ses côtés et se tourna vers lui.

— Oh ! Il faut que je te raconte. Harry a un nouveau suspect. Et oui, nous sommes déjà devenus des amis proches en raison de notre but commun de prouver ton innocence.

Ce nouveau suspect ne pouvait pas être son père, pas avec

la joie qu'elle affichait. Marcus ne voyait pas du tout de qui il pourrait s'agir.

— Qui est-ce, et comment as-tu trouvé cette personne ?

Elle hésita un court instant, durant lequel l'inquiétude de Marcus grimpa en flèche.

— Tu ne vas pas le croire. C'est Sainsbury.

Stupéfait, Marcus la fixa, bouche bée.

— Par tous les…

— Ce fut un coup de chance, en quelque sorte, que mon père ait laissé partir l'une de ses domestiques, commença-t-elle.

Totalement confus, Marcus la dévisagea. Heureusement, elle poursuivit rapidement.

— Meg a été embauchée chez Sainsbury. C'était un horrible employeur, comme tu peux l'imaginer. Mais Meg l'a vu rentrer tôt chez lui mercredi matin, de très bonne humeur, et avec de la poudre sur ses vêtements, dit Phoebe, puis elle fronça brièvement les sourcils. Ce qui me fait penser… tu as omis de me dire que Sainsbury était à l'origine de ta blessure lundi, ou que tu lui as brisé le nez.

Elle lui offrit un large sourire.

— Merci pour ça. Pour lui avoir cassé le nez, pas pour me l'avoir caché.

Marcus l'embrassa.

— Je le briserais en deux si je le pouvais, avoua-t-il, puis il s'adossa à la tête de lit. Il a donc tué Drobbit ?

— Harry poursuit son enquête, mais nous sommes tous les deux d'accord pour dire qu'il avait un mobile pour le faire. Il était furieux après l'humiliation que tu lui as infligée chez White, puis totalement joyeux après le meurtre de Drobbit.

— Il a dû me suivre ce soir-là, devina Marcus, songeant aux événements qui s'étaient déroulés. Personne ne savait où trouver Drobbit jusqu'à ce que tu trouves ce mot sur le bureau de ton père.

Il s'interrompit, sourcils froncés.

— Comment Sainsbury aurait-il pu savoir qu'il fallait tuer Drobbit, à moins qu'il n'ait entendu notre conversation ?

— Le bruit court que tu l'as menacé ce jour-là dans le parc, lui rappela Phoebe. Sainsbury en a sûrement entendu parler aussi.

C'était un plan vraiment diabolique.

— Si c'est vrai, Sainsbury est vraiment un horrible être humain, constata Marcus, alors même qu'une autre idée lui venait à l'esprit. Et qu'en est-il du témoin qui s'est présenté pour dire qu'il m'avait entendu me disputer avec Drobbit juste avant le coup de feu ?

Phoebe hocha rapidement la tête, lui prouvant ainsi qu'elle était bien au fait de toute la situation. Peut-être même plus que Marcus.

— Harry partait pour l'interroger à nouveau. Il devait aller voir Sainsbury aussi, après être venu m'informer de ce que tu avais fait. Non seulement cela, mais il m'a également interrogée sur ton comportement quand tu es venu chez moi cette nuit-là. Je lui ai dit la vérité, que tu ne t'étais pas comporté comme un homme qui venait de commettre un meurtre.

— N'importe quel homme aurait du mal à se comporter autrement que comme un idiot amoureux dans tes bras.

Elle pinça les lèvres.

— Tu n'es pas un idiot. Mais j'accepte *amoureux*.

Ses fossettes réapparurent, et il sentit qu'il tombait encore plus amoureux d'elle. Ressentirait-il toujours cela ? Il en avait envie. Chaque minute de chaque jour.

Marcus l'enveloppa de ses bras et l'embrassa fougueuse-ment, les faisant descendre tous les deux pour qu'ils s'allongent l'un à côté de l'autre. Ils s'observèrent, une sorte d'émerveillement dans le regard.

— Que faisons-nous maintenant ? murmura-t-elle.

— Nous attendons de voir ce que va donner l'enquête de Harry, je suppose. Pour autant que je sache, je dois toujours voir le magistrat demain, puis on me jettera dans la Tour.

Il s'y était résigné, mais, à présent, il était prêt à remuer ciel et terre pour l'éviter, pour rester avec Phoebe.

Pour toujours.

L'idée de pérennité l'effrayait, mais les autres possibilités étaient inacceptables.

— Tu ne seras pas jeté où que ce soit, répondit-elle d'un ton farouche. Tout va s'arranger, tu verras. Ce qui se passera ensuite dépend de toi.

Le ton de Phoebe se fit plus doux, presque timide.

— Nous. Cela dépend de nous. Puis-je supposer que nous voulons tous les deux poursuivre notre liaison ?

— Au moins.

— Je devine que la perspective d'un enfant est encore plus grande maintenant, puisque tu m'as séduit pour que je reste en toi ce soir.

— Je t'ai *séduit* ? demanda-t-elle, levant les yeux au ciel. Je te l'ai demandé, tu as accepté. Ne fais pas comme si tu n'avais joué aucun rôle là-dedans. Je ne porterai pas la responsabilité de tes choix.

Elle avait raison. S'il l'avait vraiment voulu, il se serait retiré. Mais il ne l'avait pas fait. Il avait su alors, tout comme l'autre soir, qu'il l'aimait, qu'il était engagé envers elle à tous points de vue.

— J'ai su, lui dit-il d'une voix douce en souriant. J'ai su que tu étais à moi et que nous étions faits l'un pour l'autre, même si j'étais trop idiot pour le reconnaître jusqu'à ce soir.

— Je t'ai dit que tu n'étais pas un idiot, ne revenons pas là-dessus. Tu étais... non éclairé.

Il éclata de rire.

— Eh bien, tu as apporté de la lumière et de la clarté à mon monde. Merci, lui dit-il, posant son front contre le sien. Merci.

— Je t'aime, Marcus, répondit-elle en bâillant. Je reste ici. J'espère que cela ne te dérange pas.

Il la prit dans ses bras et déposa un baiser sur sa tempe.

— Je t'aime aussi. Reste.

CHAPITRE 17

*M*ême si elle avait rassuré Marcus la veille au soir, Phoebe était remplie d'un mélange d'anticipation et de crainte lorsqu'ils prirent leur petit déjeuner dans la salle à manger de sa maison. Au moins, elle ne se sentait pas gênée d'avoir passé la nuit sur place en arrivant en bas ce matin-là. Les domestiques de Marcus étaient gentils, prévenants, et ils se comportaient comme si elle était à sa place.

Ce serait tellement facile de commettre cette erreur !

Et c'était vraiment une erreur, car elle n'avait pas plus sa place ici ce jour-là que la veille ou la semaine précédente. S'il était évident que sa liaison avec Marcus avait repris, il ne lui avait rien promis pour l'avenir. Il ne lui avait pas donné l'impression qu'il souhaitait que leur relation soit permanente.

Elle le regardait à la dérobée, assise en face de lui ; il feuilletait le journal qui se trouvait à côté de son assiette. Elle but une gorgée de thé, essayant de se concentrer sur le seul fait de mettre le meurtre de Drobbit derrière eux.

— Tu n'as presque rien mangé, remarqua Marcus.

Elle jeta un regard à l'assiette placée devant lui.

— Tu n'as pas vraiment dévoré ton petit déjeuner non plus.

Il fit un petit bruit de gorge et se remit à lire.

— Es-tu nerveux ? lui demanda-t-elle. Moi, je le suis.

— Un peu, avoua-t-il, croisant son regard. Mais quelqu'un que j'admire beaucoup m'a dit que tout s'arrangerait.

Le cœur de Phoebe fit un saut périlleux au moment où l'horloge sonna dix heures. Marcus ferma brièvement les yeux, puis il baissa la tête.

— Est-ce que tout va bien ? s'enquit Phoebe.

— Mon cousin est enterré ce matin. Je pensais y aller, mais c'était avant d'apprendre que je devais rendre visite au magistrat aujourd'hui.

— Je dois rentrer chez moi pour changer de vêtements, dit Phoebe.

Soudain, elle ressentait le besoin de faire autre chose que de rester assise là à contempler les restes d'un petit déjeuner qu'elle n'avait pas l'intention de manger.

Marcus lui adressa un regard sombre.

— Tu ne viens pas avec moi.

— Bien sûr que si. Et tu ne pourras pas m'arrêter. J'attendrai dans ta calèche. Je suis une vieille fille indépendante, ne le sais-tu pas ?

— Tu es une sacrée femme de tête, marmonna-t-il, le sourire aux lèvres.

Dorne apparut dans l'embrasure de la porte pour annoncer l'arrivée de M. Harry Sheffield. Marcus se leva d'un bond de sa chaise.

— Nous le retrouverons dans le salon.

Phoebe était debout avant que Marcus puisse l'aider. Lui saisissant le bras, elle monta avec lui au salon.

Harry était déjà à l'intérieur, et sa grande carrure était imposante, même dans cette vaste pièce. Une lueur de surprise apparut dans son regard lorsqu'il se posa sur Phoebe.

— Bonjour.

— Ne t'embarrasse pas de ces bêtises, dit Marcus. Quelles sont les nouvelles ?

Phoebe retira sa main du bras de Marcus, puis regretta aussitôt de l'avoir fait. Elle avait besoin de son soutien et voulait lui rendre la pareille. Elle se rapprocha de lui.

— J'ai été très occupé. Cela t'ennuie si je m'assieds ? demanda Harry qui s'approcha d'un grand fauteuil.

Marcus fronça légèrement les sourcils, puis il accompagna Phoebe jusqu'à un canapé près de lui.

— Si tu essaies de nous rendre impatients jusqu'à ébullition, je dirais que tu réussis plutôt bien.

— En effet, murmura Phoebe.

Elle avait envie de lui crier de leur dire ce qu'il avait appris. Harry sourit.

— Mes excuses. Simplement, je me réjouis de vous voir ici ensemble. Surtout après ce que j'ai découvert, ajouta-t-il avec un regard vers Phoebe. Comme vous le savez, je suis allé chercher le témoin qui nous avait informés que Marcus s'était disputé avec Drobbit juste avant qu'il soit abattu. Je suis heureux de dire que je l'ai retrouvé et que, lorsque je lui ai exposé les dangers d'être reconnu coupable de parjure, il s'est complètement rétracté.

Phoebe prit la main de Marcus entre les siennes et la serra, laissant éclater sa joie intérieure.

— A-t-il dit pourquoi il a menti ?

— Sainsbury l'a payé pour le faire.

Marcus s'affaissa à côté d'elle.

— Était-ce pour couvrir son crime ?

— Il semblerait, bien qu'il n'ait pas avoué. Cependant, nous l'avons surpris en train d'essayer de s'enfuir vers le continent, et cela ne fera guère bonne impression au magistrat lorsqu'il comparaîtra devant lui dans…, dit Harry en sortant une montre de sa poche et en jetant un coup d'œil au cadran, deux heures.

— Alors, Marcus n'a pas besoin d'y aller ?

Phoebe pensait déjà connaître la réponse, mais elle voulait l'entendre de la bouche de Harry. Celui-ci leur sourit à tous les deux.

— Marcus n'est plus un suspect.

Phoebe s'abandonna à sa joie et passa les bras autour du cou de Marcus en riant. Il la serra fort contre lui et l'embrassa sur la joue.

La toux de Harry les sépara. Phoebe lâcha Marcus et se retourna pour voir que le coureur était debout. Ripley se leva à son tour, puis tendit la main à la jeune femme pour qu'elle le rejoigne. Elle serra ses doigts et ne les lâcha plus.

— J'espère que vous m'inviterez au mariage, dit Harry. Ou, au moins, au petit déjeuner de mariage, à moins qu'il ne soit réservé aux membres de la bonne société.

— Que tu le veuilles ou non, tu es un membre de la bonne société, dit Marcus avec un petit rire. À moins que tu n'aies oublié que ton père est comte ?

— Non, je n'ai pas oublié, pas plus que je n'ai oublié que mon frère aîné porte un titre ; il aime me le rappeler souvent.

— Savais-tu que Harry avait un jumeau ? dit Marcus à Phoebe, faisant semblant de chuchoter. Il est le plus jeune de quoi… onze minutes ?

— Douze, mais je suis touché que tu m'accordes ce petit avantage, répondit Harry en souriant à nouveau. J'attends une invitation, donc.

— Ne comptez pas là-dessus, lui dit Phoebe. Nous n'avons pas l'intention de nous marier.

Harry dévisagea Marcus, bouche bée.

— Tu n'es qu'un idiot.

Marcus inclina la tête.

— Tu n'es pas le premier à m'appeler ainsi, et tu ne seras sans doute pas le dernier.

Harry s'approcha de Phoebe et s'inclina.

— Marcus, si tu la laisses s'échapper, je ne serai *certainement* pas le dernier. Phoebe, j'ai eu le plaisir de faire votre connaissance et j'espère que vous m'inviterez à vos noces, car je me dois de croire que cet imbécile reprendra ses esprits, dit-il en lançant un regard à son ami.

— Merci pour tout ce que tu as fait pour moi, Harry.

Phoebe lâcha la main de Marcus et fit une brève révérence, puis le coureur s'en alla.

— Je suppose que je devrais m'en aller aussi, annonça-t-elle en faisant un pas vers la porte.

Marcus lui prit la main et l'entraîna à l'étage supérieur, dans son salon privé. Il la fit arrêter près de l'âtre et lui intima de ne pas bouger.

Il disparut un instant dans sa chambre. Elle attendit patiemment, se demandant ce qu'il pouvait bien mijoter. Lorsqu'il revint et s'agenouilla devant elle, son plan devint évident, et, en réponse, le cœur de Phoebe se mit à battre à tout rompre.

— Ne t'en va pas. Pas maintenant. Jamais, en fait.

Il fouilla dans sa poche et en sortit une bague. Il lui reprit la main et leva les yeux vers elle.

— Maintenant que la menace d'aller en prison, ou pire, ne pèse plus sur nous, déclara-t-il, et Phoebe nota l'emploi du mot *nous*, je serais humblement honoré si tu acceptais de devenir ma femme.

— Tu veux vraiment m'épouser ? lui demanda-t-elle.

Phoebe voulait en être certaine. Elle savait qu'il avait fait énormément de progrès en très peu de temps.

— Il n'y a pas si longtemps, nous refusions tous les deux l'idée du mariage.

— Et je refuserai encore avec n'importe qui d'autre.

Toutefois, il s'agit de bien plus qu'un mariage. Certainement plus que la plupart des mariages que nous voyons. C'est ce que nous étions censés faire, qui nous sommes censés être. Tu es l'unique femme qui puisse être mon épouse.

Le cœur de Phoebe s'envola.

— Tout comme tu es l'unique homme qui pourrait être mon époux.

Une lueur d'humour brilla dans ses yeux.

— Est-ce que c'est un oui ?

— Le plus catégorique que je puisse donner.

Marcus glissa l'anneau à son doigt.

— C'était la bague de ma mère. Jamais je n'aurais imaginé l'offrir un jour.

Elle leva la main, et l'émeraude scintilla dans la lumière provenant des fenêtres.

— Elle me va parfaitement.

Il se leva et la prit dans ses bras.

— Bien évidemment. Parce que nous allons parfaitement ensemble.

Elle afficha un large sourire : jamais elle n'avait été aussi heureuse qu'à ce moment-là.

— Comme si nous étions faits l'un pour l'autre.

ÉPILOGUE

*L*e vendredi suivant, Marcus contemplait la magnifique femme qui se tenait au milieu de son salon, sans parvenir à croire qu'il s'agissait de son épouse. Pas parce qu'il n'avait jamais eu l'intention de se marier, mais parce qu'il était stupéfait qu'*elle* l'ait choisi. Vêtue d'une robe bleu ciel ornée de cristaux qui scintillaient comme le ciel nocturne lorsqu'elle bougeait, Phoebe était à couper le souffle. Heureusement, elle le lui rendait chaque fois qu'elle le regardait.

Le mariage par licence spéciale s'était achevé peu de temps auparavant, et ils allaient bientôt passer dans la salle à manger pour un petit déjeuner élaboré. Ensuite, il mettrait poliment chacun de leurs invités à la porte afin de pouvoir garder sa femme pour lui seul.

Fait notable, Jane Pemberton, l'amie de Phoebe, était arrivée seule. Elle était là, parlant avec animation avec Phoebe. La curiosité l'emporta, et il s'approcha d'elles.

Mlle Pemberton lui sourit lorsqu'il arriva.

— Vous êtes le plus chanceux des hommes, my lord.

— C'est vrai. Mais appelez-moi Rip, ou Marcus, si vous préférez.

— Alors, vous devez m'appeler Jane.

Phoebe effleura le bras de Marcus.

— Jane est maintenant officiellement une vieille fille.

Ce qui expliquait, supposa-t-il, pourquoi elle était arrivée seule.

— Y a-t-il un décret à signer ? Un avis publié dans le journal ?

— Oh ! Ce serait une merveilleuse idée ! s'exclama Jane en riant. Mais mes parents seraient sans doute encore plus furieux. Ils m'ont interdit d'assister à votre mariage et m'ont posé un ultimatum : soit j'épousais M. Brinkley, soit je quittais leur foyer et je me débrouillais toute seule.

Elle s'interrompit, puis haussa les épaules.

— Le choix était simple, d'autant plus que ma sœur est maintenant fiancée.

Cela s'était produit seulement deux jours plus tôt.

— J'ai invité Jane à vivre dans ma maison de Cavendish Square, déclara Phoebe.

Surpris, Marcus cligna des yeux. Ils n'avaient pas encore décidé quelle maison ils allaient garder. La sienne était plus grande, mais Phoebe adorait son jardin et sa salle jardin.

Son épouse lui sourit, les yeux brillants.

— Oui, mon amour, cela signifie que j'ai décidé que nous devrions vivre ici. Si cela ne te dérange pas ? J'ai plutôt hâte de refaire l'aménagement de ton jardin.

Marcus lui passa un bras autour de la taille.

— De *ton* jardin.

— Je crois que je vais convoquer une réunion officielle de la Société des Femmes de tête, annonça Jane.

Phoebe la regarda, les sourcils froncés.

— Qui sera présente ? Je serai à Brixton Park pendant les quinze prochains jours.

Ils seraient seuls, loin de l'agitation de la ville... Marcus avait hâte d'y être.

— J'ai l'intention de convier les femmes dont je t'ai récemment parlé, ces sœurs qui viennent d'arriver à Londres.

Phoebe acquiesça.

— Je me souviens. J'ai hâte de les rencontrer. Nous inclurons Arabella à son retour, bien sûr.

— Bien sûr. Cela te dérange-t-il si je déménage mes affaires cet après-midi ?

— Pas du tout, la rassura Phoebe en lui serrant la main. Es-tu certaine que c'est ce que tu souhaites ? Tu ne recevras plus autant d'invitations.

— Oh, tant mieux !

Jane sourit, les yeux pétillants, puis elle tourna les talons et alla discuter avec Anthony, qui était accoudé au manteau de la cheminée, une coupe de champagne pendue entre ses doigts.

Marcus se tourna vers Phoebe.

— Es-tu sûre de vouloir vivre ici ?

Elle posa les mains sur son torse et lui sourit avec adoration, si bien que son cœur menaça d'exploser.

— Honnêtement, je me fiche de l'endroit où nous vivons, tant que nous sommes ensemble.

Ressentir un tel bonheur ne cesserait jamais de l'étonner.

Les parents de Phoebe s'approchèrent d'eux. Sa mère rayonnait, et son père avait l'air... moins mal à l'aise que lorsque Marcus l'avait rencontré pour la première fois.

— Regardez comme vous êtes heureux, dit Mme Lennox.

— Regardez comme *vous* êtes heureux, murmura Phoebe avec une pointe d'humour.

Ce n'était pas assez pour que ses parents s'en rendent compte, sans doute, mais Marcus l'entendit. Il avait appris à si bien la connaître. Alors que le mariage n'avait eu lieu que ce matin-là, ils avaient passé tous les jours et toutes les nuits ensemble au cours de la semaine écoulée. Il n'était pas certain de se lasser d'elle un jour. Parfois même, il était contrarié qu'il leur ait fallu tant de temps pour se trouver.

— Je voulais vous remercier à nouveau d'avoir restitué ce que Drobbit avait volé, dit Lennox d'une voix bourrue.

Marcus lui répondit d'un signe de tête.

— L'honneur de ma famille l'exigeait.

Et il était heureux que Lennox l'ait accepté. Convaincre Graham de faire de même lorsque Marcus insisterait pour lui rendre Brixton Park s'avérerait plus difficile. Pourtant, il y parviendrait, quitte à mentir à son ami en lui disant que Drobbit lui avait rendu une partie de l'argent avant de mourir. Il avait également dédommagé les Stoke ainsi que quelques autres personnes que son cousin avait escroquées.

Osborne était venu le voir et lui avait fourni une liste partielle des victimes de Drobbit. Partielle seulement, car l'homme avait admis ne pas avoir toujours tenu correctement les comptes. Ensuite, il avait promis de quitter Londres pour de bon. Marcus l'avait averti que Bow Street l'aurait à l'œil.

Dédommager le plus de monde possible, c'était le moins que pouvait faire Marcus. Il espérait que cela contribuerait à panser les plaies que les vols et la sournoiserie de Drobbit avaient causées.

Ils bavardèrent encore un moment avec les parents de Phoebe, puis Marcus aperçut Anthony qui prenait une nouvelle coupe de champagne, avant de revenir en trébuchant vers la cheminée.

Il s'excusa et alla parler avec son ami.

— Je pense que tu devrais aller à l'étage et dormir un peu, proposa-t-il avec un petit sourire.

Anthony ricana avant de boire une gorgée de champagne.

— C'est de ta faute, tu sers un vin délicieux.

— Peut-être. Je peux toujours arrêter de le servir, si cela aide.

Anthony le regarda d'un air renfrogné.

— Ne deviens pas ennuyeux maintenant que tu es marié.

— Je suis offensé que tu penses une telle chose, s'exclama Marcus.

Il se rapprocha ensuite de son ami, et baissa la voix.

— Je pense qu'il est temps que tu te ressaisisses. Je ne crois pas devenir un jour ennuyeux, mais comme je suis marié, je ne peux plus te surveiller aussi attentivement que je le faisais jusqu'à présent.

— Je n'ai pas besoin d'être surveillé, répliqua Anthony en reniflant. Toutefois, je suis déçu que tu m'abandonnes. Je me suis lié d'amitié avec toi uniquement parce que je pensais pouvoir compter sur toi pour me divertir éternellement. Et maintenant, regarde-toi… tu es totalement épris. Et complètement perdu pour moi.

Marcus perçut la tristesse sous le sarcasme.

— Cela te donnera du temps pour te ressaisir, lui dit-il doucement. Pour faire face à ce que tu dois affronter.

Anthony lui jeta un regard noir.

— Et qu'est-ce que c'est ?

— La douleur d'avoir perdu tes parents.

Le verre dans la main d'Anthony se brisa, projetant du champagne sur lui et sur le sol. Un valet de pied se précipita vers eux et l'ami de Marcus secoua la main en jurant.

— Est-ce que tu vas bien ? s'enquit Ripley, tâchant de voir si la main d'Anthony était coupée.

— Ne fais pas comme si tu t'en souciais, répondit-il, les dents serrées. Retourne auprès de ta femme. Ça ira pour moi.

Il quitta le salon à grands pas. Avant que Marcus puisse lui emboîter le pas, Phoebe arriva à ses côtés, et posa la main sur son bras.

— Veux-tu le suivre ?

Il en avait envie, mais il ne pensait pas que cela servirait à grand-chose. En réalité, cela pourrait même aggraver la situation. Anthony ferait ce qu'il voudrait, et plus Marcus essaierait de le tirer de l'abîme, plus il s'enfoncerait dans les ténèbres.

Il soupira avant d'accorder toute son attention à Phoebe.

— Oui, mais il n'aimerait pas cela. De plus, il est hors de question que je te quitte le jour de notre mariage.

— Je n'y verrais pas d'inconvénient, si tu penses qu'il a besoin de toi. Il est… perturbé.

— C'était aussi ce que je pensais, mais je commence à me rendre compte que c'est un euphémisme. Je vais voir ce que je peux faire pour l'aider. J'aimerais que Félix et Sarah soient là.

La sœur d'Anthony devait donner naissance à son premier enfant dans les prochaines semaines.

— Nous l'aiderons, affirma Phoebe avec un sourire rassurant. Ensemble. Qui sait, peut-être sera-t-il aussi heureux que nous le sommes plus tôt qu'il ne le pense. Cela t'est arrivé.

— Cela nous est arrivé à tous les deux, et je dirais qu'il y avait une chance sur un million que cela se produise.

— Oh, carrément ! s'exclama-t-elle en riant. Pense à tous les couples heureux que nous connaissons : Felix et Sarah, Beck et Lavinia, Arabella et Graham. Et ce n'est qu'un début.

— Serais-tu en train de suggérer que c'est une épidémie, et qu'Anthony pourrait être la prochaine victime ?

— Il pourrait lui arriver des choses bien plus graves, répondit-elle en lui prenant la main.

Marcus souleva leurs mains jointes pour déposer un baiser sur le poignet de Phoebe.

— Tu serais peut-être surprise d'apprendre que je ne vois pas ce qui pourrait lui arriver de mieux. Tu m'as apporté une joie inimaginable.

Elle lui lança un regard séducteur et passa sa langue sur sa lèvre inférieure, ce qui le plongea dans un état d'excitation extrême.

— Peut-être que, tout à l'heure, tu pourrais me rendre cette joie.

— Dès que tout le monde sera parti, mon amour, répondit-il en lui serrant la main. Ensuite, tu seras à moi.

Une lueur d'amour brillait dans les yeux de Phoebe lorsqu'elle regarda Marcus.

— Pour toujours.

Une intrépide femme de tête peut-elle guérir un vicomte brisé, ou bien les péchés de son passé les détruiront-ils tous les deux ?

Découvrez ce qui arrive à Anthony, vicomte Colton et à Jane Pemberton dans *Le Vicomte Blessé*!

Merci beaucoup d'avoir lu **Le Marquis Charmeur** ! J'espère que vous l'avez aimé ! Vous aimeriez en savoir plus sur certains des personnages de ce livre, tels que Lavinia et Beck, la marquise et le marquis de Northam, et Arabella et Graham, le duc et la duchesse de Halstead ? Procurez-vous *Le Duc Galant* et **Le Duc Inattendu**.

Si vous voulez savoir quand mon prochain livre sera disponible et être averti des ventes spéciales, inscrivez-vous à ma newsletter en anglais sur https://www.darcyburke.com/join ou en français https://darcyburkefrancais.com/newsletter/ et suivez-moi sur les réseaux sociaux :

Facebook: https://facebook.com/DarcyBurkeFans
Instagram darcyburkeauthor

Vous aimez les romans Régence ? Jetez un œil à la série *Le Club des Ducs Fringants*, six livres co-écrits avec ma meilleure amie, Erica Ridley. Découvrez les hommes inoubliables de la taverne la plus célèbre de Londres, Le Duc Fringant. Avec ces sublimes séducteurs à l'esprit et au charme à revendre, épris de liberté et d'aventures, une nuit n'est jamais suffisante.

J'espère que vous accepterez de laisser un avis sur le site de votre boutique en ligne ou de votre réseau préféré ! J'aime tellement mes lecteurs. Merci, merci, *merci*.

xoxo,

Darcy

NOTES

CHAPITRE 1

1. Note de la traductrice (NDLT) : jardins situés à Londres, où l'on trouvait une piste de danse, une tribune permettant d'accueillir un orchestre, des loges particulières, etc.

CHAPITRE 3

1. NDLT : Les coureurs de Bow Street ont été les premières forces de police professionnelles de Londres.
2. NDLT : un carrick est une voiture hippomobile assez semblable au cabriolet.

CHAPITRE 4

1. NDLT : de l'expression « *The heir and the spare* ». Le premier fils est l'héritier, le deuxième fait office de remplaçant si le premier ne peut pas assumer son rôle.

CHAPITRE 6

1. NDLT : ancêtres des préservatifs

CHAPITRE 12

1. NDLT : Gretna Green est un village du sud de l'Écosse. Les couples mineurs et illégitimes pouvaient s'y marier dans l'échoppe du forgeron.

DU MÊME AUTEUR

Une nuit d'abandon par Darcy Burke

Une nuit de passion par Erica Ridley

Une nuit de scandale par Darcy Burke

Une nuit d'adieu par Erica Ridley

Une nuit de tentation par Darcy Burke

Les Insaisissables: The Pretenders

A Secret Surrender

A Scandalous Bargain

A Rogue's Redemption

À PROPOS DE L'AUTEUR

Darcy Burke est l'auteure à succès USA Today de romance sexy, sentimentale historique et contemporaine. Darcy a écrit son premier livre à 11 ans, une fin heureuse entre un cygne accro à la magie et une femelle cygne qui l'aimait, avec des illustrations extrêmement pauvres.

Native de l'Oregon, Darcy vit en bordure des vignes avec son mari guitariste, une fille artiste d'un incroyable talent, et un fils débordant d'imagination qui écrira sans doute un jour mieux qu'elle (et peut-être dès demain). Ils forment une famille-à-chats un peu folle, avec deux bengals, un petit chat en quête de notoriété qui porte le nom d'un fruit, un vieux maine-coon rescapé plutôt arrogant, et une collection de chats du voisinage qui trainent sur la terrasse et entrent quelquefois. Vous trouverez Darcy au chai, dans son confortable fauteuil d'écrivain avec son portable et un ou trois chats sur les genoux, en train de plier son linge (ce qu'elle adore), ou encore devant le télévision avec sa famille. Ses havres de bonheur sont Disneyland, le week-end du Labor Day au Gorge, Le Danemark et partout au Royaume-Uni – tant que sa famille y est aussi. Retrouvez Darcy en ligne à https://www.darcyburkefrancais.com et suivez-la sur ses réseaux sociaux.

Milton Keynes UK
Ingram Content Group UK Ltd.
UKHW012307060524
442290UK00004B/211

9 781637 261965